ELLIE CAHILL

Liebe … noch nicht zugestellt

ELLIE CAHILL

noch nicht zugestellt

Ins Deutsche übertragen von
Stephanie Pannen

LYX

LYX in der Bastei Lübbe AG
Dieser Titel ist auch als E-Book erschienen.

MIX
Papier aus verantwortungsvollen Quellen
FSC® C083411

Die Originalausgabe erschien 2016 unter dem Titel
Call Me, Maybe bei Loveswept, an imprint of Random House,
a division of Penguin Random House, LLC, New York.

Für die deutschsprachige Ausgabe:

Redaktion: Angela Herrmann
Umschlaggestaltung: www.buerosued.de
Satz: Greiner & Reichel, Köln
Gesetzt aus der New Caledonia LT Std
Druck und Verarbeitung: CPI books GmbH, Leck

Printed in Germany
ISBN 978-3-8025-9795-4

1 3 5 7 6 4 2

Sie finden uns im Internet unter www.lyx-verlag.de
Bitte beachten Sie auch: www.luebbe.de und www.lesejury.de

Für die Buchbloggerinnen,
die Liebesromanleserinnen
und die Fangirls.
Lasst euch niemals eure Begeisterung nehmen.

1

»Aufruf an alle Passagiere für Flug 1873 nach Miami – wir beginnen jetzt mit dem Boarding ...«

Unvermittelt wurde ich aus dem neunzehnten Jahrhundert gerissen. Es war mir gelungen, die ständig wiederholten Ansagen auszublenden, aber irgendjemand schnäuzte sich in meiner unmittelbaren Nähe die Nase, und das war einfach zu viel. Die Prinzen und Spione meines Liebesromans würden warten müssen. Ich schaltete meinen E-Reader aus und warf der Boarding-Mitarbeiterin einen wütenden Blick zu, auch wenn sie mindestens zehn Meter von mir entfernt war und vollkommen unbekümmert darauf reagierte.

»Ist dir schon mal aufgefallen, dass über einen Lautsprecher alle Stimmen gleich klingen?«, fragte Honor mit einem Gähnen.

Ich hörte auf, der Frau böse Blicke zuzuwerfen, und lauschte einen Moment. »Du hast recht.«

Honor sah mich übertrieben vornehm an und sprach mit einem affektiert klingenden Akzent. »Wir hätten eben doch den Privatjet nehmen sollen.«

Ich verdrehte die Augen. »Weißt du, langsam frage ich mich, ob du es nicht vielleicht doch ernst meinst, wenn du so redest.«

Er grinste. »Erste Klasse fliegen ist so gewöhnlich, meine Liebe.«

»Versuch es irgendwie durchzustehen, alter Knabe.« Ich

klopfte meinem Bruder auf die Schulter und stand auf. »Ich geh noch mal schnell auf die Toilette, bevor es losgeht.«

»Dann beeile dich lieber, wenn du den ersten Cocktail vor dem Flug nicht verpassen willst.«

»Es ist sechs Uhr morgens!«

»Klingt nach der perfekten Cocktailstunde«, sagte er.

»Behalte bitte meine Sachen im Auge, ja?«

»Ich sollte mich weigern«, scherzte Honor und deutete in Richtung Lautsprecher, aus dem Hintergrundmusik und die bekannten »wichtigen Sicherheitshinweise« drangen. »Die Vorschriften, du weißt schon.«

»Was soll ich sagen?« Ich zuckte mit den Schultern. »Ich lebe einfach gern gefährlich.« Was nicht stimmte, und das wussten wir beide.

Ich drehte mich um und fiel fast über einen Koffer, den jemand direkt hinter mich gestellt hatte. Er kippte um, gegen den Laptop auf den Knien eines wartenden Passagiers. Ich wirbelte mit den Armen und kippte fast auch noch auf seinen Schoß. Nur indem ich mich auf seiner Schulter abstützte, fand ich mein Gleichgewicht wieder.

Er streckte seinen Arm aus, um den Koffer festzuhalten und seinen Laptop zu retten, bevor dieser auf den Boden stürzen konnte. »Hey!«

Ich hätte mich gleich wieder aufrichten sollen, aber als ich aufsah, ließen mich seine blauen Augen innehalten. Sie waren strahlender, als sie um diese unmenschliche Uhrzeit hätten sein dürfen, und blickten aus einem Gesicht heraus, das so umwerfend war, dass ich fast vergaß, warum ich mich überhaupt zu bewegen begonnen hatte.

»Tut mir leid«, keuchte ich und starrte weiter in seine Augen. Sie waren blau und von dunklen Wimpern eingerahmt.

»Sind Sie okay?«, fragte er.

»Ich bin … ich bin in Ordnung.« Meine Stimme klang ganz seltsam.

Er lächelte und zeigte dabei zwei Grübchen und gleichmäßig weiße Zähne. Sein Kinn sah aus wie gemeißelt, und seine volle Unterlippe ließ dieses Lächeln noch überwältigender wirken. »Bist du sicher?«

»Wir möchten nun die Passagiere der ersten Klasse an Bord begrüßen, zusammen mit unseren Platinumkartenbesitzern …« Wieder ließ mich der Lautsprecher zusammenzucken.

»Danke. Ich meine, Entschuldigung. Ich … ich bin in Ordnung. Tut mir leid«, plapperte ich vor mich hin, richtete mich auf und nahm meine Hand von seiner Schulter. Auch wenn ich mir sofort wünschte, ich hätte ihr mehr Beachtung geschenkt, solange ich ihn noch berührt hatte, denn es war eine wirklich nette Schulter.

Sein Lächeln wurde tiefer, und wieder erschienen diese Grübchen. Meine Güte, war er süß. Seine kurzen strohblonden Haare waren ein wunderbarer Kontrast zu den unglaublich blauen Augen. »Schon okay«, sagte er.

Honor pikste mir in den Rücken. »Wir müssen gleich einsteigen.«

»Stimmt.« Ich ging um den Koffer herum und marschierte Richtung Toilette. Dabei drehte ich mich nur zweimal nach dem hübschen Fremden um. Beim zweiten Mal sah er mich auch an, und wir hielten so lange Augenkontakt, dass ich fast gegen einen Mülleimer gelaufen wäre. Der Kerl sah aus wie ein Model aus einem dieser Liebesromane, und zwar nicht wie die alten. Sondern wie die, die wie die tatsächlichen Charaktere in den Büchern aussahen. Mjam.

Normalerweise stand ich gar nicht so auf den typisch amerikanischen Sunnyboy: blonde Haare, blaue Augen, ein kantiges Kinn und die augenscheinlich starken Schultern unter seinem weichen marineblauen Polohemd. Ein Anzug mit Krawatte hätte ebenso angemessen an ihm ausgesehen wie eine Lederjacke und ein blaues Auge. Also ein Veilchen, denn blaue Augen hatte er ja ohnehin. Ich wollte ihn nicht anhimmeln, aber dieser Zug war bereits abgefahren.

Auf der Toilette gab es über den Waschbecken eine lange Reihe Spiegel, und ich konnte nicht widerstehen mir anzuschauen, was er gesehen haben könnte. Leider war es der übliche Standardanblick. Mein durchschnittliches, langes braunes Haar war vom Schlaf zerzaust, aber nicht auf die sexy Victoria's-Secret-Art, und meine durchschnittlichen braunen Augen wirkten aufgrund der frühen Uhrzeit und des Koffeinmangels ein wenig müder als sonst. Dazu passten der gestreifte Maxirock und das weiße Tanktop, die ich über meinen durchschnittlich großen und mit einem durchschnittlichen Gewicht ausgestatteten Körper gezogen hatte. Das einzig Überraschende an mir war mein Name – Clementine. Doch es war eher unwahrscheinlich, damit meinen Liebesromanhelden beeindrucken zu können, nachdem ich ihm fast in den Schoß gefallen wäre und seine Sachen zerstört hätte. Gut gemacht, Clementine.

Der Lautsprecher erwachte erneut zum Leben. »Jetzt möchten wir alle Passagiere des Fluges 1873 nach San Diego an Bord begrüßen.«

Nachdem ich mir die Hände gewaschen hatte, fuhr ich mir mit den nassen Fingern durchs Haar und versuchte, den durch das Schlafen entstandenen Schaden wenigstens ein wenig zu beheben. Meine Großmutter wäre mit meiner Erscheinung nicht zufrieden gewesen. Sie glaubte immer noch daran, dass man sich fürs Reisen schick machen sollte, während meine Garderobe größtenteils aus Yoga-Kleidung bestand, die sehr wenig Yoga zu sehen bekam. Ich wusste zwar noch nicht so genau, was ich aus meinem Leben machen wollte, aber ich hatte bereits alles ausgeschlossen, was ein Damenkostüm und Stöckelschuhe voraussetzen würde.

Und auch wenn ich theoretisch gesehen im Namen unseres Daly-Familienunternehmens unterwegs war, hätte ich mir vielleicht doch etwas mehr Mühe geben können.

Jetzt war es zu spät dafür.

Wieder draußen im Gate-Bereich blieb ich erstaunt stehen, als ich Fremde auf den Plätzen sah, auf denen ich gerade noch mit Honor gesessen hatte. Ich hätte mich auch irren können, aber der süße Typ war noch da.

Ein kurzer Pfiff zog meine Aufmerksamkeit auf die Gangway-Tür, wo mein Bruder stand und mich wütend ansah. »Komm schon.«

»Mein Handy war da noch eingesteckt …« Ich deutete auf die Ladesäule an unseren Plätzen.

»Ich habe es«, rief er. »Los jetzt!«

Komplett verwirrt eilte ich zu ihm. Es war keine große Sache, aber die Vorstellung, dass er all mein Zeug zusammengepackt hatte, verstörte mich irgendwie. Wahrscheinlich hatte er alles an den falschen Platz gesteckt, und ich würde nichts mehr wiederfinden.

Er gab mir meine Bordkarte und meinen Trolley, dann bedeutete er mir mit einer Geste der Ungeduld, mich zu sputen. Als die Angestellte meinen Barcode einscannte, nickte sie mir zu. »Willkommen an Bord, Miss Daly.«

Während wir die Gangway hinuntereilten, tastete ich die Taschen meines Gepäcks ab.

»Wo hast du mein Handy hingetan?«

»Es ist irgendwo da drin«, sagte er. »Ich hab es schon auf Flugmodus gestellt. Mach dir keine Gedanken.«

Ich schnitt ihm hinter seinem Rücken eine Grimasse, aber er bekam es offensichtlich nicht mit.

Wir waren wirklich die letzten Personen, die an Bord kamen. Waren alle ins Flugzeug gerannt, oder war ich so lange auf der Toilette gewesen? Glücklicherweise war es nicht schwer, unsere Plätze zu finden – die letzten beiden freien in der ersten Klasse. Die Stewardess stand im Gang und wartete respektvoll auf uns.

»Mr Daly, Miss Daly«, sagte sie. »Darf ich Ihnen eine Erfrischung anbieten, während Sie es sich bequem machen?«

Ich muss zugeben, dass ich sehr froh war, nicht als Ms Daly betitelt zu werden. Ich hatte fest damit gerechnet, auf dieser Reise ständig für die Frau meines Bruders gehalten zu werden. Denn obwohl die Tatsache, dass wir uns als Geschwister außerordentlich ähnelten, ein Hinweis hätte sein können, war es schon oft genug vorgekommen.

Honor und ich bestellten uns etwas zu trinken – er entschied sich für etwas Alkoholisches, aber ich wollte nur Kaffee –, und dann durchforstete ich meine Tasche, bis ich den E-Reader gefunden hatte, den mein Bruder gnadenlos irgendwo hineingesteckt hatte. Auf dem Boden der Tasche sah ich außerdem mein Handy, was bedeutete, dass ich Honor doch nicht würde umbringen müssen. Ein großes Plus. Ich seufzte glücklich, machte es mir auf meinem Platz gemütlich und bereitete mich auf einen langen Flug vor, auf dem ich lesen konnte, ohne gestört zu werden.

Ich hätte es besser wissen müssen.

»Du liest doch jetzt nicht die ganze Zeit, oder?«, fragte Honor.

»Doch, das ist so ziemlich mein Plan.« Ich lese nicht im Durchschnitt ein Buch pro Tag, indem ich *nicht* lese.

»Du willst mich einfach ignorieren?«

»Technisch gesehen nicht. Ich sitze ja direkt neben dir. Wir können es stilles Miteinander nennen, wenn du dich dadurch besser fühlst.«

Die Stewardess kehrte mit unseren Getränken zurück und fragte, ob wir sonst noch etwas brauchten.

»Nein danke, wir sind erst einmal gut versorgt.«

»Mein Name ist Serena, und ich bin während des ganzen Fluges für Sie da. Bitte zögern Sie nicht, sich zu melden, wenn Sie irgendetwas brauchen. Egal was.« Dabei strahlte sie uns so sehr an, dass ich schon befürchtete, sie würde platzen.

»Vielen Dank, Serena.« Honor prostete ihr zu.

»Sie ist ganz schön … eifrig für sechs Uhr früh.«

»Vielleicht war es doch kein Fehler, geschäftlich zu fliegen«, sagte Honor mit seinem nasalen Schickimicki-Akzent.

Ich sah ihn ausdruckslos an. »Großmama würde sagen, dass du aufhören sollst, so *nouveau riche* zu sein.«

»Großmama hätte den Privatjet genommen«, konterte Honor.

Wenn die Rede von Leuten ist, die mit einem Silberlöffel im Mund zur Welt gekommen sind, geht es um Menschen wie uns. Meine Familie ist das, was man als »alten Geldadel« bezeichnet. Die Dalys waren schon vermögend zur Zeit der Rockefellers, der Astors und der Carnegies – und durch eine Reihe geschickter Investitionen und vorteilhafter Eheschließungen waren sie das noch immer. Auch wenn diese Familien damals als »neureich« bezeichnet wurden. Und verglichen mit den europäischen Aristokraten, mit denen sie zu Beginn des zwanzigsten Jahrhunderts gesellschaftlich verkehrten, waren sie auch neu. Aber heutzutage ist ein Name wie Rockefeller – oder Daly – legendär.

Anders als die meisten meines Alters musste ich mich niemals um Studienkredite oder Miete sorgen. Als ich mit dem College anfing, kaufte meine Familie sogar ein Haus in der Nähe des Campus, in dem ich wohnen konnte.

Jetzt, nach meinem Abschluss, lebte ich immer noch dort, während ich herauszufinden versuchte, was ich als Nächstes tun wollte. Ich hatte einen Abschluss in Geschichte und englischer Literatur, und das qualifizierte mich für praktisch nichts, außer Getränke einzuschenken oder mit einem Koffer voller pharmazeutischer Proben von Krankenhaus zu Krankenhaus zu ziehen. Ich wollte und brauchte keinen Job anzunehmen, nur um über die Runden zu kommen, was mich zu einem weiteren arbeitslosen Mitglied unserer arbeitslosen Generation machte.

Ich weiß, ich weiß, armes reiches Mädchen. Leute wie ich haben es ja ach so schwer. Darum beschwere ich mich auch nicht laut. Ich will mich ja eigentlich gar nicht beschweren, aber irgendwie hatte ich eben erwartet, dass mir das College mehr bringen würde, als meinen Kopf mit interessantem Trivialwissen zu füllen.

Ein kleiner Ruck ging durch das Flugzeug, und es begann rückwärts vom Gate wegzurollen. Das Bordpersonal fing mit der üblichen Sicherheitseinweisung an. Als es zu dem Teil mit der Wasserlandung kam, lehnte sich Honor zu mir herüber und flüsterte: »Das wäre ganz schön verrückt, oder?«

Wir waren auf dem Weg nach Kalifornien, um meinen Onkel Nelson zu besuchen und uns von ihm durch sein Immobilienimperium führen zu lassen. Mein Bruder machte diesen Sommer ein Praktikum in der Daly-Stiftung, also ergab diese Reise für ihn irgendwie einen Sinn. Ich hingegen war mir ziemlich sicher, dass meine Beteiligung nur ein weiterer Versuch meiner Großeltern war, mir dabei zu helfen, meinen Platz im Leben zu finden. Der Daly-Familienbesitz bot mit Sicherheit eine Menge Möglichkeiten. Und die Vetternwirtschaft dieser vornehmen Institution bedeutete, dass ich die freie Auswahl hatte.

Es war eines dieser typischen Erste-Welt-Probleme, und ich wollte nicht einmal mit meinen Brüdern oder meiner Schwester darüber reden, obwohl Letztere mich bestimmt verstanden hätte. Die Älteste, meine Schwester Prudence, war in ihrem dritten Jahr an der medizinischen Fakultät der Rush-Uni. Mein ältester Bruder Merit schrieb an seiner Doktorarbeit in Wirtschaftswissenschaft und leitete parallel Kurse an der Universität von Chicago. Und Honor, der Jüngste der Sippe, machte gerade seinen Abschluss in Betriebswirtschaft in Princeton, wenn er nicht über die Sommerferien daheim war.

Ich wäre ja der Familientradition gefolgt und auf eine prestigeträchtige Universität gegangen – in diesem Fall also die Universität von Chicago –, aber ich schien die Einzige zu sein, die keine Ahnung hatte, was sie aus ihrem Leben machen sollte. Vielleicht hatte ich irgendwo einen Kurs mit dem Namen *Erwachsen werden für Anfänger* verpasst.

Was ich wirklich gerne tat, war lesen. Das tat ich mit Leidenschaft. Meine Augen sehnten sich nach Wörtern und gabelten sie überall auf. Unter der Dusche las ich die Inhaltsangabe von Shampooflaschen, beim Frühstück die Rückseite der Cornflakes-Packung und im Restaurant jeden einzelnen Punkt auf der Speisekarte. Sobald ich ein Buch beendet hatte, begann ich auch schon mit dem nächsten. Der Tag, an dem ich meinen E-Reader bekommen hatte, war einer der glücklichsten meines Lebens gewesen, weil er bedeutete, dass mir niemals wieder die Bücher ausgehen würden.

»Oh, jetzt mach schon«, sagte Honor genervt.

»Was denn?«

»Lies dein dämliches Buch.« Er deutete auf meinen Schoß, auf dem mein E-Reader lag. »Du streichelst immer wieder den Einschaltknopf. Es ist erbärmlich.«

Ich warf ihm einen bösen Blick zu. »Wer hat dich denn gefragt?«

»Du bist wie ein Junkie. Du hast ja schon Entzugserscheinungen.« Er zitterte dramatisch mit den Händen.

»Du kannst mich mal, Honor.« Aber ich schaltete dennoch den E-Reader ein und tauchte wieder in meine historische Liebesgeschichte ab.

Als wir landeten, hatte ich diesen Roman beendet und mit dem nächsten Band angefangen – am liebsten lese ich alles von einem Autor hintereinander weg. Ich hatte vor, eine Rezension der gesamten Reihe für meinen Buchblog zu schreiben. Das schien mir eine gute Idee zu sein, da es sich um ältere Bücher handelte. Normalerweise rezensierte ich Neuerscheinungen, aber ich schob gelegentlich gerne ein paar meiner älteren Lieblingsbücher dazwischen.

»Meine Damen und Herren, ich möchte Sie im Namen unseres Bordpersonals in San Diego begrüßen. Die Ortszeit beträgt …« Ich blendete den Rest der Durchsage aus und bemühte mich, noch schnell das Kapitel fertig zu lesen, bevor ich meinen E-Reader wieder wegstecken musste, aber Honor schaltete bereits sein Handy wieder ein.

»Ich schreibe Nelson schnell, dass wir gelandet sind. Würdest du Großmama Bescheid sagen? Du weißt doch, wie sie ist.«

Das war noch milde ausgedrückt. Unsere Großmutter verärgerte man lieber nicht. Für sie war ich sogar bereit, mein Buch wegzulegen. Ich zerrte meine Tasche aus dem Fach und ging die einzelnen Fächer durch. Endlich stieß meine Hand an das kühle Display. »Aha.«

Ich schaltete das Handy aus dem Flugmodus wieder in den normalen Betrieb und ließ es nach einem Signal suchen. Sofort begann es, vor Dutzenden eingehender Nachrichten und Anrufe zu summen.

Sie waren alle von einer sehr vertraut wirkenden Nummer, aber ich brauchte wirklich ein paar Sekunden, um zu begreifen, was ich sah.

Es war meine eigene Nummer.

2

»Was zum Teufel …?«

Honor sah zu mir herüber. »Was ist los?«

»Mein Handy spinnt total. Es hat mir einen ganzen Haufen Textnachrichten von mir selbst geschickt. Guck dir das mal an.« Konnte man sich mit dem Handy einen Virus einfangen? Ich hielt das Telefon meinem Bruder hin.

Honor starrte es blinzelnd an, dann sagte er mit schreckgeweiteten Augen: »Oh Mist.«

»Was denn?«

»Das ist nicht dein Handy.«

»Was?!« Ich riss es wieder an mich, um mich selbst davon zu überzeugen.

Unter meiner Nummer war der Inhalt der Nachrichten nur teilweise sichtbar, aber es war nicht schwer, sich den Rest zusammenzureimen.

+1 (847) 555-2015

Sie haben mein Handy! Bitte kommen Sie zurück zum …

+1 (847) 555-2015

Wer sind Sie? Ich habe Ihr Handy …

Oh. Mist.

Ich entsperrte das Handy und suchte hektisch nach der Messenger-App. Sie war nicht dort, wo ich sie auf meinem Display hatte. Als ich sie fand, stand dort in einem kleinen roten Kreis die Zahl 15. Bei den Anrufen befand sich ebenfalls ein Kreis, darin stand die Nummer sechs.

Oh. Doppelmist.

Ich sprach es laut aus. »Das ist definitiv nicht mein Handy.«

»Hab ich doch gesagt. Wem gehört es?«

Ich scrollte durch die zunehmend verzweifelten Nachrichten von meiner Nummer. Wer immer auch mein Handy hatte, gab nicht seinen Namen an.

Ich wählte meine Nummer. Vor Aufregung drehte sich mir der Magen um, und plötzlich war ich hellwach.

Ring.

Nein nein nein nein nein nein nein, so etwas konnte mir doch nicht passieren.

Ring.

Honor musste am Flughafen das falsche Handy genommen haben!

Ring.

Wer zum Teufel hatte mein Handy?

Ring.

Gott, es könnte überall sein. Es könnte sich schon auf halber Strecke nach Kathmandu befinden!

Der Klang meiner eigenen Stimme ließ mich zusammenzucken. »Hi, dies ist der Anschluss von Clementine. Bitte hinterlassen Sie eine Nachricht.«

Während mir die automatisierte Stimme am Ende meine Optionen vortrug, wurde mir klar, dass ich keine Ahnung hatte, was ich sagen sollte. Aber jetzt war es zu spät, darüber nachzudenken. *Piep.*

»Ähm, hi. Ich bin die Person, die Ihr Handy hat. Es tut mir leid. Ich weiß nicht, wie das passieren konnte, ähm … ich, äh … bitte rufen Sie mich zurück, damit wir überlegen können, was wir tun können.«

Als ich auflegte, warf ich Honor einen tödlichen Blick zu. »Du hast das falsche Handy mitgenommen!«

»Da war sonst keines mehr!«, protestierte er.

»Offensichtlich nicht.« Meine Hände krümmten sich fest um das fremde Handy, während ich gegen den Drang kämpfte, ihm gegen die Schulter zu boxen.

»Ich schwöre es, Clementine, es war das einzige, das noch da war. Du hast es eingesteckt gelassen, ich habe es genommen, Ende der Geschichte.«

»Aber was ist denn da passiert?«

»Woher soll ich das wissen?«

Serena, die Stewardess, erschien besorgt im Gang. »Alles in Ordnung?«

»Alles wunderbar«, blaffte Honor.

»Sei kein Idiot. Es ist nicht ihre Schuld.«

»Meine ist es aber auch nicht«, erwiderte er.

»Tja, meine ist es auf keinen Fall!«, sagte ich mit zusammengebissenen Zähnen, dann sah ich Serena an. Zeit, meine Großmutter zu imitieren. Ich schenkte ihr mein bestes Miriam-Schulman-Daly-Patrizier-Lächeln. »Alles in bester Ordnung. Nur ein kleines Problem mit meinem Handy. Vielen Dank.«

Der Pilot bremste die Maschine ab, als wir an unserem Gate ankamen. Das Flugzug füllte sich mit dem metallischen Klicken von Sitzgurten. Serena eilte zurück in den vorderen Teil des Flugzeugs, und Honor stand eilig auf, als sei er entschlossen, der Erste zu sein, der das Flugzeug verlässt. Ich nahm an, dass dies seine Art war, nicht länger über diese Sache reden zu müssen.

Wahrscheinlich war es so auch am besten. Weil ich ihn nun doch töten würde.

Er schien die ganze Zeit entschlossen, Abstand zu mir zu

halten, was ihm mithilfe seiner langen Beine auch gelang, vom Terminal über die Aufzüge zur Gepäckausgabe. Als ich ihn endlich eingeholt hatte, war ich ganz außer Atem, aber das würde mich nicht aufhalten. Oh nein. Je länger ich darüber nachdachte, desto wütender wurde ich. Ich pikte meinem Bruder in den Hinterkopf.

»Ich schwöre dir, Honor, wenn wir nicht von Zeugen umgeben wären …«

Mürrisch drehte er sich um. »Es ist möglich, dass doch zwei Handys eingesteckt waren, okay?«

»Ach ja, meinst du?«

Genau in diesem Moment begann das Handy in meiner Hand zu vibrieren.

»Oh Gott, das ist er – sie – wer auch immer.« Nicht einmal das wusste ich, da ich mir die zweifellos wütenden Voicemails nicht angehört hatte. Die Textnachrichten hatten mir schon gereicht.

Ring.

Würde man mich anbrüllen?

Ri–

»Geh endlich dran«, explodierte Honor.

Ich wischte über das Display. »H-hallo?«

»Hallo?«, sagte eine männliche Stimme, und ich erschreckte mich fast zu Tode. *Es bestand eine fünfzigprozentige Chance, dass es ein Mann ist, du Genie.*

»H-hi«, stotterte ich. »Ich bin die Idiotin, der unsere Handys verwechselt hat.« Es war wahrscheinlich am besten, es auf die demütige Tour zu versuchen.

Er seufzte, und ich hörte Rauschen im Ohr. »Hi. Danke, dass Sie angerufen haben.«

»Es tut mir sehr leid«, sagte ich.

»Ja, mir auch.« Er klang resigniert. »Was machen wir jetzt?«

»Ähm …« Ich hatte keine Ahnung. Was für Möglichkeiten hatten wir denn? Wahrscheinlich wäre es für mich am unkompliziertesten, mir ein neues Handy zu kaufen, mein altes stilllegen und meine Nummer auf das neue Handy übertragen zu lassen. Aber dann hätte dieser Fremde nur ein nicht funktionierendes Handy und ich immer noch seines. Er könnte theoretisch dasselbe tun, aber das setzte voraus, dass er dort, wo er war, ein neues Handy bekam. Und dass er genug Geld hatte.

»Ich könnte es Ihnen per FedEx zuschicken«, bot ich an. Mein Herz blutete bei dem Gedanken, mein kostbares Handy einem Lieferdienst anzuvertrauen.

»Und in der Zwischenzeit sind wir beide ohne Handy.«

»Stimmt.« Ich folgte Honor auf Autopilot zur Gepäckausgabe. Meine ganze Konzentration war auf das Handy gerichtet.

»Und es setzt voraus, dass sie unsere Päckchen nicht verlieren.«

»Stimmt«, sagte ich und klang dabei viel lässiger, als ich mich fühlte. »Ist nicht meine Lieblingslösung …«

»Meine auch nicht …«, sagte die Stimme sanft. »Die Vorstellung, mein Handy niemals wiederzusehen, ist für mich schlimmer, als ich eigentlich zugeben möchte.«

Ich lachte und war froh, dass es nicht nur mir so ging. Wenn auch wahrscheinlich aus ganz anderen Gründen. »Okay, was dann?«

»Wo wohnen Sie?«

»Chicago. Aber ich bin bis Freitag in Kalifornien.«

»Sie kommen aus Chicago?«, fragte er. »Ich auch. Aber ich bin in Florida bis Freitag.«

»Also warten wir einfach, bis wir beide wieder zurück sind, und tauschen?«

Er machte ein wimmerndes Geräusch. »Ich schätze, das müssen wir.«

»Ich verspreche Ihnen, dass ich es mit meinem Leben bewachen werde, bis ich wieder in Chicago bin.«

»Ich werde auf Ihres auch gut achtgeben.«

Ich fuhr mir mit den Fingern durchs Haar. Ein Gefühl hatte von mir Besitz ergriffen, das ich das letzte Mal vor drei Jahren empfunden hatte, als wir darauf gewartet hatten, dass meine Großmutter aus dem OP-Saal nach ihrer Hüftoperation gefahren wurde. Was einfach lächerlich war in Anbetracht der Tatsache, dass ich dieses Handy für ein paar Hundert Dollar ersetzen konnte. Ich konnte meines und seines schnell mit ein paar Telefonanrufen und meiner American-Express-Karte erneuern.

»Es tut mir wirklich leid«, wiederholte ich.

»Wenn Sie es nicht mit Absicht getan haben, können Sie aufhören, sich zu entschuldigen. Wir müssen jetzt irgendwie damit umgehen.«

»Stimmt.« Ich biss mir auf die Zunge.

»Wer sind Sie?«, fragte er.

Meine Nerven zitterten vor vertrauter Anspannung. Aber er hatte mein Handy. Es gab nichts, was ich tun konnte, sollte er sich entschließen, Detektiv zu spielen. Oh Gott, ich hatte so hart daran gearbeitet, es sauber zu halten. Hatte ich irgendetwas übersehen? Etwas, das er benutzen konnte? Schließlich sagte ich: »Clementine.«

»Clementine?«, wiederholte er im Tonfall totaler Skepsis. Es war eine typische Reaktion.

»Ja.«

»Ich bin Justin. Ich würde ja sagen, es ist nett, Sie kennenzulernen, aber …«

»Ja, na ja. Danke, dass Sie es so locker nehmen, Justin.«

»Kein Problem. Macht es Ihnen etwas aus, wenn ich Ihre Nummer ein paar Leuten gebe?«

Ich brauchte einen Moment, um zu verstehen, was er meinte. Er brauchte immer noch ein Telefon, und momentan war meines das einzige, das er hatte.

»Nein, das ist schon in Ordnung. Machen Sie nur. Ich glaube nicht, dass ich allzu viele Anrufe bekommen werde. Alle wissen, dass ich unterwegs bin.«

»Sie können meine Nummer rausgeben, wenn Sie müssen.«

»Gleichfalls.«

»Okay …« Er wurde leiser und schien unsicher. »Ich nehme an, dass ich … Sie einfach verständige, wenn Sie eine Nachricht bekommen.«

»Ähm … das wäre gut … dann sprechen wir uns also später.«

Ich beendete das Gespräch und bemerkte, dass mich mein Bruder anstarrte. »War er sauer?«, fragte er.

»Er war aufgeregt, aber nicht wütend.«

»Warum ersetzt ihr sie nicht einfach? Sag ihm, er soll sich im nächsten Laden ein neues Handy kaufen.«

»Daran habe ich auch gedacht, aber vielleicht hat er gar nicht das Geld, um sich ein neues zu kaufen.«

»Dann gib es ihm.«

»Die Leute sind bei so etwas häufig komisch. Denkst du außerdem wirklich, dass ich ihn mit der Nase darauf stoßen sollte, dass er die persönliche Telefonnummer eines der reichsten Menschen des Landes hat? Wir haben doch keine Ahnung, was das für ein Typ ist.«

Er verzog das Gesicht, aber er wusste, dass ich recht hatte.

Die ganze Sache war echt übel. Meine Großeltern würden mich umbringen. »Oh mein Gott, Honor, du musst sofort Großmama anrufen!«

Er zögerte keinen Moment, sondern holte einfach sein Handy heraus und wählte. Er wusste, wie sie war. Wenn wir ihr nicht sagten, dass wir sicher gelandet waren, würde sie versuchen, mich anzurufen. Und das letzte, was der arme Kerl, dessen Tag ich bereits ruiniert hatte, brauchte, waren eine Million Anrufe von Miriam Schulman-Daly, die es so lange probieren würde, bis jemand dran ging.

»Sag ihr nicht, dass ein Fremder es hat! Sag ihr, ich hab es zu Hause vergessen!«, fügte ich schnell hinzu und zog Honor dabei am Ärmel, um mich zu vergewissern, dass er es mitbekam.

Er winkte ab, aber ich nahm an, dass er die Ausrede schon weitergeben würde. Während ich darauf wartete, dass Honor die Situation erklärte, summte das Handy mit einer neuen Nachricht von meiner Nummer.

Tut mir leid, wenn ich am Telefon ein Idiot war. Ich bin nur frustriert.

Ich erwiderte: *Waren Sie nicht. Keine Entschuldigung nötig.*

Wir haben uns jetzt erst mal gegenseitig am Hals. Eine Entschuldigung ist definitiv nötig.

Ich bin diejenige, der es leid tut. Mein dämlicher Bruder hat das falsche Handy genommen.

In Ordnung, dann tut es uns eben beiden leid, und die Schuld geben wir Ihrem Bruder, einverstanden?

Ich lächelte. Wer war dieser Kerl?

Einverstanden.

3

Während der Fahrt vom Flughafen zum Haus meiner Tante und meines Onkels tippte Honor fröhlich auf seinem Handy herum. Beantwortete E-Mails, las Nachrichten, chattete mit seinen Exfreundinnen – was Beziehungen anging, hatte mein Bruder nie solche Hemmungen wie ich. Aber sein gesamtes Leben war auch nicht von einer Exfreundin auf den Kopf gestellt worden.

Ich entschloss mich, wieder in mein Buch einzutauchen. Dort drin fühlte ich mich sicherer, da die Probleme nicht meine waren und garantiert innerhalb von vierhundert Seiten oder weniger gelöst würden.

Nach ein paar Minuten zeigte mir Honor sein Display, damit ich eine Textnachricht von unserer Schwester Prudence lesen konnte.

Bitte sag mir, dass auf ihrem Handy nichts ist, was uns in Schwierigkeiten bringen könnte!

Scham schoss mir heiß in die Wangen, und der Magen drehte sich mir um. »Schreib ihr, dass alles in Ordnung ist«, sagte ich steif.

Honor tippte schnell eine Antwort und sah mich dann mit ungewohnter Ernsthaftigkeit an. »Da ist doch nichts, oder?«

»Nein«, antwortete ich und sah aus dem Fenster.

Es war vier Jahre her, und trotzdem traute mir immer noch niemand. Ich würde die Vergangenheit niemals hinter mir lassen können.

Ich versuchte mich wieder meinem Buch zuzuwenden und mich darin zu verlieren, wie ich es immer tat, wenn ich gestresst war, aber dieses Mal konnte ich mich einfach nicht auf die Intrigen vergangener Jahrhunderte einlassen. Ich fühlte mich dazu verpflichtet, auf das Handy eines Fremden aufzupassen, und diese Verantwortung nagte an mir. Als ob er mir sein Kind anstelle eines Haufens Mikrochips und Metall im Wert von ein paar Hundert Dollar anvertraut hätte.

Mein – nicht mein – Handy summte in meiner Hand, und ich warf einen Blick auf das Display. Die Nummer kannte ich nicht. Das würde jetzt wahrscheinlich dauernd passieren, wurde mir bestürzt klar.

Die Nachricht lautete: *Wir könnten am Dienstag einen Ersatzspieler für Dart gebrauchen. Bist du dabei?*

Ich runzelte die Stirn und überlegte, wie oft ich mich mit den Updates anrufen sollte. Nichts hatte mich auf eine solche Situation vorbereitet, und so war ich vollkommen ahnungslos, wie man sich verhielt, wenn die Person, deren Handy man aus Versehen ans andere Ende des Landes mitgenommen hatte, Nachrichten bekam.

»Würdest du eine Nachricht darüber, Dart am Dienstagabend zu spielen, lieber so schnell wie möglich hören oder lieber erst dann, wenn noch ein paar weitere Nachrichten eingegangen sind?«

Honor blinzelte mich an und versuchte diese seltsame und sehr spezifische Frage zu verstehen. »Ich habe keine Ahnung.«

»Sehr hilfreich, vielen Dank.«

Er wandte sich wieder seinen eigenen Nachrichten zu. »Gern geschehen.«

Ich verzog mein Gesicht. »Vielleicht texte ich es ihm einfach.«

»Du denkst viel zu viel darüber nach.«

»Das ist deine Schuld«, erinnerte ich ihn.

»Ja, ja.«

Meine Tante Janine und mein Onkel Nelson wohnten in einem großen Haus an einer Klippe in La Jolla, nördlich von San Diego. Der Meerblick war einfach atemberaubend. »Warte erst bis zum Sonnenuntergang«, sagte Janine zu mir. »Du wirst begeistert sein.«

Das konnte ich mir gut vorstellen.

Nelson und Honor begannen fast sofort über das Geschäft zu sprechen. Ich leistete ihnen ein paar Minuten dabei Gesellschaft und war von der Vorstellung, dass die beiden das tatsächlich interessant fanden, vollkommen fasziniert. Es kam mir undenkbar vor, aber Honor hatte dieses Leuchten in den Augen, das mich an das Leuchten erinnerte, das er bekam, wenn er es mit einem guten Tennisgegner aufnahm.

Meine Cousine Robyn kam aus dem Garten. Sie trug einen Bikini und hatte darüber einen Sarong um ihre Hüften geschlungen.

»Hey Leute!« Sie eilte zu mir und umarmte mich. Ihre Haut war noch warm von der Sonne. Honor unterbrach die Diskussion, um sich ebenfalls von ihr umarmen zu lassen.

»Hey Robbie«, sagte er. »Wusste gar nicht, dass du da bist.«

»Doch, doch. Ihr Glücklichen. Ich bin den Sommer über zu Hause.« Robyn war mit zwanzig drei Jahre jünger als ich und studierte an der USC. »Bleibt ihr bei uns?«

»Das tun sie.« Janine deutete auf einen langen Korridor, dessen Ende ich nicht sehen konnte. »Bringst du Clementine zum Blauen Zimmer?«

Gerne folgte ich meiner Cousine den Korridor entlang durch einen überdachten Innenhof zu einem kleinen angebauten Gästehaus. Es war eine ausgezeichnete Möglichkeit, der ernsthaften – und total langweiligen – Diskussion im Wohnzimmer zu entkommen.

»Und warum bist du hier?«, fragte Robyn im Gehen.

»Um Honor Gesellschaft zu leisten«, antwortete ich achselzuckend. »Aber ehrlich gesagt, glaube ich, dass Großmama und Großpapa hoffen, dass ich mich in die Welt des Immobiliengeschäfts verliebe.«

Robyn lachte. »Mmm, mein Dad hofft, dass das Gleiche mit mir passieren wird.«

»Und?«

»Und da wird er noch eine Weile länger hoffen müssen.« Sie öffnete die Tür zu einem großen Schlafzimmer mit durchweg weißen Möbeln und kühlen blauen Wänden. »Was ist mit deinen Eltern? Finden sie auch, dass du dich mit Immobilien beschäftigen solltest?« Ihr Ton war ruhig, aber in ihrem Blick konnte ich einen Hauch Belustigung entdecken.

Meine Eltern waren so etwas wie die schwarzen Schafe der Dalys.

»Na ja, ich weiß nicht genau. Sie sind gerade wieder in Vietnam, und ich glaube, sie haben die Erlaubnis bekommen, ins Landesinnere zu reisen, also ist die Verbindung nicht besonders zuverlässig.« Wenn es um meine Eltern ging, war es immer einfacher, schlichte Tatsachen weiterzugeben. Diesen Trick hatte ich schon früh in der Schule gelernt, als mich meine Mitschüler immer wieder fragten, warum ich bei meinen Großeltern lebte, und mich die Antwort jedes Mal zum Weinen brachte.

Robyn schüttelte sich. »Ich bin froh, dass sie glücklich sind und all das, aber für mich wäre das nichts, so fernab jeglicher Zivilisation.«

Ich lächelte, sagte aber nichts. Ich hatte selbst gemischte Gefühle dabei. Ich war mit meinen Eltern viel gereist, auch abseits der Touristenpfade. Tatsächlich hatte ich bis zum Alter von fünf nie mehr als ein paar Wochen in den USA gelebt. Ich war sogar im Ausland geboren – eigentlich war ich sowohl indische als auch amerikanische Staatsbürgerin. Aber als ich dann bei meinen Großeltern lebte, hätte das Leben kaum unterschiedlicher sein können. Wenn sie reisten, war es immer sehr luxuriös. Meine Großmutter würde in einigen der Dörfer, in denen meine Eltern monatelang gelebt hatten, nicht einmal nach dem Weg fragen wollen.

Es war schwer, sich zwei extremere Versionen des Lebens vorzustellen. Ich sah die Vorteile von beiden. Vielleicht lag die perfekte Lösung irgendwo in der Mitte, oder vielleicht gab es auch keine perfekte Lösung. Ich wusste es nicht.

Während Robyn die Jalousien hochzog, um mir den Meerblick vom Gästezimmer aus zu zeigen, summte wieder Justins Handy in meiner Tasche, und ich sah auf das Display. Es war nicht meine Nummer.

»Musst du drangehen?«, fragte sie.

»Ich weiß es nicht so genau.« Schnell erklärte ich ihr die Verwechslung. »Ich glaube nicht, dass ich drangehen muss, oder? Er erwartet doch bestimmt nicht von mir, dass ich seine Sekretärin spiele.«

»Lass das die Mailbox tun, dann hör es dir an. Du willst doch nicht jedem, der anruft, die ganze Geschichte erzählen müssen, oder?«

»Auf keinen Fall.«

»Und was, wenn seine Frau anruft und irgendeine fremde Frau an sein Handy geht? Ich bezweifle, dass er dir dafür danken wird.«

Mir war gar nicht in den Sinn gekommen, dass Justin eine Frau haben könnte. Ich hatte ihn mir überhaupt noch nicht als Person vorgestellt. Er war nur eine Stimme. Aber er musste doch auch einen Körper haben, nicht wahr? Einen Kopf, Augen, Hände und ein Leben. Wahrscheinlich auch einen Job. Er konnte genauso gut bereits fünfzig sein und Kinder in meinem Alter haben.

Es wäre so viel einfacher, wenn er ein glücklich verheirateter Banker Mitte fünfzig war. Jemand, der mich nicht als Lotterieticket ansah, wenn er herausfand, wessen Handy er da hatte.

Als das Handy erneut summte, um mich wissen zu lassen, dass der Anrufer auf die Mailbox gesprochen hatte, zögerte ich. Mir die Nachricht anzuhören, kam mir wie eine Verletzung seiner Privatsphäre vor. Ohne Erlaubnis würde ich nicht einmal die Voicemail meiner eigenen Schwester anhören, und das hier war ein vollkommen Fremder. Andererseits hatte ich versprochen, Nachrichten weiterzugeben. Ich verzog den Mund, während ich alle Möglichkeiten erwog, dann atmete ich tief durch und rief die Mailbox auf.

Es war ein Spendenaufruf von der Universität von Florida. Nicht gerade dringend, nahm ich an. Das war also die Summe aller Dinge, die ich über ihn wusste: Er spielte Dart, hatte in Florida studiert, und genau wie ich mochte er es nicht, sein Handy mit einem Zahlencode zu sichern. Was uns beide wohl ein wenig dumm dastehen ließ. Seit dem Zack-Vorfall setzten mich alle unter Druck, etwas sicherheitsbewusster zu sein. Aber mein Handy war so wenig personalisiert, dass ich es sinnlos fand, es immer wieder entsperren zu müssen. Ich hatte alle Social-Media-Apps gelöscht, ich hatte kein E-Mail-Programm auf dem Handy, und meine Kontaktliste war nicht mehr als eine Ansammlung von Spitznamen. Ich durfte nicht einmal E-Mail-Adressen darin abspeichern. Es zu sperren war mir einfach viel zu lästig. Und ich war schließlich nicht die einzige Person, der das so ging. Justin zum Beispiel machte es auch so.

Na also, Dalys.

Robyn starrte mich neugierig an, während ich das Handy vom Ohr nahm. »Und? Was Wichtiges?«

»Ich glaube nicht«, antwortete ich achselzuckend.

»Was ist das überhaupt für ein Typ?«

Wieder zuckte ich mit den Schultern. »Ich habe keine Ahnung. Er heißt Justin.«

»Wie klang er denn? Alt? Jung? Hatte er zufällig einen aufregenden australischen Akzent?«

Ich lachte. »Ähm, nein. Ich schätze, er klang ganz normal. Nicht wie ein Opa oder so. Und auch nicht wie ein Kind.«

»Klang er gut aussehend?«

»Wie kann man denn gut aussehend klingen?«

»Oh, das weißt du dann schon. Zum Beispiel wenn er einen aufregenden australischen Akzent hat.« Sie warf ihr Haar über ihre Schulter und kam zu mir. »Wie sieht er aus?«

»Keine Ahnung!«

»Ähm, hallo? Handy-Ka-me-ra?« Sie sprach das Wort aus, als sei ich ein wenig begriffsstutzig.

Mein Herz begann wie wild zu schlagen, als mich eine wilde Mischung aus Reaktionen überkam. Natürlich hatte er Fotos von sich auf dem Handy! Meine erste, heftigste körperliche Reaktion war Entsetzen bei der Vorstellung, sie mir ohne sein Wissen anzusehen. Nach dem, was Zack mir angetan hatte, war ich sehr empfindlich, was Privatsphäre anging. Meine und die anderer. Doch es fiel mir schwer, so zu tun, als sei ich auf diesen Kerl nicht neugierig. Aber neugierig genug, um mir die Fotos anzusehen? Spielte es überhaupt eine Rolle, wie er aussah?

Moment mal.

Gott, hatte er sich meine bereits angesehen?

Hektisch ging ich alle möglichen Fotos aus meinem Handy durch. Oh verdammt, es waren mindestens ein Dutzend dämlicher Selfies mit meinen Freunden und der Himmel weiß, was noch … Aber wichtiger war, was ich nicht gelöscht hatte.

»Clem.« Robyn stieß mich an. »Hör auf, so komisch zu sein. Lass sie uns einfach angucken.«

»Das kommt mir nicht richtig vor.«

»Du willst wirklich nicht wissen, wie die Person aussieht, die dein Handy hat?«

Natürlich wollte ich das, aber …

Robyn verdrehte die Augen und schnappte sich das Handy aus meiner Hand. Zu meiner Schande muss ich gestehen, dass ich sie nicht aufhielt, als sie sich auf der Suche nach seinem Fotoalbum durch das Menü tippte. Sie fand es und begann, schnell die Bilder zu überfliegen. »Anscheinend steht der Kerl auf Gebäude«, murmelte sie. »Woher sollen wir überhaupt wissen, welcher von denen er ist? Mann, dieses ganze Handy ist voller nichtssagender Schnappschüsse.«

Sie hielt es mir enttäuscht hin, als ob ihr klar geworden wäre, was für eine dumme Idee es gewesen war, aber plötzlich wusste ich ganz genau, wem dieses Handy gehörte. »Das glaube ich einfach nicht.«

»Was?«

Ich benutzte zwei Finger, um in das Gruppenfoto hineinzuzoomen, das sie als Letztes geöffnet angetippt hatte. »Das ist er.«

»Wow, heilige Scheiße, Clem!« Robyn riss mir das Handy

aus der Hand und hielt es sich so dicht vor die Augen, dass das Display beschlagen wäre, wenn sie gewagt hätte, zu atmen. »Er ist … wow. Woher weißt du, dass er das ist?«

»Weil ich ihm heute Morgen am Flughafen fast auf den Schoß gefallen wäre.« Plötzlich kamen mir seine Grübchen wieder in den Sinn, als er mich angelächelt hatte.

»Wie bitte?«

Schnell erzählte ich die Geschichte, wie ich in Chicago fast einem Fremden auf den Schoß gefallen wäre, als ich aufgestanden war, um auf die Toilette zu gehen. Er hatte direkt neben mir gesessen und musste sein Handy in dieselbe Aufladesäule gesteckt haben wie ich. Honor hatte seines erwischt.

Das hätte jedem passieren können.

Aber es war mir passiert, und zwar bei dem Traumtypen, dem ich etwas vorgestottert hatte, nachdem ich fast seinen Laptop zerstört hätte. Einfach großartig.

»Wow, der sieht echt gut aus.« Robyn reichte mir das Handy zurück.

Schnell ging ich etwa zwanzig weitere Fotos durch und hielt bei jedem inne, auf dem er zu sehen war.

»Ach verdammt«, heulte ich auf.

Robyn lachte. »Wie kommst du von dem hier …« Sie deutete auf das Foto von Justin. »… zu *Ach verdammt*?«

Ich sah wieder auf das Display. »Von allen Menschen, deren Handy ich aus Versehen hätte erwischen können … ja, echt tolle Art, bei dem süßen Typen Eindruck zu schinden.«

»Vielleicht ist er einfach nur sehr fotogen?«

»Nein.« Ich seufzte. »Er ist wirklich so hübsch.«

Sie kicherte. »Mal im Ernst, warum gibt es eigentlich keine ordentlichen Begriffe, um einen gut aussehenden Typen zu beschreiben? Wir haben scharf, niedlich, attraktiv …« Sie betonte das letzte Wort, um zu zeigen, wie unzureichend sie es fand.

»Genau!«, stimmte ich zu. »Was soll ich denn sagen? Dass er schneidig ist? Stattlich? Ich meine, mal ernsthaft. Wenn ich so was sage, fühle ich mich wie die letzte Idiotin.«

»Hinreißend ist für die meisten Kerle zu viel«, sagte Robyn. »Es gibt für Männer einfach keine richtige Entsprechung für hübsch, weißt du?«

Wir grübelten eine Weile darüber nach. »Du hast recht«, entschied ich.

»Na ja, wie auch immer das Wort lautet, das ist er«, sagte Robyn und deutete auf das Handy.

Ich sah mir das Foto noch einmal genauer an. Obwohl es zu dunkel und pixelig war, sah Justin einfach … wunderbar aus. *Wunderbar? Ach du je, Clem, das kannst du doch wohl besser.* Er war keiner dieser britischen Boyband-Schönlinge, sondern eher kernig. Wenn ich ihn einem Typus zuordnen müsste, wäre es der Held eines Actionfilms.

»Wirst du Mr Traumtyp jetzt anrufen und ihm seine Nachricht weiterleiten oder was?«

»Es war doch nur ein unwichtiger Spendenaufruf«, sagte ich.

Sie grinste. »Das weißt du doch nicht. Vielleicht wartet er auf diesen Anruf. Vielleicht ist es total wichtig.«

»Ist es nicht.«

»Egal«, sagte sie. »Ruf den Traumtypen an!«

»Später«, erwiderte ich. »Versprochen.«

Ich schloss den Fotoordner und schwor mir, niemals wieder hineinzusehen.

Die Sonne begann gerade unterzugehen, als ich Justins Handy mit zum Pool nahm und es mir auf einem Sessel bequem machte, um ihn anzurufen.

Es gab keine neuen Textnachrichten für Justin, aber ich hatte eine von meiner Nummer bekommen. Jemand namens *Die Herzogin* rief dauernd an. Meine Großmutter. Mein Spitzname für sie war mir immer furchtbar lustig vorgekommen, wenn sie angerufen hatte, aber jetzt war es mir peinlich, dass ein Fremder ihn sah. Und tonfallmäßig konnte ich seiner Nachricht auch nicht viel entnehmen. Ich wünschte mir eine Gelegenheit, mit ihm zu reden, eine bessere Möglichkeit als beim ersten Mal.

Es war wahrscheinlich dämlich. Ich sollte es einfach dabei belassen. Ich musste ja nicht einmal antworten. Oder ich hätte ihm einfach mit *Danke. Tut mir leid für die Umstände* antworten können. Ich sollte diese Sache wie etwas Geschäftliches behandeln. Ihm die Nachrichten übermitteln, mich bemühen, ihm nicht zu viel Umstände zu machen und das Handy heil wieder zurückzugeben. Beweisen, dass ich mit einem Ausrutscher wie diesem umgehen konnte, ohne die Familie in Schwierigkeiten zu bringen. Und diese dumme Verwechslung in eine kleine witzige Anekdote verwandelte.

Und doch wählte ich meine eigene Nummer.

Er ging nach dem zweiten Klingeln dran. »Hallo?«

»Justin? Hier ist Clementine.«

»Es ist echt seltsam, meine eigene Nummer zu sehen, wenn Sie anrufen.«

Ich konnte seine Stimmung nicht deuten. Nicht weiter überraschend, da ich ihn kaum kannte. »Ja. Es ist auch seltsam, meine eigene Nummer anzurufen.«

»Haben Sie meine Nachricht bekommen?«

»Ja, habe ich. Tut mir leid. Meine Großmutter ist manchmal ein bisschen …«

»Hartnäckig?«, bot er an.

Ich lachte. »Das passt. Jedenfalls tut es mir leid, dass sie immer wieder anruft.«

»Schon gut.« Sein Tonfall war sehr entspannt. Ich konnte mir das Achselzucken vorstellen, das mit seinen Worten einherging. »Der Name ist, äh, interessant.«

»Ja, sorry, ich habe die Angewohnheit, die Leute unter Spitznamen in meinem Handy abzuspeichern.« Keine freiwillige Entscheidung, aber ich hatte mich daran gewöhnt. Irgendwie genoss ich es inzwischen, mir alberne Spitznamen auszudenken.

»Hm. Das ist ebenfalls interessant.«

»Ich … tut mir leid. Sie werden noch andere zu sehen bekommen, nehme ich an.«

»Hören Sie auf, sich zu entschuldigen. Ich musste lachen, als ich es gesehen habe. Kamen noch Nachrichten für mich?«

»Jemand will, dass Sie am Dienstag beim Dart einspringen?«

»Andy. Können Sie mir einen Screenshot der Nachricht schicken?«

»Klar.

»Gott, es ist furchtbar, dass ich nicht mal die Nummer meines Mitbewohners auswendig kann. Wie hat man sich früher nur all diese Telefonnummern gemerkt?«

Ich lachte. »Ich habe nicht die geringste Ahnung. Oh, dann hat sich noch die Universität von Florida gemeldet. Sie will Ihr Geld.«

»Das will sie doch immer.« Er lachte freundlich. »Die können Sie einfach löschen. Und alle weiteren von der Uni.«

»Ich nehme an, dass Sie dort studiert haben?«

»Ja, das Grundstudium.«

»Wann haben Sie denn Ihren Abschluss gemacht?« Mit anderen Worten, wie alt sind Sie? Nervös zupfte ich an der Kante des Sesselpolsters herum.

»Vor drei Jahren.« Das machte ihn wie alt? Fünfundzwanzig?

»Und was, wenn ich fragen darf, hat Sie dann nach Chicago verschlagen?« Es war die ewige Frage der Menschen aus dem mittleren Westen. Wir konnten uns einfach nicht vorstellen, dass jemand freiwillig zu uns zog. Es gab kein weniger wünschenswertes Klima, keine Region, über die öfter gespottet wurde, und keinen unverständlicheren Zielort als unseren Staat, über den die meisten Leute nur hinwegflogen. Das galt selbst für eine Metropole wie Chicago.

»Ich wurde in Medill angenommen.«

Medill? Ich überlegte, wo ich das schon mal gehört hatte. Es kam mir bekannt vor, aber ich konnte es nicht einordnen. »Wo?«

»Die Journalistenschule an der Northwestern.«

»Oh!« Daher kannte ich den Namen. Das sollte ich auch, schließlich gehörte meiner Familie die Hälfte des Medienmarkts in Chicago. »Das ist ja großartig.« Ich wollte ein Dutzend weiterer Fragen darüber stellen, was er dort machte, aber bevor ich meine Gedanken geordnet hatte, sprach er schon weiter.

»Und was ist mit Ihnen? Was hat Sie nach Chicago verschlagen?« Sein Tonfall war immer noch beiläufig, und ich ergriff die Gelegenheit, mich als normal darstellen zu können.

»Ich lebe dort seit meinem fünften Lebensjahr. Mit ein paar Unterbrechungen.«

Es folgte eine peinliche Stille. So viel zu meiner Normalität. Ich nahm an, dass ich lieber wieder zur eigentlichen Sache zurückkehren sollte. »Gibt es irgendwelche Anrufe, über die Sie sofort Bescheid wissen wollen?«

»Genau genommen bin ich gerade im Urlaub. Aber ich habe Ihre Nummer ein paar wichtigen Leuten gegeben. Ich hoffe also, dass sich die Anrufe bei Ihnen auf ein Minimum beschränken werden.«

»In Ordnung«, sagte ich hastig. Ich wollte ihn nicht daran erinnern, wie aufgebracht er bei unserem ersten Telefonat war. »Wie es Ihnen am besten passt.«

»Sie gehen echt toll mit der Situation um.«

»Na ja, es ist ja auch meine Schuld.«

Er lachte leise. »Stimmt.«

Autsch. »Eigentlich ist ja mein Bruder der Schuldige. Er ist derjenige, der mein Handy – Ihr Handy am Flughafen ausgestöpselt hat.«

»Stimmt ja. Unser Sündenbock.«

»Ich bin das Mädchen, das fast auf Sie gefallen wäre«, gestand ich aus heiterem Himmel.

»Ach ja? Einen Moment, woher wussten Sie, dass ich es bin?«

Mir schoss es heiß in den Nacken. »Ich muss gestehen … ich habe mir ein paar Ihrer Fotos angesehen. Bitte entschuldigen Sie! Ich weiß, dass das eine totale Verletzung Ihrer Privatsphäre war, aber ich wollte nur wissen, wessen Handy ich habe. Es tut mir wirklich leid.«

»Clementine?«

»Ja?«

»Ist schon in Ordnung.«

Ich wusste nicht, was ich sagen sollte, also gab ich ein unverbindliches Geräusch von mir.

»Aber jetzt darf ich mir Ihre auch ansehen.«

Mir schlug das Herz bis zum Hals. Er hatte recht. Das war nur fair. Aber die Vorstellung bereitete mir schreckliches Unbehagen.

Als ich nicht antwortete, fragte er: »Sind Sie noch dran?« Es klang, als hätte er mich auf Lautsprecher gestellt.

»Ja.«

»Okay, warten Sie einen Moment … lassen Sie mich nur – einen Moment, bevor ich das mache: Wie alt sind Sie?«

»Dreiundzwanzig, warum?«

»Ich wollte nur auf Nummer sicher gehen, dass ich mich damit nicht in Schwierigkeiten bringe.«

Ich lachte. »Nein, alles in Ordnung.«

»Na dann …«

Während ich wartete, dröhnte mir mein Herzschlag in den Ohren.

»Da sind Sie. Ach ja, ich erinnere mich.«

»Sie haben mich doch kaum angesehen.« Mir rutschte ein nervöses Lachen heraus, und jede Unsicherheit, die ich in meinem Leben jemals gehabt hatte, schrie nach Aufmerksamkeit. »Sie müssen ein sehr gutes Gedächtnis haben.«

»Nicht schwer bei dem Gesicht.«

Plötzlich hatte ich das Gefühl, mich hinlegen zu müssen oder ohnmächtig zu werden. Es gelang mir, mich zu räuspern. »Meinen Sie das auf eine gute oder ungute Weise?«

»Wollen Sie das wissen?«

»Ähm, nein.«

»Okay. Dann werden Sie weiter rätseln müssen.«

Flirtete er mit mir, oder bildete ich mir das nur ein? Ich hätte schwören können, dass seine Stimme ein wenig wärmer, vielleicht auch ein wenig sanfter geworden war.

»Ja, und wie ich mich an Sie erinnere«, murmelte er.

Sah er sich immer noch meine Fotos an? Mir wurde ganz flau im Magen. »Na ja, zumindest haben wir uns dann ja schon mal irgendwie getroffen, schätze ich.«

»Irgendwie schon«, stimmte er mir zu.

»Und nachdem ich schon fast auf Ihrem Schoß gesessen habe, könnten wir uns ja einfach duzen.«

»Von mir aus gerne.«

Es folgte Stille, und nach ein paar Atemzügen konnte ich es nicht mehr aushalten. »Ähm … dann sprechen wir uns wohl morgen.«

»Klingt gut. Schönen Abend, Clementine.«

4

Am nächsten Morgen begaben sich Honor und ich auf eine Führung durch Onkel Nelsons neuestes Projekt. Er baute eine neue bewachte Wohnanlage mit Golfplatz und Häusern, die irrwitzig teuer waren. Es war irgendwie cool, auf einem Hügel zu stehen, sich die Konzeptzeichnung anzuschauen, das Blatt sinken zu lassen und zu sehen, wie das Konzept Realität wurde. Und es war toll, die Leidenschaft meines Onkels für seine Arbeit zu sehen. Jeder, den wir auf der Baustelle trafen, kam lächelnd zu uns und wurde von ihm mit Namen angesprochen.

Honor amüsierte sich prächtig. Ich fand es auch irgendwie interessant, aber – Spoileralarm – meine Zukunft lag nicht im Immobiliengeschäft. Stattdessen verbrachte ich viel Zeit damit, immer wieder nach meinem Handy zu greifen, um einer Freundin zu schreiben oder im Internet zu surfen, als mir bewusst wurde, dass ich ohne mein Handy von meinem Leben abgeschnitten war. Und es wäre nicht besonders nett gewesen, mein iPad herauszuziehen und zu benutzen.

Zum Mittagessen trafen wir uns mit Janine und Robyn. Meine Cousine überzeugte Honor und Nelson davon, uns beide den restlichen Nachmittag allein verbringen zu lassen. Ich hätte sie küssen mögen.

»Hast du Lust, an den Strand zu gehen?«, schlug sie vor, während wir in ihrem Cabrio über den Shore Drive von La Jolla fuhren.

»Na klar, warum nicht?« Ich war für alles offen, was nichts mit Risikokapital und Abschlussbericht zu tun hatte.

»Was macht dein Traumtyp?«, fragte sie.

»Er ist nicht *mein* Traumtyp«, konterte ich.

Sie grinste. »Aber er ist ein Traumtyp, das kannst du nicht abstreiten.«

Ich wollte meine Augen verdrehen, aber es gelang mir nicht. Mein Grinsen war zu breit.

»Hast du heute schon mit ihm gesprochen?«

»Noch nicht. Jetzt, da du es erwähnst, sollte ich mich wohl lieber mal bei ihm melden.«

»Wir fahren zurück und holen uns die Sachen für den Strand. Du kannst ihn anrufen, bevor wir losgehen.«

Zurück im Haus, das, wie Robyn mir beiläufig mitteilte, Villa Nero hieß, kehrte ich in das blaue Zimmer zurück, um Justin anzurufen. Er hatte meine Nummer wohl den richtigen Leuten gegeben, denn ich fand nur drei neue Nachrichten.

Alle drei waren von jemandem namens Shannon. Zwei Textnachrichten und eine Mailboxnachricht von zunehmender Nachdrücklichkeit. Wer diese Shannon auch sein mochte, sie suchte nach Justin und war nicht besonders glücklich darüber, dass sie ihn nicht finden konnte.

Ich entschied, ihn lieber anzurufen, anstatt zu hoffen, dass eine Nachricht durchkam.

Es dauerte bis zum vierten Klingeln, als er sich meldete, und er klang eilig.

»Shannon sucht nach dir, und es klingt ziemlich wichtig«, sagte ich ohne Einleitung.

»Oh, sie hat mich gefunden«, sagte er in einem Tonfall, der mir sagte, dass es nicht besonders schön war.

»Ist alles in Ordnung?«

»Jetzt schon.« Er senkte seine Stimme. »Ich sollte sie am Flughafen abholen, und sie hat die falsche Nummer angerufen.«

»Autsch.«

»Ja. Sie war nicht besonders glücklich.«

»Wer ist sie?« Ich wappnete mich gegen die Worte »Meine Freundin«.

»Meine jüngere Schwester. Sie ist heute aus Portugal gekommen.« Er machte eine Pause. »Es ist ein langer Flug, und offenbar ist Shannon die einzige Person der Weltgeschichte, die jemals ein paar Minuten warten musste, um vom … aua!« Er lachte, und ich hörte weibliches Gelächter im Hintergrund, gefolgt von dem Geräusch einer zuschlagenden Tür. Dann sprach er wieder. »Bist du noch dran?«

»Ja.«

»Meine Schwester hat mich geschlagen. Ich musste rausgehen.«

Ich unterdrückte ein Lachen. »Aua, hat sie dir wehgetan?«

»Nein, aber vielen Dank der Nachfrage. Aber jetzt werde ich hier draußen im Garten wahrscheinlich einen Hitzschlag bekommen. Gott, kaum zu glauben, dass ich vergessen habe, wie heiß es im Sommer in Florida ist.«

»Was machst du da eigentlich?«

»Ich stamme von hier. Meine ältere Schwester Sally heiratet am Donnerstag.«

»Wer heiratet denn unter der Woche?« Vielleicht war es unhöflich, ihm diese Fragen zu stellen, aber ich konnte nicht anders. Es war faszinierend, so am Leben eines vollkommen Fremden teilzuhaben. Und okay, es schadete nicht, dass er unglaublich gut aussah, aber trotzdem hätte ich etwas diskreter sein können.

»Unter der Woche ist es leichter, einen Termin zu bekommen. Die Samstage sind in Disney World immer schon ein Jahr im Voraus vergeben.«

»Sie heiratet in Disney World?«

»Ja. Sally ist ein Riesenfan. Sie hat da als Dornröschen gearbeitet.«

»Wirklich? Das ist viel interessanter als das, was meine Schwester tut. Sie ist Ärztin.«

»Würde sie denn in einem Krankenhaus heiraten?«

Ich grinste. »Nein. Es war bei Sonnenuntergang auf einem Schiff auf dem Lake Michigan. Als die Zeremonie vorbei war, wurde ich seekrank und habe mich über die Reling übergeben.«

Er brach in Gelächter aus. »Das ist ja furchtbar.«

»Mmm. Ich fand es ziemlich heldenhaft von mir, dass ich es durch das Ehegelübde hindurch geschafft hatte.«

»Absolut. Wie heißt deine Schwester?

»Äh …«

»Du willst es mir nicht sagen«, stellte er fest.

Wenn ich jemand Neuen kennenlernte, gab ich anfangs nie viel Persönliches preis. Ich hatte mir vor ein paar Jahren zu sehr die Finger verbrannt. Außerdem tun Dalys so etwas nicht, wie meine Schwester immer sagte.

Ich gab ihm eine ausweichende Antwort. »Sagen wir einfach, dass meine Eltern bei unserer Namensgebung sehr konsequent waren. Er passt zu Clementine.« Ich sprach meinen Namen französisch aus, so dass sich die letzte Silbe auf »Wien« reimte.

»Habe ich es die ganze Zeit falsch ausgesprochen?«

»Nein, es ist nur so, dass die meisten Amerikaner an die Frucht denken.« *Oder an das Lied*, fügte ich stumm hinzu, weil ich wusste, dass er den alten Klassiker zu singen beginnen würde, wenn ich es erwähnte. Lebenslange Erfahrungen hatten mich gelehrt, dass niemand diesem Drang widerstehen kann, egal wie schlecht er singt.

»Hey, kennst du dieses Lied …?«, begann Justin zu fragen, aber ich unterbrach ihn mit einem »Ja.«

»… von den Decemberists?«, fuhr er fort.

»Hm? Oh. Nein. Sorry, ich dachte … schon gut.«

»Ach, weißt du was? Es ist auf meinem Handy. Du kannst es dir anhören, sobald wir zu telefonieren aufgehört haben.«

»Ist das in Ordnung? Wenn ich mir deine Musik anhöre, meine ich.«

»Ja, nur zu.« Er schien aufgeregt zu sein. Ich mochte es, wie sich seine Stimme dann anhörte.

»Irgendetwas Spezielles, das du mir empfiehlst?«

»Ich hab nur ein paar Playlists. Such dir einfach eine aus.«

»Okay.« Ich war neugierig darauf, seinen Musikgeschmack kennenzulernen, aber nicht so neugierig, dass ich unsere Unterhaltung beenden wollte. Seine entspannte Art ließ mich weiter mit ihm reden wollen. »Du kannst dir auch meine Musik anhören, wenn du magst.«

»Das werde ich tun. Was soll ich denn sonst beim Trainieren machen – meinen eigenen Gedanken lauschen?«

Ich lachte und wusste genau, was er meinte. »Ich habe sonst auch Spotify, wenn meine Musik nicht nach deinem Geschmack ist. Und jede Menge anderer Musikdienste, also nur zu.«

»Du stehst doch nicht auf so Schmusemusik, oder?«

»Nein. Ganz im Gegenteil. Aber … na ja, du wirst schon sehen.«

»Ich werde berichten.«

Es entstand eine Gesprächspause, und ich wusste, dass ich ihn wieder zu seiner Familie zurückgehen lassen sollte, aber ich wollte diese Leichtigkeit zwischen uns nicht beenden. »Also, aus welchem Teil von Florida kommst du?«

»Aus der Nähe von Orlando.«

»Kein Strand?«

»Leider nein.«

»Dann muss ich den Strand diese Woche wohl für uns beide genießen.«

»Schick mir ein Foto.«

»Ich – was?« Plötzlich überkamen mich totale Zack-Flashbacks. Mein Herzschlag dröhnte in meinem Kopf, meine Schläfen pulsierten, und mir brach kalter Schweiß auf der Stirn aus.

»Ich meinte – tut mir leid. War das nicht in Ordnung?« Zum ersten Mal klang er nervös. »Ich meinte, ich mag Strände. Du könntest mir ein Foto von diesem Strand schicken. Oder auch nicht. Es ist – ich wollte wirklich nicht gruselig werden, ehrlich.«

Mein Puls beruhigte sich ein wenig. Okay. Vielleicht war er wirklich keiner von diesen Typen. Es war ihm so deutlich anzuhören, wie unangenehm ihm die Situation war, dass ich fast lachen musste. Aber ich wusste, dass es seltsam und gezwungen klingen würde, also unterdrückte ich es und schaffte es, stattdessen zu sagen: »K-kein Problem, ich kann dir ein Bild vom Strand schicken.«

Er räusperte sich. »Wirklich?«

»Na klar.«

Eine weitere Pause folgte, und ich rutschte auf meinem Platz hin und her.

»Das ist ganz schön frustrierend, oder?«, sagte Justin sanft.

Ich spürte ein Kribbeln im Bauch. »Was meinst du?«

Er atmete ins Mikrofon aus. »Ich wünschte, wir hätten uns am Flughafen richtig kennengelernt.«

»Warum?«

»Weil ich mir ziemlich sicher bin, dass ich dich nach deiner Nummer gefragt hätte, und jetzt werde ich nie genau wissen, ob du nur deswegen mit mir redest, weil du dich schuldig fühlst, mein Handy geklaut zu haben.«

War das eine Anmache? Ich konnte es nicht sagen. »Oh komm schon. Das sagst du doch bestimmt zu allen Mädchen, die fast auf dich gefallen wären und deinen Laptop geschrottet hätten.«

»Na ja, ich bin ein Südstaatenjunge. Wir versuchen immer ritterlich zu sein.« Er sprach mit einem schrecklichen und falschen Akzent.

»Ich glaube nicht, dass Leute aus den Südstaaten die Existenz von Florida überhaupt anerkennen.«

Er lachte und versuchte es wieder mit dem Akzent. »Wie kannst du es wagen, meine Leute zu beleidigen!«

Oh je, er war so verdammt charmant. Es war nicht fair, so überirdisch gutaussehend und gleichzeitig charmant zu sein. Und doch wollte ich ihm etwas Passendes erwidern. »Das würde mir nicht mal im Traum einfallen, Sir.« Ich gab ihm meine beste Scarlett O'Hara, die zugegebenermaßen nicht besonders gut war.

»Das war schrecklich.«

»So viel zum Thema Ritterlichkeit.«

»Ich bin sicher, dass du viele Talente hast, aber dein Südstaatenakzent gehört nicht dazu.«

»Ich spreche ganz gut Hindi«, bot ich an. Was einfach nur idiotisch war, denn es ging ja eben darum, diesen Kerl nicht zu viel über mich wissen zu lassen. Bei dem Versuch, es sachlich zu halten, scheiterte ich auf der ganzen Linie, und die Sache lief erst seit dreißig Stunden. Kein Wunder, dass ich das schwarze Schaf der Familie war.

»Im Ernst?« Justin riss mich aus meiner Selbstgeißelung.

»Ja.« Und ich konnte noch ein paar weitere nützliche Floskeln in einer Handvoll anderer Sprachen sagen, aber ich hatte bereits zu viel verraten.

»Warum Hindi?«

»Ich wurde in Indien geboren und habe dort gelebt, bis ich drei war.« *Halte den Mund, Clementine.*

»Warum bist du von dort weg?«

»Meine Mutter hat dort damals an ihrer Abschlussarbeit gesessen.« *Oh mein Gott, Clementine, halt endlich den Mund.*

»Das ist ziemlich cool.« Justin klang aufrichtig beeindruckt.

Ich zuckte mit den Schultern. »Irgendwie schon. Es ist allerdings echt nervig, durch die Sicherheitskontrollen an Flughäfen zu kommen.«

»Warum?«, lachte er.

»Weil ich dort geboren wurde, bin ich praktisch indische Staatsbürgerin. Und das reicht der amerikanischen Transportsicherheitsbehörde, mich als ›Person von besonderem Interesse‹ ganz genau im Auge zu behalten. Ich werde jedes Mal besonders kontrolliert.«

»Und, bist du eine solche Person?«

»Nein. Ich bin meistens sogar ziemlich uninteressant.«

»Ich weiß, dass das nicht stimmt.«

»Du kennst mich doch gar nicht«, erinnerte ich ihn.

»Also gut, dann erzähl mir doch etwas über dich.«

»Was willst du wissen?« Die kleine Stimme in meinem Kopf, die mir immer wieder geraten hatte, den Mund zu halten, schlug jetzt verzweifelt die Hände über dem Kopf zusammen.

»Keine Ahnung. Egal was. Lass uns mit deinem Nachnamen anfangen.«

Mist. Von allen Dingen, die er hätte fragen können, musste es das sein.

Es gibt eine Sache, die man lernt, wenn man in einer Familie wie meiner aufwächst – dass eine Menge Leute einen anders behandeln, sobald sie herausfinden, wie viel man wert ist. Eine Lektion, die ich im Alter von neunzehn Jahren auf die denkbar härteste Art und Weise lernen musste. Daher die Spitznamen und das fast leere Handy.

Natürlich ist nicht jeder hinter deinem Geld her, aber selbst wenn sie niemals einen Cent von dir wollen, verhalten sich die meisten ein wenig seltsam, sobald sie wissen, dass sie es mit dem amerikanischen Äquivalent des Adels zu tun haben. Meine Urgroßtante war tatsächlich eine englische Herzogin, und ihr Enkel war der derzeitige Herzog. Wenn jemand herausfand, dass er sich gerade beiläufig mit einer Prinzessin unterhielt, würde jeder ausflippen. Zumindest ein bisschen.

Auch wenn es daher nicht Justins Schuld war, dass wir in diese seltsame Beziehung gezwungen worden waren, tat ich das, was mir eingeprägt worden war: Ich log.

»Davis«, sagte ich.

»Schön, Sie kennenzulernen, Miss Davis«, erwiderte er. Nach einem Moment Stille hakte er nach: »Miss ist doch richtig, oder?«

Ich lachte. »Ich bin nicht verheiratet.«

»Ich wollte nur auf Nummer sicher gehen.«

»Und wie heißt du?«

»Justin Mueller mit *UE*.« Er sprach es wie »Miller« aus.

»Hi.« Ich spürte die vertraute Mischung aus Schuld und Besorgnis, die mich immer überkam, wenn ich eine neue Bekanntschaft anlog.

»So, nachdem wir einander endlich richtig vorgestellt wurden, sollte ich aufhören«, sagte er. »Meine Mutter beobachtet mich durch die Terrassentür, und das erinnert mich fatal an meine Highschoolzeit.«

»Meine … Freundin fragt sich wahrscheinlich schon, was aus mir geworden ist.« Ich hatte ihm bereits mehr persönliche Einzelheiten genannt, als ich hätte tun sollen, also hielt ich willkürlich die Information zurück, dass ich mit meiner Cousine unterwegs war. *Ja, das wird ihn bestimmt auf eine falsche Fährte locken, Clem. Gute Arbeit.*

»Okay, na dann … hören wir bestimmt später voneinander«, sagte er. »Hör dir mal das Lied an, das ich erwähnt habe, okay?«

»Das werde ich.«

Wir verabschiedeten uns.

Ich stieß einen tiefen Seufzer aus und stemmte meine Füße gegen das Fußteil des Bettes, während ich Justins Handy auf Augenhöhe hob und mich noch einmal zu dem Ordner mit seinen Fotos durchklickte. Da war er, so atemberaubend wie immer.

Was war nur los mit mir? Ich hatte diesen Mann etwa fünfzehn Sekunden lang persönlich gesehen. Warum um alles in der Welt war ich so von ihm besessen?

Ich stellte das Handy aus.

Dann drehte ich mich auf die Seite und schaltete das Handy wieder ein. Ich durchsuchte seine Musiksammlung nach dem Lied namens »Clementine« und spielte es ab, während ich den Rest durchstöberte. Classic Rock, Classic Rock, Classic

Rock. Fairerweise muss ich sagen, dass sein Musikgeschmack nicht nur die fast schon unumgänglichen Led Zeppelin und Rush beinhaltete, sondern auch unerwartete Bands wie Jefferson Airplane und Cream. Er schien einfach alles zu haben, von den Sechzigern bis heute. Wenn eine Band einen leicht zu erkennenden Leadsänger und einen unverkennbaren Gitarrenstil hatte, stand Justin auf sie.

Ich schickte ihm eine Textnachricht: *Versuch es mit der Playlist*. Ich bin nicht cool.

Das Lied, das er empfohlen hatte, war langsam. Es wurde mit einer Akustikgitarre gespielt und hatte einen süßen Text. Es gefiel mir, genau wie er vorhergesagt hatte. Lächelnd rief ich die nächste Playlist auf. Der Titel ließ mich die Stirn runzeln. Sie hieß *Original Classics* und bestand aus Stücken von Beethoven und Bach. Als Nächstes warf ich einen Blick auf die Liste namens *Softer*. Dort fand ich The Decemberists und noch viele weitere aktuelle Künstler. Es war die Art von alternativer und beruhigender Musik, die ich selbst bevorzugte.

Doch es war die letzte Playlist, die mich wieder zum Lächeln und Schwärmen brachte. Sie hieß *Standards* und beinhaltete Billie Holiday, Ella Fitzgerald, Nat King Cole und ein paar unbekanntere Künstler des Great American Songbook. Ich drehte mich wieder auf den Rücken, presste das Handy an meine Brust und fühlte mich, als wäre mir gerade die letzte Zutat für ein Rezept zum Verlieben gegeben worden. War dieser Kerl überhaupt echt?

Mein Herz klopfte wie wild, und das Handy begann abzurutschen, also legte ich es auf meinen Bauch, direkt unter das umgedrehte V meiner Rippen.

Ich wollte ihn. Nicht dass ich deswegen irgendetwas unternehmen konnte, aber zumindest konnte ich es zugeben. Ich hatte ihn seit dem Moment gewollt, als ich ihn zum ersten Mal gesehen hatte, und bis jetzt hatte er nichts getan, um diese Sehnsucht zu schwächen.

Ich presste das Handy auf meine Haut, dann fühlte ich mich plötzlich wie eine Idiotin. *Es ist nur ein Handy, um Himmels willen. Steh auf und geh mit deiner Cousine zum Strand.*

5

Robyn wartete bereits strandfertig in der Eingangshalle auf mich.

»Und?«, fragte sie sofort. »Was macht der Traumtyp?«

Ich seufzte. »Er hat eine Playlist voller alter Jazzsongs und ein Lied mit meinem Namen, in dem es *nicht* um die Tochter eines Bergarbeiters geht, und er hat gesagt, er findet mich interessant, und ich werde wahrscheinlich sterben.«

Robyn sah mich erschrocken an. »Du wirst sterben?«

»Metaphorisch gesprochen.« Ich seufzte erneut und legte mir theatralisch die Hand auf die Stirn. »Er kann unmöglich so perfekt sein. Vielleicht bin ich sogar schon tot. Schau mal bitte nach, ob ich tot bin.« Ich streckte ihr mein Handgelenk hin, damit sie meinen Puls überprüfen konnte.

Sie kicherte. »Du bist verrückt. Komm schon, lass uns an den Strand gehen, und du erzählst mir alles.«

Ich stöhnte über meine Schwärmerei und folgte ihr in den Hof, wo sie ihr Cabrio abenteuerlich geparkt hatte. Wir warfen unsere Taschen in den winzigen Bereich, den sie Rückbank nannte. Robyn setzte sich ans Steuer, und der Motor heulte auf wie ein nervöses Raubtier. Ich hatte mich kaum angeschnallt, da raste sie bereits aus der langen Einfahrt und zurück auf die kurvige Straße, die uns zum Strand führen würde.

»Also los, raus damit«, sagte sie laut, um den Fahrtwind zu übertönen.

Ich brauchte ihre Meinung zu dieser Situation. Ich brauchte eine Analyse. Ich brauchte jemanden, mit dem ich jedes einzelne Wort, das er zu mir gesagt hatte, durchgehen konnte. Meine mangelnde Erfahrung, was einen festen Freund anging, lähmte mich in Situationen wie dieser.

»Robyn, im Ernst, dieser Kerl kann kein Mensch sein. Er mag Strände, er hat Schwestern, und er wird diese Woche in Disney World sein. In Disney World! Ich meine, was soll ich nur davon halten?«

Sie nahm den Blick von der Straße und sah mich über den Rand ihrer Prada-Sonnenbrille hinweg an. »Na ja, ich glaube, ich brauche mehr Informationen als das.«

Also holte ich tief Luft und begann mit dem Anfang. Ich erzählte ihr alles, woran ich mich von unserer mäandernden Unterhaltung erinnern konnte.

»Okay, willst du wissen, was ich denke?«, fragte sie, als ich fertig war. »Für mich klingt das alles ziemlich normal.«

Ich strich mir eine Strähne zur Seite, die der Fahrtwind in meinen Mund befördert hatte. »Es war ja gar nicht nur, was er gesagt hat, sondern auch, *wie* er es gesagt hat. Oh Gott, keine Ahnung. Vielleicht hättest du dabei sein müssen? Vielleicht werde ich auch nur verrückt?«

Sie grinste. »Vielleicht ein bisschen. Na und? Er sieht supergut aus, und offenbar mag er dich. Freu dich darüber.«

»Das ist nicht so leicht.«

»Nicht, wenn du alles absichtlich verkomplizierst.«

»Nicht ich, sondern die Familie.«

Robyn lachte. »Ich liebe es, wie du sie die Familie nennst. Da hab ich gleich das Gefühl, wir wären bei der Mafia.«

»Und genau dieses Gefühl hat man auch, wenn man mit Großmama und Großpapa und all ihren Anwälten in einem Raum sitzt.«

Sie warf mir einen Seitenblick zu. »Machst du das oft?«

»Das eine Mal hat mir gereicht.«

»Hab ich irgendwas verpasst?« Sie drückte auf einen Knopf am Steuer, um die Musik leiser zu stellen.

»Kennst du wirklich die Zack-Geschichte noch nicht?«

»Ich glaube nicht.«

Oh je. *Dann lass mich sie dir bitte erzählen, Robyn. Ich liebe es, diesen Teil meines Lebens so oft wie möglich neu zu durchleben.*

In meinem ersten Studienjahr an der Universität von Chicago hatte ich Zack kennengelernt. Bis zu diesem Zeitpunkt war ich nicht viel ausgegangen, aber wenn, dann für gewöhnlich mit Jungs, die ebenfalls der reichen Oberschicht angehörten. Mir war nie in den Sinn gekommen, zu verleugnen, dass ich eine Daly war. Zuerst schien Zack mich um meiner selbst willen zu mögen. Es gefiel mir, dass er meine Großeltern nie getroffen hatte und dass er nicht auf ihrer nicht besonders subtilen, wenn auch nie ausdrücklich genannten Liste genehmigter potenzieller Freunde stand. Er gehörte mir, nur mir. Und als er mich bat, ihm aufreizende Fotos zu schicken, tat ich es, ohne zu zögern.

Es begann relativ harmlos, wurde aber schnell gewagt.

Bis der Erpresserbrief kam. Er wollte zehntausend Dollar, ansonsten würde er die Bilder ins Internet stellen. Zuerst vertraute ich mich heulend meiner Schwester an, aber kurz darauf musste ich alles meinen Großeltern beichten, die entschieden, Zack lieber zu bezahlen als einen Skandal zu riskieren. Wie meine Großmutter sagte: »Ich möchte nicht, dass du so wirst wie dieses blonde Mädchen, wie hieß sie noch? London?« Der Preis meines Beinahe-Skandals war viel höher als diese zehntausend Dollar, sobald die Anwälte eingeschaltet waren, und ich verlor meine Social-Media-Privilegien, meine Privatsphäre und meinen Stolz.

Du hast keine Ahnung, was wahre Demütigung bedeutet, bis sich deine eigenen Großeltern in einem Raum voller Anwälte, deinem Exfreund und seinem Vater einen Screenshot deiner nackten Brüste ansehen.

»Oh, ich erinnere mich daran, dass da mal irgendetwas war«, sagte Robyn, als ich fertig war. »Ich war damals erst fünfzehn, und meine Eltern sagten mir nur: ›Schick einem Jungen niemals ein Nacktfoto!‹« Dazu wedelte sie ernst mit ihrem Zeigefinger, dann lachte sie und verdrehte die Augen.

»Tu es einfach nicht. Vertrau mir«, sagte ich.

Wieder lachte sie. »Sei nicht so überdramatisch.«

Offensichtlich verstand sie es nicht. Die Erinnerung allein reichte aus, um mir die Schamesröte ins Gesicht zu treiben.

»Außerdem redet ja niemand davon, dass du dem Traumtypen Nacktbilder von dir schicken sollst. Ich sage doch nur, er sieht scharf aus, du magst ihn, was kann es schon schaden?«

»Ich mag ihn ja gar nicht.« Mein defensiver Tonfall ließ meine Wangen noch röter werden.

»Na klaaaaar«, neckte sie mich.

Das Handy vibrierte in meiner Hand. Wieder meine Nummer.

Clementine besser kennenlernen Teil 1.

Dein Lieblingsessen ist:

A: Burger und Fritten

B: Italienisch

C: Salat und gegrilltes Hühnchen

D: Chinesisch zum Mitnehmen

E: Etwas anderes

Okay, das war echt niedlich. Und harmlos. Ich tippte: *E. Ich mag alles.*

Er erwiderte: *Gute Antwort.* Gefolgt von:

Clementine besser kennenlernen Teil 2.

Mayo oder Miracel Whip:

A: Gib mir Mayonnaise oder gib mir den Tod

B: Miracel Whip ist das Beste!

C: Ich nehme beides, weil ich keine Geschmacksknospen habe

D: Ich weiß nicht, wovon du redest

Ich lachte auf. Dieser Kerl war kreativ, das musste man ihm lassen.

»Was ist denn so lustig?«, fragte Robyn.

Ich las ihr die Nachricht vor, und sie sah mich skeptisch an.

»Das ist echt schräg«, verkündete sie. »Aber irgendwie gefällt es mir. Was wirst du antworten?«

»Natürlich A. Wer isst schon Miracel Whip?«

»Ich mag Senf«, sagte sie.

Ich tippte meine Antwort ein und bekam zurück: *Das ist die richtige Antwort!*

Nach ein paar Minuten bekam ich noch eine Frage.

Clementine besser kennenlernen Teil 3.

Dein derzeitiger Beziehungsstatus lautet:

A: Single

B: In einer Beziehung

C: Es ist kompliziert

D: Geht dich nichts an

Es war überhaupt nicht kompliziert. Ich war so sehr Single, wie ich es jemals gewesen war. Zack hatte mir die Lust an Verabredungen erst einmal ausgetrieben. Ich hatte es seitdem ein paar Mal versucht, sowohl mit Jungs, die wussten, wer ich war, als auch mit welchen, die nicht einmal meinen richtigen Namen kannten. Aber ich konnte einfach keinem von ihnen genug vertrauen. Es hatte nie funktioniert.

Ich las Robyn die neue Frage vor.

»Oooh, er steht total auf dich«, sagte sie in einem Singsang.

»Wirklich?« Ich hasste es, zu fragen.

»Na klar.«

»Oh je.« Ich sank in meinem Sitz zusammen. »Und ich habe ihm meinen Fake-Namen gegeben.«

»Was?«

»Du weißt schon, den Namen, den du Fremden gibst.«

»Das hier ist Kalifornien, Süße. Hier geht es immer darum, wer wen kennt.« Sie lachte. »Aber ja, ich weiß, was du meinst. Wenn du nicht erkannt werden willst.«

»Vielleicht ist es in Chicago schlimmer«, dachte ich laut nach. »Weil Großmama und Großpapa da sind.«

»Wahrscheinlich.« Robyn nahm eine enge Kurve, die mich gegen die Tür drückte. »Du hast ihm also einen falschen Namen gegeben. Na und?«

»Ich fühle mich einfach mies deswegen.«

»Soweit wir wissen, könnte er ebenfalls nach Strich und Faden lügen. Vielleicht ist er ja ein Serienmörder mit Ehefrauen in fünf Staaten, die nichts voneinander wissen.«

»Vielleicht.« Aber das glaubte ich nicht. Justin fühlte sich echt an.

Ohne ein weiteres Wort zu Robyn zu sagen, schickte ich ihm meine Antwort: *A: Single.*

Gute Antwort.

Single?, fragte ich.

Keine Multiple-Choice-Frage?

Keine Antwort?

Single.

Okay.

Robyn bemerkte, wie ich das Handy anlächelte, und grinste. »Du magst ihn.«

Schnell steckte ich das Handy unter mein Bein, damit ich es nicht mehr sehen konnte. Aber sie lag nicht falsch.

Ich hatte bereits mehrere Fotos vom Strand an mein Handy geschickt, aber noch keine Antwort bekommen. Ich erreichte gerade die Phase, in der ich mir überlegte, jemanden anzuheuern, der mich entweder in die Vergangenheit schickte, damit ich sie nicht schickte, oder Justin in Florida aufstöberte und die Bilder löschte, als ich ein Antwortfoto von ihm bekam. Es war eine sonnenbeschienene Einkaufsmeile mit ein paar Palmen im Hintergrund. Der Begleittext lautete: *Die herrlichen Sehenswürdigkeiten von Zentralflorida.*

Ich grinste wie eine Idiotin, bis mir Robyn das Handy aus der Hand nahm und es sich selbst ansah. »Er ist amüsant, das muss ich zugeben.« Dann drückte sie sich an mich heran und hielt ihr eigenes Handy auf Armeslänge ausgestreckt. »Selfie.«

Ich lächelte bei der Aufnahme, und wir beschirmten unsere Augen mit der Hand, um es uns anzusehen. »Niedlich«, erklärte ich. »Das musst du mir schicken.«

»Na klar.«

Ich stand auf und wischte mir den Sand vom Hintern. »Also gut, ich kann nicht an den Strand gehen und nicht ins Meer springen. Das wäre einfach nicht richtig.«

»Natürlich kannst du, das machen die Leute hier dauernd«, sagte Robyn.

»Aber ich nicht. Ich gehe rein.« Eigentlich wollte ich zum Wasser laufen, aber ich bin nicht besonders sportlich und hatte ein wenig Angst, mir den Knöchel im Sand umzuknicken. Also begnügte ich mich mit einem strammen Spazierschritt. Während ich ging, wurde mir klar, dass mir gar nicht warm genug für einen Abstecher ins Wasser war. Im Rest des Landes war es zwar Sommer, aber hier in Südkalifornien war es im Prinzip die gleiche Temperatur wie immer. Und es war nicht einmal so feucht wie daheim.

Mir kam es so vor, als würde Robyn mich rufen, aber durch den Wind konnte ich sie nicht verstehen. Ich warf einen Blick über meine Schulter, aber sie sah auf ihr Handy, also ging ich weiter.

Als das Wasser des Pazifik über meine Zehen strömte, schrie ich ein wenig auf. Das war nicht das warme Ozeanwasser, auf das ich gehofft hatte. Es war nicht viel wärmer als der Michigansee im Sommer. Ich kniff meine Augen zu und versuchte, ein paar Schritte weiter hineinzuwaten. In Sekundenschnelle waren meine Beine mit einer Gänsehaut überzogen. Vielleicht musste ich mich erst daran gewöhnen. Ich sah mich auf dem Strand um und bemerkte, dass zwar relativ viele Leute da waren, sich aber nur wenige im Wasser aufhielten. Und bei denen handelte es sich größtenteils um Kinder oder Surfer in Neoprenanzügen.

»Egal«, murmelte ich, marschierte unsicher bis zu den Oberschenkeln ins Wasser und tauchte dann vorwärts. Als ich wieder aus dem Wasser kam, schnappte ich nach Luft. Es war nicht so schlimm, wie ich gedacht hatte, aber es war auch nicht warm.

Dort, wo wir uns im Sand niedergelassen hatten, stand Robyn jetzt, schirmte ihre Augen vor der Sonne ab und beobachtete mich. Als ich zitternd aus dem Wasser herauskam und mich zum Ufer zurückbewegte, hob sie anerkennend den Daumen. Noch bevor ich in Hörweite war, machte sie mit ihrem Handy einen Schnappschuss von mir.

»Wie war es?«, fragte sie.

Ich bemühte mich, nicht mit den Zähnen zu klappern. »Ähm, belebend.«

»Das glaube ich dir. Handtuch?«

»Ja. Und du kannst jederzeit aufhören, mich so anzugrinsen.«

»Ich werde mein Bestes tun.«

Den restlichen Nachmittag verbrachten wir ausgestreckt auf dem Sand. Ich las mein Buch fertig und ging zum nächsten Band der Reihe über. Es war der Letzte von acht. Es würde mir das Herz brechen, die mitspielenden Personen zurückzulassen, und doch konnte ich nicht aufhören, die Seiten regelrecht zu verschlingen. Das konnte ich nie bei Reihen.

Schließlich blinkte jedes Mal, wenn ich zur nächsten Seite überging oder einen Abschnitt für später markierte, meine Batteriewarnung auf, und wir entschieden, dass es Zeit war, nach Hause zu gehen. Wir sollten ohnehin zum gemeinsamen Abendessen mit den anderen wieder zurück sein. Robyns Cabrio brauste über die kurvige Straße, während der Sonnenuntergang und ich zufrieden seufzten.

Am Strand lesen > Immobilienmarkt. Tatsache.

Wieder im blauen Zimmer der Villa Nero wusch ich mir das Salz aus den Haaren und wickelte mich in ein Handtuch. Aus Gewohnheit warf ich einen Blick auf mein Handy und fand eine Nachricht von meiner Nummer.

Noch am Strand?

Nein, antwortete ich schnell. *Hab mir gerade den Rest davon abgewaschen.*

Das Telefon klingelte in meiner Hand, noch bevor ich es weglegen konnte.

»Ich war mir nicht sicher, ob ich heute noch mal was von dir hören würde«, sagte ich und band mein Handtuch enger, als ob er mich sehen könnte.

»Ich habe eine Nachricht für dich.«

»Oh?«

»Jemand namens Alan hat sagt, dass er ein Paket für dich angenommen hat.«

»Das ist mein Nachbar«, sagte ich. »Könntest du ihm antworten, dass ich es abhole, wenn ich wieder zurück bin?« Alan war mehr als mein Nachbar, er war der Sohn des persönlichen Sekretärs meines Großvaters. Meine Großeltern hatten behauptet, dass er eine Wohnung brauchte, nachdem sie das Haus gekauft hatten, aber da das direkt nach der Zack-Geschichte war, hatte ich irgendwie das Gefühl, dass sie einfach nur jemanden wollten, der direkt unter mir auf mich aufpasste.

»Kein Problem.«

Mir fiel auf, dass dies keine besonders dringende Nachricht war. Jedenfalls nicht dringend genug, um anzurufen. Wollte er einfach nur mit mir reden? Ich begann auf meinem Fingerknöchel herumzukauen.

»Ich habe mir die Playlist angesehen, die du erwähnt hast.«

»Und?«

»Nicht schlecht. Aber es fehlen natürlich ein paar von den Großen.«

Ich zog eine Augenbraue in die Höhe. »Wenn du jetzt Rush sagen willst, behalte es lieber für dich.«

»Wow, das ist hart. Du entführst mein Handy in ein fremdes Land und dann beleidigst du Rush?«

»Es ist kein fremdes Land, sondern Kalifornien. Und ja, ich beleidige Rush.«

Er seufzte. »Im Interesse unserer fortgesetzten Telefonbeziehung werde ich das fürs Erste überhören. Und Kalifornien ist ein fremdes Land.«

»Sagt der Typ in Florida.« Ich grinste und hockte mich auf den Rand des Chintz-Sessels in einer Ecke des Zimmers. »Und was machst du gerade?«

»Lesen.«

Mein Herz begann wild zu klopfen. Das gedruckte Wort war mein persönliches Aphrodisiakum. »Etwas Gutes?«

»Nur die *New York Times*.«

»Oh.« Ich rümpfte die Nase. Das war nicht meine Lieblingslektüre, aber es war immer noch ziemlich scharf. »Ist es nicht ein bisschen spät für die Tageszeitung?« In seiner Zeitzone war es fast zweiundzwanzig Uhr.

»Ich bin ein ziemlicher Nachrichtenjunkie.«

Also gibt es schon mal eine Sache, die wir niemals gemeinsam haben werden. »Hätte ich mir denken können. Du gehst schließlich auf die Medill. Ich stehe eher auf Kreuzworträtsel und den Kulturteil.«

»Dann gebe ich dir diese Teile eben ab. Und was machst du gerade?«

»Ich müsste mich eigentlich fürs Abendessen umziehen, aber …«

»Wir können aufhören, wenn du willst.« Er klang widerstrebend.

»Nein, schon okay. Ich hab noch ein bisschen Zeit.«

»Wer war eigentlich das Mädchen mit dir am Strand?«, fragte er.

Ich brauchte eine Sekunde, bis mir einfiel, dass Robyn das Selfie von uns natürlich an meine Nummer geschickt hatte. Sofort begann mein Herz nervös zu klopfen. Aber es waren nur unsere Gesichter darauf zu sehen. Ich hatte es mir angesehen. *Bleib ruhig.* »Oh. Das ist meine Cousine.«

»Ich dachte mir doch, dass ihr euch irgendwie ähnlich seht.«

Das sah ich nun wiederum überhaupt nicht. Robyn hat honigblonde Haare und hellbraune Augen, deren Farbe an Karamell erinnerte. Ich hingegen habe eher schokoladenbraune Haare und Augen. Ich entschied mich, nicht direkt zu antworten. »Ich habe sie gebeten, mir das Foto zu schicken, aber ich dachte, sie würde damit warten. Tut mir leid.«

Er lachte. »Welches?«

»Hm?«

»Sie hat fünf oder sechs geschickt.«

»Tatsächlich?«

»Ja.« Er zögerte einen Moment. »Du siehst wirklich gut aus in diesem Bikini, falls du dich das gefragt hast.«

Ich würde Robyn umbringen. Sie umbringen, wiederbeleben und nochmal umbringen. Heiße Scham schoss mir in die Wangen, während weiter südlich eine andere Art Wärme aufflackerte. Mein Mund stand offen, aber ich hatte nicht die geringste Ahnung, was ich als Nächstes sagen sollte.

»Clementine«, fragte Justin nach einem Moment.

»Ich bin da«, erwiderte ich.

»Hätte … hätte ich das nicht sagen sollen?«

Ich sprach leise, um meine Stimme ruhig zu halten. »Nein, schon gut. Es war … das war sehr nett von dir.« *Das war nett?* Am liebsten hätte ich mir das Handy an den Kopf geknallt. »Ich meine … vielen Dank, vielleicht? Oh Gott, ich weiß nicht, was ich meine. Schon gut.«

Er lachte sanft, überhaupt nicht gemein. »Kann ich dich am Freitag, wenn du nach Hause kommst, ausführen oder bist du dann zu erledigt?«

Schmetterlinge in meinem Bauch. »Ich werde nicht zu erledigt sein.« *Ich werde mir intravenös Kaffee verabreichen, wenn es sein muss.*

»Okay, gut.« Er stockte, aber ich konnte aufgrund seines Atmens hören, dass er noch nicht zu Ende gesprochen hatte. »Ich schwöre, es ist nicht wegen des Bikinis. Auch wenn du ihn am Freitag gerne anziehen kannst.«

Ich war fest entschlossen, nicht die Königin der Unbeholfenheit zu bleiben. »Du darfst auch gerne deinen Bikini anziehen.«

Wieder lachte er. Es war ein aufrichtiges lautes Lachen. »Das will wirklich niemand sehen, Clementine.«

»Aber du musst mir ein Foto von dir darin schicken, damit ich das selbst beurteilen kann.« Es war lustig gemeint gewesen, aber ich wünschte mir sofort, dass ich es zurücknehmen könnte. Ich hatte ihn gerade praktisch eingeladen, mir Nacktfotos von sich zu schicken.

Es folgte eine Pause. Dann sagte er leise: »Bist du dir sicher?«

Nein. Ich war mir überhaupt nicht sicher. Ich presste meine Knie zusammen und wünschte mir, dass ich mehr als ein Handtuch anhätte. Gleichzeitig aber auch nicht. »Ich, ähm …« So viel zur Überwindung meiner Unbeholfenheit. Ich musste schlucken. »Denk nur daran, dass das nicht dein richtiges Handy ist.«

»Stimmt.« Er seufzte. »Sollen wir aufhören, damit du dich fertig machen kannst?«

»Vielleicht«, sagte ich. »Ich kann wohl kaum im Handtuch zum Abendessen gehen, oder?«

»Mehr hast du nicht an?«, fragte er.

Unter größter Mühe zwang ich meine Stimme dazu, ruhig zu bleiben. »Ja.«

»Ich bin sicher, dass du toll aussiehst.«

»Mmm. Die Farbe des Handtuchs steht mir nicht so.«

Er räusperte sich. »Dann solltest du es wohl lieber ausziehen.«

Mein Herz hämmerte wie verrückt, als ich aufstand und mich im Spiegel neben dem Schrank ansah. Und obwohl er Tausende von Kilometern entfernt war, zitterte meine Hand, als ich das Handtuch losließ. Es rutschte zu Boden. »Erledigt«, flüsterte ich.

Vom anderen Ende der Leitung drang ein Geräusch, aber es waren keine Worte zu hören.

»Ich hätte heute wohl mehr Sonnencreme nehmen sollen«, sagte ich, als ich den schwach rosafarbenen Ton meiner Haut und den weißen Umriss meines Bikinioberteils betrachtete.

»Himmel«, murmelte er.

Ein spontaner Ausbruch von Selbstbewusstsein hatte mich bis hierhin gebracht, aber jetzt wusste ich nicht mehr, was ich tun sollte. Meine Großmutter war immer schon ein Fan würdevoller Abgänge gewesen, also sagte ich: »Ich zieh mich jetzt mal an. Wir hören morgen voneinander.«

»Gut«, sagte er. Seine Stimme war ein wenig heiser.

»Einen schönen Abend, Justin.«

»Dir auch, Clementine.«

Wir beendeten das Gespräch, und ich atmete zittrig aus. Meine Knie waren ganz wackelig, als ich mich hinunterbeugte, um mein Handtuch aufzuheben, aber ich zwang mich, zurück ins Badezimmer zu gehen, um es aufzuhängen und mich weiter fertig zu machen.

Ein paar Minuten später summte das Handy und ich sah mir die Textnachricht an.

Clementine besser kennenlernen Teil 4.

Warst du gerade wirklich nackt?
A: Ja
B: Nein
C: Das verrate ich dir nicht.
D: Wie unverschämt von dir, zu fragen!

Ich antwortete nicht sofort, sondern versuchte mich darauf zu konzentrieren, mit zitternden Händen mein Make-up aufzutragen.

Was zum Teufel machte ich hier? Das war einfach kein Spiel für eine Daly. Besonders nicht für mich. Die bloße Vorstellung, wie meine Großeltern reagieren würden, wenn ich in einen weiteren Sexskandal verwickelt wäre, reichte aus, um mir das Blut in den Adern gefrieren zu lassen. Und doch wollte ich auf seine Provokation eingehen. Ich wollte spielen. Ich wollte eine normale Dreiundzwanzigjährige sein, die mit einem süßen Typen flirtete, der mit ihr ausgehen wollte. War das so verrückt?

Ich kaute nachdenklich auf meiner Lippe herum, während ich zurück ins Schlafzimmer ging, um mir Unterwäsche zu holen. Wahrscheinlich schwitzte Justin auf der anderen Seite des Kontinents gerade Blut und Wasser und fragte sich, ob er zu weit gegangen war.

Ich ließ meinen Slip halb auf meinen Oberschenkeln und machte ein Foto von der Bräunungslinie auf meiner Hüfte. Das Bild war leicht unscharf und zeigte gerade genug Kurven, um eindeutig zu einem Frauenkörper zu gehören, aber ohne etwas zu zeigen, was mir später Probleme bereiten könnte. Während mein Herz klopfte wie das eines Kolibris, schickte ich es ihm mit der Bildunterschrift: *Was denkst du?*

Sobald das kleine Wörtchen *Zugestellt* unter dem Foto erschien, zuckte ich zusammen. Wenn meine Großmutter tot wäre, würde sie jetzt in ihrem Grab rotieren. Doch da sie lebendig war, konnte ich nur beten, dass sie es niemals – niemals! – herausfinden würde.

Fünf gespannte Atemzüge lang kam keine Antwort.

Panik stieg in mir auf. Ich warf das Handy aufs Bett und zog mir den Slip richtig hoch, dann beeilte ich mich, auch den BH anzuziehen. Ich steckte bereits halb in meinem Kleid, als das Handy summte und ich es hochnahm.

Gute Antwort.

Ich spielte jetzt wirklich mit dem Feuer.

6

Am Mittwochmorgen erwachte ich früh. Mein Körper schien entschlossen, in der Zeitzone von Chicago bleiben zu wollen, auch wenn ich am Abend zuvor lange aufgeblieben war. Normalerweise hätte ich mich einfach umgedreht und weitergeschlafen, aber mein Kopf griff sofort das Foto auf, das ich Justin am Abend geschickt hatte.

Ist doch keine große Sache, sagte ich mir. *Es war nur ein Teil einer Hüfte. Niemand könnte jemals beweisen, dass du es bist.*

Trotzdem griff ich nach dem Handy und löschte das Foto von Justins Kamera sowie aus der Galerie. Weg.

Ich wusste, dass ich mich paranoid verhielt, aber ich fühlte mich dadurch besser.

Er hatte an diesem Morgen bereits zwei Nachrichten auf seiner Mailbox. Glücklicherweise hatte ich das Handy über Nacht auf lautlos geschaltet.

Die Nachrichten waren banal, aber ich war für jede Information über Justin dankbar. Die erste war von einer Autovertretung – eine Rückfrage wegen eines kürzlichen Wartungsbesuchs. Die zweite war ein automatisierter Anruf einer Apotheke, der ihn darüber informierte, dass sein verschreibungspflichtiges Medikament da war.

Ich traute mir noch nicht zu, ihn jetzt schon anzurufen. Ich war mir ziemlich sicher, dass ich peinlich herumschwafeln würde. Also entschied ich, die frühen Morgenstunden mit dem anderen kleinen Geheimnis zuzubringen, das ich vor allen geheim hielt. Es war Zeit, meinen Blog namens *Sweet Charitys Buchecke* auf den neuesten Stand zu bringen.

Genau genommen verletzte ich damit nicht die Vorschriften, die mir meine Familie auferlegt hatte. Ich, Clementine Daly, war in keinem sozialen Netzwerk unterwegs. Mein *Alter Ego*, Sweet Charity, hingegen war auf praktisch jeder Plattform, die mir einfiel. Niemand wusste, wer ich war. Charity hatte noch nicht einmal ein Profilfoto. Ich hatte das niedliche Logo eines Buches mit einem Kussmund auf dem Cover, das mich überall repräsentierte. Und Charity war praktisch überall.

Irgendwie war das, was als meine eigene kleine Ecke des Internets begonnen hatte, zu einem Teil einer Gemeinschaft aus Buchbloggern, Lesern und Autoren geworden. Einige meiner engsten Freunde waren Menschen, denen ich niemals begegnet war. Menschen, die keine Ahnung hatten, wie ich aussah oder wo ich lebte. Und doch waren sie so etwas wie mein Stamm.

Als Charity konnte ich für meine Lieblingsautoren schwärmen, überschäumende Empfehlungen der Bücher, die ich liebte, mit jemandem teilen, mit Leuten über die Dinge reden, die ich tat, dachte, sah, las, hasste und mehr. Alles vollkommen ungefiltert. Ohne mir Sorgen darüber machen zu müssen, welche Konsequenzen all das für meine Familie haben könnte. Bücher waren bereits so etwas wie eine Rückzugsmöglichkeit für mich gewesen. Und nun hatte ich es geschafft, Bücher zu einer Art Lifestyle zu machen.

Glücklicherweise hatte ich mein iPad und die Tastatur mitgenommen. Mein »SweetCharity«-Twitterfeed war ein einziges Chaos aus E-Mails und Direktnachrichten. Ich war in einer Handvoll Instagram-Challenges getaggt worden. Mein Snapchat stand kurz vor der Explosion, und ich hatte ein paar große

Ankündigungen verpasst. Und wenn ich das alles sortiert gebracht hatte, wollte ich damit anfangen, meine Gedanken zu den Büchern, die ich gerade gelesen hatte, zu notieren und mit dem nächsten Buch anzufangen, das ich lesen musste. Es war ein Roman, den ich für einen Verlag rezensieren durfte, also gab es ein Fälligkeitsdatum. Ich war gerade dabei, markierte Passagen aus dem letzten Buch zu kopieren, als es an meiner Tür klopfte und mein Bruder seinen Kopf hereinsteckte.

»Du bist wach. Gut. Wir brechen in einer Stunde auf.«

»Wohin?«, fragte ich, gedanklich immer noch tief in der Welt von Charity.

»Wir fahren heute in Nelsons Büro, weißt du das nicht mehr?«

Mist. Das hatte ich vergessen. Es klang wie das Gegenteil von allem, was ich tun wollte. Aber mein Onkel freute sich so wahnsinnig darauf, uns – oder genauer gesagt, Honor – herumzuführen. Und es war schließlich der Grund, warum ich überhaupt nach Kalifornien gekommen war. »Okay, in Ordnung. Ich mach mich fertig.«

Honor starrte mich an. »Du hast echt überhaupt keine Lust darauf?«

»Äh …« Ich wusste nicht, was ich sagen sollte. Honor schien das Geschäftsleben faszinierend und aufregend zu finden. Ich hingegen fand all die Faszination, die ich brauchte, in dem kleinen elektronischen Gerät auf meinem Schoß. Ich zuckte mit den Schultern. »Vielleicht wird es heute ja anders.«

Er schüttelte lächelnd den Kopf. »Ich würde nicht darauf wetten.«

Wir verbrachten den Morgen mit Nelsons Assistenten Mason, der uns sein ganzes Büro zeigte und Leuten vorstellte. Ich hoffte, dass es später keinen Test geben würde, denn es fiel mir schwer, alle Namen zu behalten. Ganz zu schweigen davon, dass ich mit meinem weißen Kleid mit Lochstickerei und den flachen Sandalen überhaupt nicht geschäftsmäßig wirkte. Jeder, den ich traf, trug Geschäftskleidung.

Als sich Mason entschuldigte, um uns Kaffee zu bringen, tippte ich Honor an die Schulter. »Warum hast du mir nicht gesagt, dass hier alle so förmlich herumlaufen?«

»Es ist ein Büro, Clem, was hast du denn gedacht?«

Ich deutete auf die Möbel aus hellem Holz und Chrom. »Es ist Kalifornien. Ich dachte, dass man hier etwas lässiger wäre.«

»Schau dir an, was ich trage.« Er deutete auf seinen hellgrauen Anzug und das lavendelfarbene Hemd.

»So siehst du doch immer aus.« Ich schwöre, dass Honor praktisch in einem Anzug geboren wurde. »Ich dagegen wirke, als sei heute ›Bring deine Tochter mit zur Arbeit‹-Tag.«

Mein Bruder warf den Kopf in den Nacken und lachte laut genug, um die Aufmerksamkeit einiger Angestellter in dem Großraumbüro auf sich zu ziehen. »Das stimmt.«

»Halt die Klappe. Es starren mich sowieso schon alle an.«

»Sie starren mich an«, versicherte er mir. »Das passiert dauernd. Weil ich so umwerfend gut aussehe.«

Ich verdrehte die Augen. »Ja, genau, das muss es sein.«

»Du siehst gut aus«, sagte er in einem Tonfall, den nur ein Bruder für seine Schwester aufbringen kann.

»Was hättest du überhaupt angezogen, wenn ich dir gesagt hätte, dass es hier formell zugeht?«

In dem Punkt hatte er recht. Ich besaß überhaupt keine Geschäftskleidung. Ich hatte gerade mein Englischstudium abgeschlossen. Wofür zum Teufel brauchte ich einen Hosenanzug? »Nicht das hier«, war alles, was ich antworten konnte.

Das Handy summte in meiner Handtasche, also holte ich es heraus.

Eine Nachricht von Justin: *Die Herzogin hat wieder angerufen.*

Ich hatte meiner Großmutter meine vorläufige Nummer gegeben, aber sie hatte sich wahrscheinlich nicht die Mühe gemacht, sie zu speichern. Es war ein Wunder, dass wir sie überhaupt zu einem Handy hatten überreden können. Es bestand eine gute Chance, dass sie damit nicht einmal das Internet nutzte.

Ich erwiderte: *Tut mir leid, ich werde sie an die andere Nummer erinnern. Ich habe Nachrichten für dich.* Ich gab die Informationen der Autovertretung und der Apotheke weiter.

Es ist nur ein Allergiemittel, erwiderte er fast sofort.

Okay …

Keine Pilzsalbe, Antipsychotika oder so was.

Ich lachte schockiert auf, weil ich so überrascht war, dass seine Gedanken so schnell so extrem geworden waren. Ich grinste das Handy an, dann erwiderte ich: *An so etwas habe ich ganz ehrlich überhaupt nicht gedacht, aber jetzt, da du es sagst …*

»Was ist denn da so komisch?«, fragte Honor.

Schnell unterdrückte ich mein Grinsen. »Nichts Wichtiges.«

Er sah mich fragend an. »Immer noch dieser Handy-Typ?«

Ich antwortete nicht, konnte aber spüren, wie mein Gesicht alle möglichen seltsamen Dinge tat, während ich überlegte, wie ich reagieren sollte.

Honor zog eine Augenbraue in die Höhe. »Also dieser Handy-Typ. Mir war nicht klar, dass ihr jetzt Freunde seid …«

Ich antwortete immer noch nicht, und glücklicherweise kam in genau diesem Moment Mason mit zwei Bechern Kaffee zurück.

»Sind wir so weit?« fragte Mason. Er wirkte immer wie jemand, der dreihundert Dinge auf seiner To-do-Liste hatte.

»Dann wollen wir mal.«

Am Abend versuchte ich Justin anzurufen, aber zum ersten Mal ging er nicht ans Handy. Ich war enttäuschter, als ich eigentlich sein durfte. Doch ich schob die Enttäuschung beiseite, um den Abend mit Nelson und Janine zu genießen. Sie führten Honor und mich erst in ihr Lieblingsrestaurant mit Meerblick aus und gingen dann mit uns ins La Jolla Playhouse, wo wir uns von ihren Logenplätzen aus die neuste Show ansahen.

Als wir aus dem Theater nach Hause kamen, war ich entsetzlich müde. Es war kurz nach elf, und ich konnte nicht aufhören zu gähnen. Das hatte ich vom zu frühen Aufwachen. Ich wünschte allen eine gute Nacht und ging ins blaue Zimmer, um mich bettfertig zu machen.

Ein paar Minuten später lag ich mit meinem voll aufgeladenen E-Reader im Bett, als mein Handy auf dem Nachttisch summte. Es war eine Textnachricht von Justin: *Noch wach?*

Ich antwortete direkt. *Ja. Was treibst du so?*

Es kam keine Antwort, aber eine Sekunde später klingelte das Telefon. Es war natürlich er.

»Hey«, sagte er, als ich dran ging. »Tut mir leid, dass ich so spät anrufe.«

»So spät ist es hier gar nicht«, erinnerte ich ihn.

»Ach ja.« Er klang ein wenig heiser. »Ich bin total durcheinander, was die Zeit angeht.«

»Aber bei dir ist es ziemlich spät.« Es war zwar kein Anruf im Morgengrauen nach einer durchzechten Nacht, aber auf jeden Fall später, als wir bis jetzt immer telefoniert hatten.

»Heute Abend war die Hochzeitsprobe meiner Schwester«, sagte er langsam. »Und dann sind wir essen gegangen.«

Ich schmunzelte. Deswegen klang er ein wenig neben der Spur. »Hast du mit Micky Maus Kurze getrunken oder was?«

»Nein, wir waren am Universal Citywalk. Es war vollkommen verrückt. Jetzt weiß ich auch wieder, warum ich solche Touristenfallen im Sommer meide.«

»Hat es dir Spaß gemacht?«

»Ja. Ja. Meine Güte, ich sollte wohl lieber etwas Wasser trinken, bevor ich ins Bett gehe.« Im Hintergrund hörte ich erst ein Dröhnen, dann das unverkennbare Klirren von Eiswürfeln, die in ein Glas fielen.

»Rufst du mich etwa betrunken an?«, fragte ich.

»Ich … vielleicht.« Er seufzte. »Tut mir leid. Ich hatte aber einen Grund, dich anzurufen.«

»Welchen?«

»Jemand namens Rachelle hat eine Nachricht hinterlassen. Sie sagte, dass du sie so schnell wie möglich zurückrufen sollst. Irgendetwas über eine Kreditkarte, die ausgetauscht werden muss. Keine Ahnung, aber es klang wichtig, also habe ich dich angerufen.«

Rachelle war eine von mehreren Geschäftsführerinnen und Geschäftsführern des Familienunternehmens. Sie war die Person, die meine Finanzen regelte. Alle ihre Anrufe klangen wichtig, also war es schwer zu sagen, ob etwas wirklich dringend war oder nicht, aber um sicherzugehen, würde ich sie am nächsten Morgen zurückrufen. »Danke.«

»Gern geschehen.« Er holte tief Luft. »Du hast doch noch nicht geschlafen, oder? Sei ehrlich.«

»Noch nicht, ganz sicher. Ich habe noch ein bisschen gelesen.«

»Hausaufgaben, Arbeit oder zum Vergnügen?«

Ich lächelte. »Zum Vergnügen.«

»Hm, ein Mädchen, das gerne liest. Das gefällt mir.«

»Ich liebe es, zu lesen.«

»Welches ist dein Lieblingsbuch?«

»Das ist so, als würdest du mich fragen, welches Sauerstoffmolekül ich am liebsten einatme.«

Er lachte leise. »Wie wäre es dann mit ein paar deiner Favoriten?«

Unmöglich!, wollte ich rufen. Meine Favoriten waren unterteilt und noch einmal unterteilt, in Genres, Autoren, Reihen, Charaktere … die Unterscheidungen gingen immer weiter. »Es gibt so viele …«

»Okay, was für eine Art Bücher liest du denn gerne? Oder was liest du jetzt gerade? Wie wäre es damit?«

Und hier kam ein potenzieller Fallstrick. »Du hast bestimmt noch nie davon gehört.«

»Versuch es doch mal.«

Dann brachte ich es wohl lieber hinter mich. »Es ist ein Liebesroman. Und bevor du mich auslachst oder meine Intelligenz anzweifelst: Zufällig mag ich Liebesromane. Viele intelligente Leute mögen sie. Es ist nur ein Genre, wie Science Fiction oder Fantasy, auf keinen Fall unrealistischer, und ich finde nicht, dass das nur Pornos für Frauen sind, und ich lese auch andere Sachen, also halt die Klappe.«

Er lachte nicht, aber ich konnte das Grinsen in seiner Stimme hören, als er sagte: »Das war irgendwie scharf.«

»Was?« Ich war verwirrt.

»Dass du dich deswegen so aufregst. Das hatte ich nicht erwartet.«

»Ich hab Englisch studiert und wurde deswegen oft aufgezogen.«

»Warst du nicht snobistisch genug?«, fragte er.

»Offenbar nicht.«

Dann sagte er leise: »Einen Moment.« Noch mehr gedämpfte Hintergrundgeräusche, dann eine Tür, die zuging. »Ich bin wieder da, tut mir leid. Ich musste am Schlafzimmer meiner Eltern vorbei und wollte sie nicht aufwecken.«

Ich lachte. »Du lässt wirklich deine Teenagerzeit wiederauferstehen, was?«

»Und wie. Ich bin sogar in meinem alten Zimmer.«

»Bitte sag mir, dass du ein Jugendbett hast.«

»Ein Doppelbett, tut mir leid, dich zu enttäuschen.«

»Zu schade, es war so eine hübsche Vorstellung. Du in deinem viel zu schmalen Jugendbett mit … was? Hot-Wheels-Bettwäsche?«

»Hey, man kann sich nicht aussuchen, was einen anmacht.«

Ich errötete, aber zur Abwechslung wusste ich, was ich erwidern konnte. »Sorry, aber ich steh mehr auf Transformers.«

Er lachte. »Ich werde dran denken. Warte mal kurz … wieder da.«

»Schleichst du wieder herum?«

»Hab mein Shirt ausgezogen.«

»Wow, du bist ja echt leicht zu haben.« In Anbetracht der Tatsache, dass er derjenige war, der angetrunken war, hatte ich ein ganz schön loses Mundwerk.

»Du musst gerade reden. Trägst du zur Abwechslung mal mehr als ein Handtuch?«

Eigentlich nicht. Ich trug ein Tanktop und Shorts. »So ähnlich.«

»Spannend.«

»Ich liege im Bett. Ich bin nicht gerade für die Oper angezogen.«

»Und was genau hast du an?«

Ich errötete noch mehr. Es war ein so abgegriffener Spruch, und doch schreckte er mich nicht ab.

»Einen Pyjama. Shorts und ein Tanktop.«

»In deiner Farbe?«

Mein Herz begann zu klopfen. »Eher als das Handtuch.«

»Du wirst sie also nicht ausziehen?«

»Hatte ich nicht … unbedingt vor.« *Was tat ich da?*

»Hmm«, war alles, was er dazu sagte.

Ich versuchte den Spieß umzudrehen. »Und was hast du an?«

»Shorts. Noch ungefähr fünf Sekunden.«

Nachdem ich in Gedanken bis fünf gezählt hatte, fragte ich: »Und jetzt?«

»Auf dem Boden sieht sie besser aus.«

»Ich verstehe.« Ich wollte fragen, ob er nackt war, tat es aber nicht.

»Denkst du, deine würden auf dem Boden auch besser aussehen?«

Ich lachte. »Was ist mit ordentlich gefaltet am Fußende?«

»Oh.« Sein Tonfall besagte, dass ich ihm gerade alles gesagt hatte, was er wissen musste.

Ich vermutete, dass ich gerade als Pedantin abgestempelt worden war. »Warte kurz.« Ich legte das Handy neben mich und zog unter der Decke meine Shorts aus. Dann legte ich sie – ordentlich zusammengefaltet – ans Fußende und machte ein Foto davon, das ich Justin schickte. »Noch da?«, fragte ich.

»Bin ich – Moment, ich habe eine … oh. Interessant.«

»Ich schätze, jetzt sind wir quitt.« Glücklicherweise blieb meine Stimme ruhig.

»Nicht ganz.«

»Wieso?«

»Kein T-Shirt, weißt du noch?«

Mein Herz schlug schneller, als ich mich aufsetzte. Mit einem Schlag war ich hellwach. Würde ich dieses Spiel wirklich mitmachen? Nach einem Moment, in dem ich tief durchgeatmet hatte, sagte ich: »Na ja, ich denke, das ist nur fair.« Wieder legte ich das Handy beiseite, zog langsam mein Oberteil aus und schauderte, als die Klimaanlage meine Nippel hart werden ließ.

»…mentine?« Justin sprach gerade, als ich das Handy wieder an mein Ohr hob.

»Ich bin da.« Ich legte mich wieder hin und zog die Decke bis unters Kinn hoch. »Jetzt sind wir aber wirklich quitt.«

Er machte ein seltsam summendes Geräusch. »Oh?«

Langsam wurde es peinlich. Ich wollte mein Gesicht verbergen. Das hier war nicht ich. Ich zog mich nicht am Telefon aus.

Okay, jedenfalls nicht *mehr*.

Vielleicht war es an der Zeit für einen weiteren würdevollen Abgang. »Es ist spät. Ich sollte dich schlafen lassen.«

Ich hätte schwören können, ein leises Ächzen zu hören. »Du hast wahrscheinlich recht. Ich muss mich in ein paar Stunden zur Hochzeit meiner Schwester fertig machen.«

»Stimmt ja, morgen ist der große Tag.«

»Ja. Dabei fällt mir ein, ich werde morgen wahrscheinlich nicht gut zu erreichen sein. SMS kann ich nachgucken, aber ich weiß nicht, ob ich die Gelegenheit bekomme, dich anzurufen.«

»Oh.« Das war kein guter Gedanke. Besonders nicht jetzt, da ich mich mit ihm ausgezogen hatte, auch wenn er es nicht sehen konnte. Ich fragte mich, ob er das so geplant hatte. Doch es war eher unwahrscheinlich, dass er mit dem ausdrücklichen Plan angerufen hatte, mich aus meinem Pyjama zu schwatzen, und das Gespräch dann beenden würde, ohne mehr als mein Wort als Beweis dafür zu haben.

»Aber wir sprechen uns dann übermorgen.«

Dieser Gedanke war wiederum ein wenig beunruhigend. Würde es seltsam sein? Seltsamer, als es die vergangenen Tage bereits gewesen war? »Na klar.«

»Dann bis übermorgen.« Er machte eine Pause. »Gute Nacht, Clementine.«

»Gute Nacht.«

7

Am nächsten Tag spielten Honor und ich Touristen. Wir sahen uns La Jolla an, »um uns ein vollständiges Bild davon zu verschaffen, was hier draußen so im Angebot ist«, wie er es ausdrückte. Es war ein wunderschönes, wenn auch ein wenig verschlafenes Städtchen. Die Strände waren so ziemlich die schönsten, die ich je in den USA gesehen hatte.

Zum Mittagessen suchten wir uns ein Restaurant mit Terrasse, damit wir einen Ausblick auf La Jolla Cove hatten. Die Klippen, die Palmen, die sich im Wind neigten, der blaue Ozean – das alles war in der hellen Sonne eines kalifornischen Nachmittags wirklich sehr eindrucksvoll.

»Daran könnte ich mich gewöhnen.« Honor seufzte und lehnte sich zurück, nachdem der Kellner unsere Getränkebestellung aufgenommen hatte.

»Es ist himmlisch.«

»Da kann der Michigansee nicht ganz mithalten, oder?«

»Oh, auf keinen Fall.« In Chicago war der See ebenso prominent wie hier das Meer. Von keiner Stelle aus konnte man das gegenüberliegende Ufer sehen. Er war sogar groß genug für Ebbe und Flut, aber das alles war nicht vergleichbar mit den rollenden Schaumkronen, die hier auf die goldenen Felsen zustürzten.

»Und … was denkst du?«

»Über Kalifornien?« Ich wusste, dass er etwas anderes gemeint hatte, aber ich wollte mir ein wenig Zeit verschaffen.

Honor starrte mich nur an.

Ich seufzte. »Es ist … interessant, schätze ich.«

»Du weißt, dass wir noch nicht alles gesehen haben, was Nelson hier macht. Einige Bauunternehmen beschäftigen sogar Historiker und Archäologen, um ihnen zu helfen, nach neuen Standorten zu suchen.«

»In Geschichte habe ich nur einen Bachelor.«

»Du könntest ja deinen Master oder Doktor machen.«

»Honor …«

Er machte ein langes Gesicht. »Dich hat also nichts davon angesprochen?«

»Sollte es das denn?«, fragte ich. »Ich meine es ernst. Sollte ich eine Art Erleuchtung haben? Woher weiß man denn, was man machen will?«

»Keine Ahnung. Man weiß es einfach.«

»Woher wusstest du es?«

Er zuckte mit den Schultern. »Als ich klein war, bin ich furchtbar gerne mit unserem Großvater zu dem großen Haus in der Innenstadt gegangen. Für mich war irgendwie immer klar, dass ich mal dort arbeiten werde. Und meine Kurse jetzt sind alle toll. Ich weiß es einfach.«

Ich trank einen Schluck. »Vielleicht stimmt etwas mit mir nicht.«

»Also erstens wissen wir das seit Jahren. Und zweitens heißt das nicht, dass du es nicht auch noch herausfinden wirst.«

»Danke.«

Sein Handy summte, und er warf einen Blick auf die Nachricht. Stirnrunzelnd begann er eine Antwort einzugeben. Ich nutzte die Gelegenheit, auch auf mein Handy zu sehen.

Eine Bildnachricht wartete auf mich. Das Foto von einer Mütze mit Micky-Maus-Ohren und dem Wort »Justin« in der berühmten gelben Schrift darauf gestickt. Sie lag auf einem Tisch. Darunter stand *Ein Geschenk von meiner Schwester.*

Ich grinste und tippte: *Ich will dich damit sehen!*

Streng deine Fantasie an.

Nein. Nicht gut. Ich brauche ein Bild.

Funktioniert deine Fantasie nicht mehr?

Ich lächelte erneut und wurde aus irgendeinem Grund rot.

»Was ist los mit dir?«, fragte Honor.

»Nichts.« Schnell legte ich mein Handy mit dem Display nach unten auf den Tisch.

»Schreibst du immer noch diesem Handy-Typen?«

Ich warf ihm einen verächtlichen Blick zu. »Wir müssen uns schließlich auf dem Laufenden halten, oder?«

»Sieht für mich nach mehr aus.«

»Warum hältst du nicht einfach die Klappe?«

»Eine wohlformulierte Antwort, wie üblich. Ich hoffe, du machst nichts Dämliches.«

»Jetzt hör endlich auf.« Ich trank noch einen Schluck Wasser, um für einen Moment seinen Augen auszuweichen. »Denkst du, unsere Großeltern werden enttäuscht sein, dass ich hier in Kalifornien nicht meine Bestimmung gefunden habe?«

Mein Bruder legte nachdenklich den Kopf zur Seite. »Ich glaube, seien wir ehrlich, wenn es nach Großmutter ginge, würden wir alle zusammen für immer in dem Haus an der Goldküste leben.«

Ich lachte. »Stimmt.«

»Aber ich glaube auch, dass Großvater dir eine Standpauke halten wird.«

Ich stieß ein Seufzen aus. »Man sollte doch annehmen, dass ich mit dreiundzwanzig für Großvaters Standpauken langsam zu alt bin.«

»Ha.«

»Ich weiß.«

»Dir ist klar, dass es ihm eigentlich egal ist, was du tust, oder? Er will nur, dass du eine Sache findest, die dir Spaß macht, und die du dann auch tust.«

»Aber es wäre schon toll, wenn ich diese Sache irgendwo innerhalb der Daly-Stiftung finden würde, oder?«

»Es kann halt nicht jeder der Lieblingsenkel sein, Clem.« Honor blies auf seine Nägel und polierte sie an seinem Hemd.

»Und du schaffst es gleichzeitig irgendwie, mein unbeliebtester Bruder zu sein. Das ist eine ganz schöne Gabe.« Ich grinste ihn an. Wir wussten beide, dass das nicht stimmte. Wir hatten uns schon immer gut verstanden. Vielleicht lag es daran, dass wir die beiden Jüngsten waren und der Altersunterschied am kleinsten war. Honor war kaum ein Jahr jünger als ich. Ursprünglich waren wir sogar in derselben Klasse gewesen, da ich nicht im Kindergarten gewesen war, solange meine Eltern herumreisten. Ein halbes Jahr später war ich dann eine Klasse höher gerückt, auch wenn ich bei meinem Bruder hatte bleiben wollen. Ich hatte mich davor gefürchtet, von einem weiteren Familienmitglied getrennt zu werden.

Mein Handy summte auf dem Tisch, und Honor erwischte es, bevor ich es verhindern konnte.

»Hey!« Ich griff danach.

»Da steht ›Für deine gestörte Fantasie‹«, las er verwirrt. »Was zum Teufel soll das bedeuten?« Das Handy summte erneut, und seine Augenbrauen zogen sich noch stärker zusammen.

»Gib es mir!« Ich warf mich über den Tisch und riss ihm das Handy aus der Hand. Auf dem Display sah ich ein Bild von

Justin und einem Mädchen, das seine Schwester sein musste. Die Ähnlichkeit war unverkennbar. Sie hatten ihre Gesichter für das Selfie zusammengepresst, und beide trugen Micky-Maus-Ohren.

»Was soll ›gestörte Fantasie‹ bedeuten?«, fragte Honor.

Ich ignorierte ihn und schickte ein kurzes *Danke*.

»Äh, hallo?«, sagte mein Bruder.

»Nichts, es ist nur ein Scherz zwischen uns.«

»Du tauschst Scherze mit diesem Typen aus?«

»Vergiss es einfach.« Ich versuchte ihm einen strengen Blick zuzuwerfen, der diese ganze Fragerei beendete.

Er grinste selbstgefällig. »Wenn du meinst, Schwesterherz.«

Justin und ich verbrachten den Rest des Tages damit, uns zu texten und Bilder zu schicken.

Von ihm bekam ich ein Foto von einer kleinen braunen Eidechse auf einem Geländer, von ein paar Zuckermandeln mit der Unterschrift *Wofür sind die gut?* und eines von dem großen Golfball des Epcot-Centers von der Lagune aus gesehen. Ich schickte ihm ein Foto vom Steilufer von La Jolla Cove, von einem lustigen Schild in einem Schaufenster und eines von meinem riesigen Eisbecher.

Unsere Textnachrichten waren sporadisch und unzusammenhängend, und jedes Mal, wenn ich das Summen des Handys hörte, musste ich vor Vorfreude lächeln.

Von Justin:

Das Blumenmädchen hat zu heulen angefangen und sich geweigert, den Gang entlangzugehen.

Falls du dich gefragt hast: Florida im Juni hat ungefähr dieselbe Temperatur wie die Hölle.

Das Blumenmädchen hat gerade Cinderella getroffen und wieder zu heulen angefangen.

Von mir:

Ich werde mit diesem Eisbecher bis morgen beschäftigt sein. So groß ist der.

Ich vermisse das Meeresrauschen.

Hattest du schon mal einen von diesen Tagen, an denen du das Gefühl hast, du hättest nicht aufgepasst und kannst dich nicht erinnern, wie du hergekommen bist? So einen Tag habe ich heute.

Gelegentlich unterhielten wir uns auch ein wenig länger: wann wir jeweils am nächsten Tag nach Hause kommen würden – er kam viel früher an als ich –, welche Pizza besser war, die in New York oder die in Chicago – wir bevorzugten beide New York –, oder warum Pluto nicht redet oder Kleidung trägt, Goofy aber schon – ein Geheimnis, dass das Universum auf ewig beschäftigen wird.

Als der Tag seinem Ende zuging, bekam ich eine letzte Reihe von Nachrichten.

Justin: *Ich muss in sieben Stunden in meinem Flugzeug sitzen und stehe beim Space Mountain an.*

Ich: *Bist du sicher, dass du morgen noch für irgendetwas Energie hast?*

Justin: *Ich schaff das schon. Vertrau mir.*

Ich: *Ich kann einfach nicht glauben, dass wir uns morgen wirklich treffen werden.*

Justin: *Zum zweiten Mal. Endlich.*

Ich: *Stimmt. Bis bald.*

Ich hätte den Anruf gar nicht mitbekommen, wenn ich schon geschlafen hätte. Ich hatte das Handy wieder auf lautlos gestellt, doch das Display leuchtete im dunklen Zimmer auf, gerade als ich eindöste. Aus Neugier sah ich nach und stellte überrascht fest, dass es meine eigene Nummer war.

»Warum bist du noch auf?«, fragte ich, als ich den Anruf annahm.

»Ich hab dich nicht geweckt, oder?« Justin klang besorgt.

»Nein, aber fast.«

»Ich konnte nicht schlafen«, gab er zu. »Und ich musste immer wieder daran denken, wie komisch es war, deine Stimme heute nicht zu hören.«

»Das war schon ein bisschen seltsam.« Total seltsam, um ehrlich zu sein. Ich vergrub mich tief unter meiner Decke und versuchte nicht zu sehr an den Abend zuvor zu denken. Er brauchte nicht zu wissen, dass ich immer noch über mein eigenes Verhalten schockiert war. Und gleichzeitig seltsam stolz auf mich. Ich war eine Katastrophe.

»Ich kann nie gut schlafen, wenn ich am nächsten Tag zu einem Flug früh aufstehen muss. Du?«

»Nein, eigentlich nicht.« Und in Anbetracht der Tatsache, dass ich ziemlich regelmäßig flog, sollte man annehmen, dass ich über diese Nervosität hinaus war. Doch ich hatte schon viele Züge und Flieger verpasst und Stunden auf unregelmäßig fahrende Busse in kleinen Dörfern gewartet. Reisen waren immer unvorhersehbar.

»Also, jedenfalls dachte ich mir, ich rufe mal an. Ich hoffe, es macht dir nichts aus.«

»Überhaupt nicht.« Es tat gut, seine Stimme zu hören. »Aber eines würde ich gern wissen – bist du wieder angetrunken?«

Er lachte leise. »Nicht so wie gestern Abend.«

»Hmm.« Ich wog ab, ob ich meine Gedanken in Worte fassen sollte und entschied, mutig zu sein. »Zu schade. Schwips-Justin war irgendwie lustig.«

»War er?«

»Er hatte einen gewissen Charme.«

»Der da wäre?«

»Na ja, er hat es zumindest geschafft, mir mein Höschen abzuschwatzen, oder?«

Am anderen Ende der Leitung war ein leises Rascheln zu hören. »Und wo ist es jetzt?«

In meiner Brust breitete sich eine Wärme aus, die mir nicht nur in die Wangen schoss, sondern auch zu allen Zielen weiter südlich. »Das würdest du wohl gerne wissen?« Wer war ich, wenn ich mit diesem Mann sprach?

»Oh, und wie gerne.«

Ich trug denselben Pyjama wie am Abend zuvor. Um mich zu beruhigen, atmete ich tief durch. Dann sagte ich: »Es ist hier, aber es scheint abhauen zu wollen. Noch widersetze ich mich ihm, aber ich fürchte, es handelt sich um einen aussichtslosen Kampf.«

»Ich glaube, da ist eine Art Kleiderverschwörung im Gang. Meine Shorts scheinen dieselbe Wanderlust zu verspüren.«

»Oje.«

»Widerstand ist zwecklos«, sagte er.

»Ist er das?«

Ich hörte noch ein Knistern und ein leises Ächzen. »Ich würde ja sagen, dass ich tapfer gekämpft habe, aber das wäre gelogen.«

In der Dunkelheit war es dieses Mal einfacher, meine Shorts und das Tanktop auszuziehen. Die Decke fühlte sich an meiner nackten Haut glatt und weich an. Ich bewegte mich ein bisschen hin und her und genoss das Gefühl.

»Sag mir nicht, du verlierst den Kampf ebenfalls«, sagte Justin in gespielter Betroffenheit.

»Ich fürchte schon. Jetzt ist nur noch eine Sache übrig.« Meine Stimme war kaum mehr als ein Flüstern. Die Dunkelheit und Anonymität mochte befreiend sein, aber das Reden erforderte immer noch meinen ganzen Mut.

»Welche Farbe?«, fragte er im gleichen Tonfall.

»Schwarz. Spitze.«

»Mmm.«

»Ist das gut?«

»Ich mag Schwarz. Und Spitze.«

Selbst unter der Decke lief mir ein Schauer über den Rücken. »Was ist mit dir? Noch was übrig?«

»Sie ist blau.«

»Blau ist gut.«

»Was machst du gerade?«, sagte er in dem gleichen leisen Tonfall.

Ich schüttelte den Kopf. »Dir zuhören.«

»Erzähl mir etwas von dir.«

Der Themenwechsel irritierte mich. »Meinen Lieblingsfilm oder was?«

»Nein. Erzähl mir etwas von dir selbst.« Als ich nicht antwortete, sagte er: »Ich habe eine kleine Narbe am Bauch, von meiner Blinddarmoperation, als ich ein Kind war.«

Ich stellte mir einen ansonsten makellosen Waschbrettbauch mit einer kleinen weißen Narbe vor. War das auch nur annähernd realistisch? »Ich habe an der rechten Hüfte ein herzförmiges Muttermal.«

»Berührst du es?«

»Ja.«

»Gut. Erzähl mir noch etwas.«

Ich ließ meine Hand über meine Hüfte und meinen Bauch wandern und überlegte, welches Detail ich ihm als Nächstes erzählen konnte. Sollte ich ihm von der leichten Wölbung unter meinem Bauchnabel erzählen? Dass meine rechte Brust ein wenig größer war als die linke? Es war viel zu leicht, meine Makel aufzulisten. Ich wollte etwas Nettes erzählen. »Ich … ich weiß nicht, was ich sagen soll.«

»Dann erzähl mir stattdessen, was du magst.«

Das fühlte sich wie herrlich gefährliches Terrain an. »Du zuerst.«

»Ich steh drauf, wenn jemand meine Ohrläppchen berührt.«

Ich lachte leise. »Ich liebe es, wenn jemand meinen Hals und meine Schultern küsst.«

»Mmm. Das würde ich gerne tun.«

Reflexartig bog ich meinen Hals, um seinem imaginären Ich Zugang zu meinem Hals zu gewähren. »Ich mag es, wenn mich ein Kerl fest umarmt. Fast zu fest, weißt du, was ich meine?«

»Ja, ich weiß, was du meinst.« Seine Stimme klang heiser. »Ich mag dieses kleine Keuchen, das Mädchen machen, wenn ich das tue.«

Ich schnappte nach Luft, als ob ich gespürt hätte, wie sich seine Arme um mich schlossen.

»Genau das«, sagte er.

»Ich mag …« Mit den Fingerspitzen fuhr ich die Unterseite meiner Brüste entlang. »Ich mag es, wenn mich ein Kerl fast dort berührt, wo ich will, aber kurz davor innehält.«

»Necken ist gut«, sagte er leise. »Aber manchmal macht es einen auch verrückt, oder?«

»Manchmal.«

»Was, wenn ich deinen Hals küsse und dann deine Schulter hinunterwandere, immer tiefer in Richtung deiner Brüste und näher und näher an deinen Nippel komme, ihn aber einfach nicht … berühre?«

Mein Atem wurde flach. »Das könnte gut sein … eine Weile.«

»Selbst wenn mein Mund so nah ist, dass du meinen Atem spüren kannst?«

Die Hand, die das Handy hielt, packte fester zu. Meine Brüste schmerzten angenehm, und ich malte mit der anderen Hand knapp über meinem Slip Kreise auf meiner Haut. »Das klingt ja fast so, als hättest du bei so etwas Übung.«

»Ich fange gerade erst an«, knurrte er. »Ich würde dich wieder berühren, aber nur an deinem Bauch. Ich würde dich überall um deinen Bauchnabel herum küssen.«

Meine Bauchmuskeln spannten sich an, und ich kicherte.

»Du bist kitzlig, oder?«

»Ein bisschen.«

»Wie wäre es an der Stelle, wo dein Bein in dein Becken übergeht? Genau da, wo dein Slip aufhört?«

Ich schnappte nach Luft. »Oh Gott, ja.«

»Dort würde ich dich als Nächstes küssen.«

Ich berührte den Punkt mit zwei Fingern. »Mmm.«

»Aber dann würde ich aufhören. Und einfach nur durch diese schwarze Spitze atmen.«

Meine Oberschenkel zitterten leicht, als ich sie zusammenpresste. Die Beschaffenheit meiner Unterwäsche war definitiv nicht mehr so wie ein paar Minuten zuvor. »War es das?«

»Warum? Würde dich das verrückt machen?«

Unbewusst wölbte ich meinen Rücken durch, als ich »Ja« stöhnte.

»Was würde ich dann machen sollen?«

Ich konnte praktisch seinen warmen Atem durch die feuchte Spitze spüren. Mein ganzer Körper sehnte sich nach Berührung. »Mich küssen.«

»Wo?«

»Genau da. Genau dort, wo dein Atem mich verrückt macht.«

»Das würde ich auf jeden Fall tun.«

Als ich meine Finger fest auf die Spitze meines Slips presste, konnte ich das Stöhnen nicht zurückhalten.

»Gefällt dir das?«, fragte Justin.

»Ja.«

»Mir auch.« Es folgte ein Schweigen. Der einzige Klang war unser jeweiliges schweres Atmen. »Weißt du, was ich als Nächstes tun würde?«

»Sag's mir.«

»Ich würde deinen Slip zur Seite ziehen, um richtig zu spüren, was ich da mache.«

In meinem Becken zog sich etwas erwartungsvoll zusammen. »Ja.«

Ich zog die schwarze Spitze beiseite und berührte die weiche feuchte Haut darunter. Ich musste ihm nicht sagen, was er als Nächstes tun sollte. Normalerweise reichte meine Hand nicht aus, aber mir hatte auch noch nie Justin dabei ins Ohr geatmet. Ich war bereit. Ich brannte.

Mein leises Stöhnen schien ihm alles zu sagen, was er hören wollte. »Das ist gut«, sagte er.

»Was … was ist mir dir?«, keuchte ich.

»Ich bin dabei …« Er stieß ein Geräusch aus, eine Mischung aus einem Ächzen und Stöhnen.

»Wenn du jetzt hier wärst …«

»Ich weiß.«

Ich bewegte meine Finger schneller und spürte, wie sich die Hitze in meinem Unterleib aufbaute. Ich wollte so sehr kommen, dass ich es schmecken konnte.

»Ich …«, quietschte ich.

»Ja«, sagte er. »Ja. Tu es.«

Jeder rationale Gedanke verließ mein Gehirn, als die Lust

die Regie übernahm. Es gab nur mich und das Handy in meiner Hand, als ich mich anspannte und den Rücken durchbog. Dann stockte mir der Atem, und der Orgasmus spülte über mich hinweg wie Wellen über einen Strand. Ich stöhnte und brach mit rasendem Herzen auf der Matratze zusammen. Ich sah Sternchen.

»Justin?«, flüsterte ich.

Erst kam keine Antwort, dann hörte ich ihn nach Luft schnappen und leise stöhnen. Schließlich kam sein erschöpftes Lachen. »Mmm. Ich danke dir.«

Vollgepumpt mit Adrenalin und anderen Wohlfühlhormonen, lächelte ich. »Ich habe zu danken.«

»Du bist unfassbar scharf«, sagte er.

Die ersten Anzeichen der Realität begannen sich ihren Weg in mein Gehirn zu boxen. »Du siehst mich doch nicht mal«, erinnerte ich ihn.

»Spielt keine Rolle. Glaub mir.«

Ich kicherte. »Sind deine Teenagererinnerungen jetzt komplett?«

Er lachte. »Ich bin mir ziemlich sicher, dass ich so etwas als Teenager nie gemacht habe.«

»Ich auch nicht.« Ich richtete meine Unterwäsche. »Tja, ähm … was jetzt?«

»Was immer du magst.« Er klang müde und befriedigt.

»Du solltest schlafen«, sagte ich. »Es ist wahnsinnig spät.«

»Wahrscheinlich hast du recht.«

»Natürlich habe ich das«, erwiderte ich. »Schlaf jetzt. Wir sehen uns dann morgen. Nur noch ein paar Stunden.«

»Ja«, sagte er. »Danke. Noch mal.«

»Gleichfalls.«

Ein unangenehmes Schweigen folgte. Dann sagte er: »Ich

würde dir jetzt so gerne einen Gutenachtkuss geben … nur damit du es weißt.«

Ich lächelte. »Ich auch.«

»Okay, gut. Bis morgen.«

Wir wünschten uns eine gute Nacht, und ich stöpselte das Handy ein, bevor ich mir wieder meinen Pyjama anzog. Als ich einschlief, hatte ich meine Hände auf den Bauch gelegt und fragte mich, wie sich seine Hände stattdessen dort anfühlen würden.

8

Wenn Leute mit Flugangst immer genauso nervös sind, wie ich es während dieses langen Fluges nach Chicago war, verstehe ich, warum sie Fliegen so sehr hassen. Es war nicht die Stunde, die wir auf der Landebahn standen und darauf warteten, dass irgendein dummes Teil ersetzt wurde, es waren nicht einmal die Turbulenzen über den Rockies. Es war das Wissen, dass ich auf dem Weg zu meiner ersten Verabredung mit Justin war, das mir den Magen umdrehte und meine Hände feucht werden ließ.

Ich versuchte mich auf mein Buch zu konzentrieren – das ich unbedingt vor seiner Veröffentlichung am Dienstag zu Ende lesen musste – aber ich konnte mir nicht merken, was von einem Absatz zum nächsten passierte. Dennoch behielt ich meinen E-Reader in der Hand, damit Honor dachte, dass ich las. Meine Gesprächskünste waren zu diesem Zeitpunkt schlechter als meine Lesekünste, und ich hatte meinem Bruder noch nicht erzählt, dass ich mich mit »dem Telefon-Typen« treffen würde. Ich hatte keine Lust auf Witze oder Warnungen.

Wir landeten natürlich verspätet, aber es wartete bereits ein Wagen auf uns. Schnell war ich in meiner Wohnung. Auch wenn ich sonst direkt auspackte, machte ich mir heute nicht die Mühe. Stattdessen zog ich meine Reisekleidung aus und sprang unter die Dusche. Ich hatte noch fünfundvierzig Minuten bis zu meinem Treffen mit Justin, und davon entfielen fünfzehn Minuten auf die Fahrt mit dem Taxi durch die Stadt.

Ich schickte Justin eine Nachricht von der Rückbank des Taxis aus, als ich endlich damit fertig war, mein Make-up aufzutragen und zu versuchen, ein wenig Volumen in mein noch feuchtes Haar zu bringen. Von allen ersten Dates, die ich bisher gehabt hatte, hatte ich auf dieses richtig vorbereitet sein wollen. Aber nun saß ich hier, die Haare praktisch noch nass, in Eile geschminkt und in einem hastig zusammengestellten Outfit, das ich aus Zeitmangel nicht genau angeschaut hatte.

Keine Sorge. Bis gleich. Justins Antwort sorgte dafür, dass ich mich ein bisschen besser fühlte, aber nicht viel. Ich stopfte Schminke und Bürste in die übergroße Handtasche, die ich nach dem Flug nicht einmal ausgeräumt hatte, und zwang mich, mich zurückzulehnen und tief Luft zu holen.

Ich hatte keine Ahnung, was ich tun sollte, wenn ich ihn gleich wieder persönlich sah. Dass ich sein Handy nach Kalifornien verschleppt hatte, wäre mir schon unangenehm genug gewesen, aber seitdem waren die Dinge so viel weiter gediehen. Würden wir uns jetzt die Hand schütteln oder was?

Schließlich hielt der Taxifahrer an der Kurve vor dem spanischen Restaurant, das Justin vorgeschlagen hatte, und ich zahlte die Fahrt. Mit einem letzten beruhigenden Atemzug betrat ich die Straße.

Ich sah Justin sofort. Er lehnte neben dem Eingang eines Hauses an der Wand, doch sobald er mich sah, kam er mir entgegen. Mir blieb fast das Herz stehen. Mein Gott, er sah noch großartiger aus, als ich ihn in Erinnerung hatte. Er sah in seiner dunklen Jeans und einem hellgrauen Poloshirt, das sich um seinen Bizeps schmiegte, einfach perfekt aus. Ich widerstand dem Drang, wieder ins Taxi zu steigen und abzuhauen, und ging stattdessen auf ihn zu. Wir trafen uns am Rand des Bürgersteigs.

»Hi.« Er lächelte. Seine Grübchen waren einfach umwerfend.

»Hi.«

Wir starrten einander an. Unsere Blicke zogen einander wie Magnete an. Schließlich blinzelte er und fragte: »Wie geht es dir?«

»Ich …« Ich wusste nicht so recht, was ich sagen sollte. Ich war alles auf einmal. »Es geht mir gut«, sagte ich ein wenig atemlos. »Und dir?«

Er musterte mich, und sein Blick verweilte auf meinem Gesicht, als würde er sich jedes Detail einprägen wollen. »Mir geht's auch gut. Jetzt.«

Meine Wangen wurden ganz heiß, und ich blickte zu Boden. »Tut mir leid, dass ich zu spät bin«, sagte ich. »Mein Flug hatte Verspätung und alles …«

»Einen Moment …«, murmelte er. Dann lehnte er sich vor, ergriff mein Kinn und küsste mich. Ich ließ ihn. Bereitwillig. Entzückt. Ich hob meine Arme, legte eine Hand auf seine Schulter, die andere unbeholfen auf seinen Arm, nachdem ich eine Woche lang über seinen Bizeps nachgedacht hatte. Mein Puls dröhnte in meinen Ohren, und mir wurde schwindlig, aber ich weigerte mich, die Hände von ihm zu nehmen.

Dann zog er sich zurück und blickte mir in die Augen. »Es ist wirklich schön, dich wiederzusehen.«

»Dich auch«, murmelte ich atemlos.

Seine Hände glitten meine Arme herab, bis sie sich von mir lösten, und ich erschauderte. »Tut mir leid, wenn das zu viel war.« Er machte eine hilflose Geste.

Ich lächelte. »Nein, das war …« *In Ordnung? Perfekt? Genau das, was ich gebraucht habe?* »Ich habe dir doch gesagt, dass ich gerne einen Gutenachtkuss von dir hätte, oder?« Ich stellte mich auf die Zehen und gab ihm noch einen sanften Kuss.

Als ich ihn losließ, lächelte er. »Ich habe einen von diesen Summern bekommen. Ich weiß nicht, wie man die nennt. Es dürfte nicht mehr lang dauern.« Er griff in seine Hosentasche und zog einen Restaurant-Pager heraus.

»Toll.«

Justin gab mir mit einer Geste zu verstehen, dass ich zum Restaurant vorgehen sollte. Drinnen sah ich ein paar Bänke, aber sie waren alle besetzt mit Leuten, die auf ihre Tische warteten, und es war ein warmer Abend, also blieb ich neben dem Eingang stehen.

»Scheint ja ziemlich voll da drinnen zu sein«, sagte ich und lehnte mich an die Stelle, wo er gelehnt hatte. »Lass uns einfach hier warten.«

Er stellte sich sehr dicht vor mich hin und sah mich aufmerksam an.

»Was ist denn?« Ich berührte meine Wange und befürchtete schon, dass mein Make-up verschmiert war oder plötzlich ein Pickel aufgetaucht war.

»Tut mir leid, ich … kann es noch gar nicht fassen, dass du wirklich hier bist.«

»Ich bin hier.«

»Das bist du.«

Eine Weile tauschten wir Höflichkeiten aus – wie war dein Flug? Wie war die Hochzeit? – bis ich sagte: »Wie es scheint, hast du die Hitze aus Florida mitgebracht.«

Er schnaubte verächtlich. »Das hier ist gar nichts. Gestern hatten wir da unten neunundneunzig Prozent Luftfeuchtigkeit.«

»Dir gefällt es hier also besser?«, fragte ich.

»Ich hasse den Schnee, aber abgesehen davon ist es nett.«

»Warum bleibst du denn hier, wenn du Schnee hasst?«

»Ich habe hier eine Menge Freunde.« Er lachte auf. »Ich weiß auch nicht. Ich lebe wohl gern in einem Supermarkt.«

»Wie bitte?«

»Die Tiefkühlabteilung ist doch immer richtig kalt, oder? Na ja, nicht da. Auch nicht bei den Milchprodukten oder der Fleischtheke. Aber kennst du die Temperatur im Müsli-Gang? Die mag ich. Ich will irgendwo leben, wo es sich immer anfühlt wie im Müsli-Regal.«

Ich lachte. »Und stell dir vor, du müsstest dir niemals Gedanken ums Essen machen.«

»Stimmt. Ich brauche nur einen Schlafsack und meinen Laptop.«

»Am besten wählst du einen Supermarkt, der nicht vierundzwanzig Stunden am Tag geöffnet hat. Denn sonst weißt du nie, wer mitten in der Nacht durch dein Schlafzimmer läuft.«

»Guter Punkt.« Er lächelte sein Grübchenlächeln. »Was ist mir dir? Wo möchtest du leben?«

»In Macy's«, sagte ich, ohne zu zögern. »Da gibt es sogar Betten. Es wäre viel bequemer als dein Schlafsack im Müsli-Gang.«

»Hmm. Ich fand es immer schon ziemlich vollgestopft in Macy's.«

»Nordstrom?«

»Bloomingdale's«, schlug er vor.

»Na klar.« Ich zuckte mit den Schultern. »Solange ich mein Ausstellungsbett mit Bettwäsche aus ägyptischer Baumwolle bekomme.«

»Vielleicht muss ich meine Supermarktidee noch einmal überdenken.«

»Es gibt eine Menge Ausstellungsbetten in Kaufhäusern …«, bot ich an.

»Aber vielleicht müssen wir um die gute Bettwäsche kämpfen.« Sein Blick traf wieder meinen.

Instinktiv wollte ich wegsehen oder nervös lachen. Aber am Telefon war ich immer so mutig gewesen. Ich konnte das schaffen. »Wer sagt, dass ich mich wehren würde?«

Er antwortete nicht, sondern ergriff meine Hand.

»Wenn du also jemals das Müsli-Gang-Klima deiner Träume findest, ziehst du dann da hin?«, fragte ich und versuchte mir nicht anmerken zu lassen, wie wichtig mir die Antwort war.

Er zuckte mit den Schultern. »Dort würde ich wahrscheinlich auch etwas finden, was mir am Wetter nicht gefällt.

»Zu trocken«, schlug ich vor, als mich eine unangemessen starke Welle der Erleichterung erfasste.

»Irgendetwas wird sich schon finden«, stimmte er zu. Dann ließ er meine Hand los und zog den Pager heraus, der summte und rot blinkte. »Das sind wir.«

»Nach dir.« Ich nickte in Richtung Tür.

»Du stehst nicht so auf Ritterlichkeit, oder?«, fragte er.

»Nein, ich schätze nicht.«

»Okay, aber wenn du versuchst, die Rechnung zu bezahlen, versohle ich dir den Hintern.«

»Verstanden. Auch wenn das jetzt gerade nicht besonders ritterlich klang, nur damit du es weißt.«

»Damit kann ich leben.«

Drinnen folgten wir der Mitarbeiterin zu einem etwas abseits gelegenen Tisch.

»Hast du schon mal spanisch gegessen?«, fragte er?

Es lag mir auf der Zunge, *Nicht seit ich in Spanien war* zu erwidern. Doch das war genau die Art von Antwort, die meine Großmutter als unangemessen erachtet hätte. Also sagte ich: »Vor langer Zeit, aber ich weiß nicht genau, was gut ist.« Das stimmte. Mein Spanisch war allerhöchstens rudimentär, und mein Großvater hatte immer das Bestellen übernommen, wenn wir nach Spanien gereist waren. Ich war damals höchstens zehn gewesen.

»Gilt deine Abneigung gegenüber Ritterlichkeit auch beim Bestellen für dich?«

Gedanklich sezierte ich seine Frage. »Du willst wissen, ob es in Ordnung ist, für uns beide zu bestellen?«

Er lächelte. »Ja, tut mir leid. Ich neige zu Wortdurchfall, wenn ich …« Er zögerte, bevor er den Satz beendete. »Nervös bin.«

»Du bist nervös?«

»Ein bisschen.«

Ich spürte Schmetterlinge im Bauch. »Ich auch.«

Er grinste und streckte seine Hand über den Tisch hinweg aus, um sie auf meine zu legen. »Dann sind wir ja quitt.«

Ich sah wieder auf die Speisekarte und fand es mit seinem Geständnis im Kopf und seiner Hand auf meiner Hand noch schwerer, mich zu konzentrieren. Ich schüttelte den Kopf. »Okay, ich will, dass du für uns beide bestellst.«

Er lachte. »Wie abenteuerlustig bist du, was Essen angeht?«

»Ich probiere alles.«

»Sogar Schnecken?«

»Na klar.« Ich zuckte mit den Schultern.

Er blinzelte. »Wirklich?«

»Ich habe schon viel seltsamere Sachen gegessen. Schnecken sind in Ordnung.«

Sein schiefes Lächeln erreichte seine Augen. »Das ist die vielleicht faszinierendste Sache, die ich jemals gehört habe.«

Ich lachte. »Das ist nicht der Grund, warum ich es gesagt habe.«

Justin lehnte sich zurück und musterte mich. »Das stimmt doch, oder?«

Durch meine Unbeschwertheit meldete sich ein Anflug von Besorgnis. »Was meinst du damit?«

Er schüttelte den Kopf, ohne dass seine strahlend blauen Augen sich von mir abwandten. »Du hältst mich auf Trab, das ist alles.«

»Ist das ein Problem?«

»Nicht im Geringsten.«

Der Kellner kam, und ich bemühte mich, wieder zu Atem zu kommen, während Justin eine große Bestellung aufgab.

»Ich hoffe, du magst wenigstens ein paar der Dinge, die ich bestellt habe«, sagte er, nachdem der Kellner mit den Speisekarten gegangen war.

»Ich vermute, du magst spanisches Essen.«

»Mmm hmm«, sagte er abwesend, bevor er seine Hände wieder auf meine legte. Seine Finger schoben sich zwischen und um meine, streichelten sich über meine Handinnenflächen und meine Handgelenke hinauf, während er weitersprach. »Meine Mutter wollte immer mehr reisen, als wir es uns leisten konnten, also gab es diese aufwendigen Themenabende. Wir ließen uns Essen aus einem entsprechenden Restaurant kommen, hörten CDs aus der Bücherei und sahen uns Filme an, die in diesem Land spielten.« Er lächelte und verdrehte leicht die Augen, während seine rastlosen Finger weiter meine Hände und Handgelenke streichelten.

»Das klingt nett«, sagte ich.

»Das war es wohl auch. Es sorgte dafür, dass ich in viele dieser Länder reisen wollte.« Jetzt zog er mit einer Fingerspitze meine Handlinien nach.

»Und hast du?«, fragte ich. »Die Länder besucht, meine ich.«

Er schüttelte den Kopf. »Nicht besonders viele. Ich war mal auf einer Kreuzfahrt auf den Cayman Islands, aber ich weiß nicht, ob das sehr exotisch ist, wenn man in Florida lebt. Auf jeden Fall nicht so exotisch, wie in Indien geboren zu sein.«

»Du solltest mehr reisen. Ich bin sicher, dass es dir gefällt«, murmelte ich. Je länger er meine Hände streichelte, desto mehr spürte ich, wie mein Körper darauf zu reagieren begann.

»Das würde ich gern.«

»Justin?«, hauchte ich.

»Mmm hmm?«

»Du musst vielleicht damit aufhören.«

»Entschuldige, stört dich das?«

»Ähm …« Ich erschauderte. »Nicht im herkömmlichen Sinn, nein.«

Der Kellner kehrte mit einer Flasche Wein zurück, und wir legten beide unsere Hände in den Schoß. Doch Justin hörte nicht auf, mich anzusehen, und ich konnte kaum mein Weinglas richtig greifen.

»Auf glückliche Zufälle«, sagte Justin und hob sein Glas, als wir wieder allein waren.

Ich hob eine Augenbraue in die Höhe. »Was soll das heißen?«

»Der Handy-Tausch. Es hätte eine Katastrophe werden können.«

Die andere Augenbraue gesellte sich zur ersten. »War es das deiner Meinung nach nicht?«

»Eigentlich nicht. Was meinst du?«

»Ich schätze, es hätte schlimmer kommen können.« Es hätte viel schlimmer kommen können. Ich müsste eigentlich auf die Knie fallen und Gott danken, dass mein Handy sicher zu mir zurückgefunden hatte, ohne dass Justin gemerkt hatte, was da in seinem Besitz war.

»Stimmt.« Erneut hob er sein Glas. »Aber das war es nicht. Und jetzt haben wir unsere Handys unbeschadet zurück und essen zusammen zu Abend. Es war Vorsehung, würde ich sagen.«

Ich lächelte. »Das Wort klingt immer so furchtbar albern.«

»Dann eben auf die Bestimmung. Kismet, Schicksal. Was immer du willst.«

»Auf die Bestimmung«, entschied ich, und wir stießen an.

Justin lächelte, als er sein Glas absetzte, sein Grübchenlächeln, und ich erwiderte es.

Er rollte den Stiel seines Weinglases zwischen seinen Händen hin und her. Ein wenig Wein spritzte heraus, und er stellte das Glas schnell wieder hin und rollte stattdessen seine Finger ins Handinnere.

»Du warst eines von diesen Kindern, die alles anfassen müssen, oder?«, neckte ich.

»Vielleicht.« Er ballte seine Hände zu Fäusten.

»Du kannst nicht anders, oder?«, fragte ich und streckte meine Hand aus, um mit einer Fingerspitze über seine Knöchel zu streichen.

»Ich schätze nicht.« Er fing meinen ausgestreckten Finger ein und begann wieder mit seiner akribischen Erforschung meiner Hand.

Ich drückte meine Absätze in den Boden, um gerade sitzen zu bleiben und die Augen offen zu behalten. *Wenn er* das *alles schon mit meiner Hand tat …*

»Dein Handy!« Ich versteifte mich und zog die Hand zurück.

»Hmm?«

»Wir haben noch nicht getauscht.«

»Du hast recht.«

Die Spannung in der Luft löste sich auf, als wir unsere Handys aus ihren entsprechenden Verstecken holten. »Komm her«, murmelte ich dem Handy zu, während ich es aus meiner Tasche holte. »Du gehst jetzt dahin zurück, wo du hingehörst.« Als das glatte Rechteck von meiner Hand in seine glitt, spürte ich ein seltsames Gefühl von Verlust. Als ob damit meine Verbindung zu ihm abgeschnitten wäre. Ich sah auf und hoffte, in seinen Augen eine Art Beschwichtigung zu finden, doch er sah mich nicht an. Er suchte in seiner Tasche herum.

»Du hast es doch nicht verloren, oder?«, fragte ich lächelnd.

»Nein, aber … bitte sei jetzt nicht sauer«, sagte er.

Jetzt machte ich mir wirklich Sorgen. »Das klingt nicht gut.«

»Ich meinte, wegen der Farbe.« Schließlich zog er mein Handy aus seiner Tasche. Es steckte in einer neuen Schutzhülle. Es war im Grunde die gleiche schlichte Hülle, die ich schon vorher gehabt hatte, aber diese hier hatte orangefarbenes Gummi an den Ecken.

Ich lachte auf. »Orange?«

Er zuckte mit den Schultern. »Als ich sie sah, musste ich an dich denken.«

»Orange lässt dich an mich denken?« Ich nahm das Handy und betrachtete die leuchtende Farbe.

»Wegen deines Namens.« Er hatte den Anstand, beschämt auszusehen.

»Solange du meinen Klingelton nicht in ›My Darling Clementine‹ geändert hast.«

Er sah mich entsetzt an. »Keine Sorge, ich habe gar nichts geändert.«

»Das hättest du nicht tun müssen«, sagte ich.

»Ich weiß. Ich dachte nur, es wäre nützlich. Auf diese Weise verwechseln wir sie nie wieder.«

Er dachte wohl, dass wir uns oft genug wiedersehen würden und die Gefahr bestand, die Handys erneut zu vertauschen. Sofort produzierte mein Gehirn das Bild unserer Zwillingshandys, die Seite an Seite auf meinem Nachttisch lagen. Blut schoss mir in die Wangen. »Danke.«

»Alles okay?«, fragte Justin.

»Alles in Ordnung.« Ich lächelte und sah zu ihm auf. »Alles bestens.« Ich hielt mein orangefarben umhülltes Handy hoch. »Vielen Dank.«

Der Kellner kam mit einem voll beladenem Tablett wieder, und Justin grinste mich an. »Bereit für ein paar Schnecken?«

»Her damit.«

Während der nächsten anderthalb Stunden bei einem spanischen Essen, bei dem ich mich fragte, warum ich so lange keins mehr gegessen hatte, plauderten wir. Und während wir plauderten, wurden meine Zweifel zu blassen Erinnerungen. Ich hatte mein Handy wieder. Alles war noch einmal gut gegangen. Ich hatte mich in keine peinliche Lage gebracht. Justin schien nicht im Entferntesten an Erpressung interessiert zu sein, sondern mehr an mir. Und während meine Nervosität verschwand, wurde ich immer mutiger. Justin streichelte weiter meine Hände, Finger und Handgelenke. Der Unterschied zu vorher war, dass ich es ihm jetzt erlaubte. Ich ließ Wärme durch meinen Körper strömen und spürte, wie ich mich immer mehr zu ihm hingezogen fühlte. Ich zog eine Sandale aus und streichelte seinen Oberschenkel mit meinen Zehen.

Er fing meinen herumwandernden Fuß zwischen seinen Knien ungefähr zu dem Zeitpunkt ein, als unser Nachtisch kam, und eine seiner ruhelosen Hände wanderte unter den Tisch. Der Druck an meinem Fußgewölbe war zuerst leicht, dennoch verdrehte ich die Augen ein wenig. Er drückte fester mit seinem Daumen, und ich biss mir auf die Lippen, um nicht aufzustöhnen. Als er damit begann, meinen Fuß zu massieren, durchströmte mich Hitze.

»Willst du dein Dessert gar nicht probieren?«, fragte er und ging zu meinem Knöchel über.

»Mach ich noch«, hauchte ich. Es fiel mir schwer, die Augen offen zu behalten.

»Probier doch wenigstens mal«, sagte er.

Mit unbeholfenen Fingern fand ich die Gabel und steckte mir ein Stück Schokoladenkuchen in den Mund.

»Gut?«

Ich nickte, wusste aber nicht, ob ich mit der Reizüberflutung in meinem Gehirn in der Lage sein würde, zu schlucken.

»Gut.« Er ließ meinen Knöchel los und nahm einen Bissen von seinem eigenen Nachtisch.

Schließlich gelang es mir zu schlucken. Ich atmete durch und ließ meinen Fuß an der Innenseite seines Beins entlangstreichen, bevor ich versuchte, meinen Schuh wiederzufinden. Nach einem weiteren Bissen des sündhaft köstlichen Kuchens legte ich meine Gabel beiseite und sah Justin an. »Ich bin fertig.«

»Wirklich?«

»Ja. Lass uns von hier verschwinden.«

Er lächelte und bat den Kellner um die Rechnung. »Ich versohle dir den Hintern, denk dran«, warnte er, während er nach seiner Geldbörse griff.

»Ich denke daran.« Ich ließ ihn ohne Protest die Rechnung bezahlen, obwohl ich wusste, dass es dämlich war. Ich hätte bezahlen können und müssen, aber Männer waren so seltsam, was das anging. Er unterschrieb den Beleg, und wir gingen Hand in Hand zur Tür.

»Was jetzt?«, fragte ich, als wir auf der Straße waren.

»Bist du müde?«

»Ein bisschen. Aber es geht schon.«

»Ist es eher ein ›Ich will noch tanzen gehen‹-›Es geht schon‹ oder ein ›Lass uns noch was in der Nähe meiner Wohnung trinken gehen‹-›Es geht schon‹?«

Ich lächelte. »Eher das Zweite.«

»Dachte ich mir.«

Als wir seinen dunkelgrünen Jeep erreichten, löste er die Verriegelung erst aus, als er nah genug war, um mir die Tür zu öffnen und aufzuhalten. Ich musste sehr nah an ihn heran, um einzusteigen, doch er hielt mich mit einer Hand auf meiner Taille noch ein wenig auf.

»Ich bin froh, dass wir das gemacht haben«, sagte er und küsste mich erneut.

Oh Gott. Sofort kehrte das Schwindelgefühl zurück, und ich krallte mich an den Türrahmen. Wir trennten uns, und er bedeutete mir mit einem Nicken, in den Jeep einzusteigen, also nahm ich auf dem Beifahrersitz Platz. Während ich zusah, wie er um die Vorderseite seines Wagens herumging, wehte eine Brise sein Hemd eng an seinen Körper, und mein Mund wurde ganz trocken.

Wie lang hält eine Beziehung, die auf Lust basiert?

Ich wusste, was ich tun wollte. Es war nicht das, was gute Mädchen tun würden. Es war nicht das, was eine Daly tun würde. Und es gehörte sich nach einem ersten Date einfach nicht, aber das alles war mir inzwischen egal. Ich war jahrelang ein gutes Mädchen gewesen, und vielleicht war es selbstsüchtig von mir, aber ich wollte wissen, was mir mit diesem Kerl als Nächstes passierte.

Justin stieg ein und startete den Motor.

»Lass uns einfach zu mir fahren«, sagte ich.

Sein Gesicht blieb bemüht unbeteiligt. »Bist du sicher?«

»Ich lade dich auf einen Drink ein.«

»Du musst das nicht, weißt du?«

»Ich will, dass du mit hochkommst«, sagte ich.

»In Ordnung.«

9

Ich beschrieb ihm den Weg, und er fuhr nach Süden zu meiner Wohnung. Mein Herz schlug so schnell, als wäre ich gerannt. Ich sah mich nach etwas um, auf das ich mich konzentrieren konnte, und fand eine halbe Packung Hot Tamales. Gehörten sie Justin? Mir wurde klar, wie wenig ich über ihn wusste, trotz all der Hinweise, die ich in der vergangenen Woche gesammelt hatte.

»Sind das deine?« Ich fischte die Packung heraus.

»Oh.« Er wirkte leicht beschämt. »Ja.«

»Ich glaube, ich habe noch nie gesehen, dass sie jemand außerhalb eines Kinos isst.«

»Ja. Möglicherweise habe ich ein kleines Süßigkeitenproblem.«

Ich lachte. »Im Ernst?«

»Aber konsequenterweise habe ich auch eine umfangreiche Sammlung von Zahnpasta.«

»Na, das ist doch gut.«

Er räusperte sich und warf mir einen Blick zu. »Jetzt musst du mir aber auch etwas ein bisschen Peinliches über dich erzählen.«

»Oh.« Ich ging die Möglichkeiten durch. *Ich finde, du bist umwerfend* passte gerade nicht. »Ich bin eine furchtbare Autofahrerin.«

Sein Blick war am besten mit skeptisch zu beschreiben. »Ich habe noch nie gehört, dass das jemand zugibt.«

»Aber es stimmt!« Ich drehte mich ein wenig auf die Seite, um ihn besser ansehen zu können. »Ich habe erst vor zwei Jahren zu fahren gelernt und habe nicht viel Übung. Ich bin einfach schlecht darin.«

»Warum hast du es so spät gelernt?«

Ich zuckte mit den Schultern. »Bin nie dazu gekommen. Ich wohne in der Innenstadt, da braucht man eigentlich kein Auto.«

Er warf mir einen Blick zu, als wir an einer Kreuzung hielten. »Ich kann mir nicht vorstellen, nicht zu wissen, wie man fährt.«

»Ich weiß genau, wie man fährt«, protestierte ich. »Ich bin nur nicht besonders geübt darin.«

Er lachte. »Wenn es darum ginge, ob du fährst oder jemand, der schon getrunken hat – was wäre dann die bessere Option?«

»Ein Taxi zu rufen. Glaub mir.«

»Wow. Gut zu wissen.«

»Zumindest bin ich Manns genug, es zuzugeben«, sagte ich.

»Ich hoffe, das ist das einzig Männliche an dir.« Er grinste.

»Soweit ich weiß.«

»Gut.« Wieder drehte er meine Hand, die auf meinem Bein lag, mit der Innenseite nach oben und strich vom Handgelenk bis zu den Fingerspitzen darüber. Von meinem Arm ausgehend, breitete sich eine Wärme in mir aus, bis ich meine Zehen in meinen Schuhen einrollte. Justin ersparte es mir, zu einer Pfütze zu zerfließen, indem er seine Hand wieder ans Steuer legte, als er parkte.

Ich öffnete meine Tür selbst, bevor er um das Auto herumgehen konnte.

»Muss ich dich erst einschließen, wenn ich dir die Tür öffnen möchte?«, scherzte er, während er mir den Weg versperrte.

»Tut mir leid, willst du jetzt, dass ich wieder einsteige, oder was?«

»Nein. Dieses Mal nicht.« Er trat zurück, doch bevor ich die Tür schließen konnte, hielt er sie erneut fest. »Einen Moment.« Er holte die Packung Hot Tamales aus dem Fach und schüttete sich ein paar in die Hand.

Ich sah ihm lächelnd zu, dann zog ich eine Augenbraue in die Höhe. »Du hattest gerade ein tolles Essen und jetzt futterst du Süßigkeiten?«

Er grinste. »Dafür habe ich sie halt in meinem Wagen. Für den Fall, dass ich in der Stimmung für einen kleinen Süßigkeitenkick bin.«

»Ist das also eine richtige Sucht, von der wir hier sprechen?«, fragte ich.

»Ich mag einfach, wie der Zimt auf der Zunge brennt.«

Ich hielt meine Hand auf. »Kann ich eins haben?«

Er schüttelte zwei in meine Hand, bevor er die Schachtel wieder ins Auto zurücktat.

Ich hielt die Kaubonbons in einer Hand, während ich mit der anderen meine Schlüssel herausholte und mit meinem Kinn in Richtung Eingang wies. »Bist du so weit oder hast du noch einen Vorrat Weingummis im Handschuhfach, an den du noch mal musst?«

»Nein. Aber im Kofferraum habe ich noch ein paar Pfefferminzbonbons.«

Es war ein schönes Gefühl, miteinander zu scherzen. Nachdem ich die Entscheidung getroffen hatte, ihn zu mir einzuladen, konnte ich wieder leichter atmen. »Lass uns die für einen anderen Tag aufsparen. Komm jetzt.«

Er folgte mir die Treppe hinauf und stand dann so dicht hinter mir, dass ich seinen Atem spürte, während ich die Tür zu meiner dunklen Wohnung aufschloss. Es hätte mir zu dicht sein müssen. Doch seltsam. Stattdessen wollte ich mich mit dem Rücken an ihn lehnen. Die Funken sprühende Elektrizität zwischen uns beseitigen. Ich wollte, dass er mich wieder berührte.

»Keine Mitbewohner?«, fragte er, während wir eintraten.

»Nein, nur ich.« Ich wollte mich nicht zu lange bei diesem Thema aufhalten. Die meisten Leute meines Alters konnten sich die Mieten in Chicago nicht ohne Mitbewohner leisten. Am besten wechselte ich das Thema. »Willst du was trinken?«

»Was hast du denn?« Er folgte mir in die Küche.

»Ehrlich gesagt, habe ich keine Ahnung. Ich war die letzte Woche weg, weißt du noch?« Ich betrachtete das Weinregal. »Äh … eine Flasche Pinot Noir, irgendein billiger Roter; ich weiß, ich habe noch eine Flasche Wodka im Tiefkühlfach. Igitt. Und was ist … Ouzo? Der gehört mir nicht.« Das meiste Zeug stammte von diversen Freunden.

»Irgendetwas weniger … Koma-Induzierendes?«

Ich lachte und warf einen Blick in den Kühlschrank. »Sieht aus wie Orangina … oder ein Honigweizen.« Ich drehte mich um. »Tut mir leid.«

»Mach dir keine Gedanken.«

»Ich kann Kaffee machen.«

»Das wäre prima.«

Ich öffnete den Schrank neben der Spüle und fand eine leere Packung Kaffeepulver. »Oh, komm schon.« Ich sah mein spärliches Angebot finster an. »Äh … Tee?«

»Weißt du was? Ich hätte gern ein Glas Wasser.«

»Bist du sicher? Es ist Lemon Zinger.« Ich schenkte ihm ein hoffnungsvolles Lächeln und ließ die gelbe Schachtel in der Luft tanzen.

Er kniff seine Augen zusammen. »Steht da Clemon Zinger?«, fragte er.

»Was? Oh … ja. Meine Freundin Shauna ist hier mal mit einem Filzschreiber ausgerastet.«

Er sah verwirrt aus.

»Es ist nur ein Wortspiel. Mit meinem Namen. Der Anfang klingt ein wenig wie Lemon, also …« Ich ging zum Kühlschrank zurück und fand eine Flasche mit Zitronensaft, die ebenfalls eine Begegnung mit Shaunas Filzstift gehabt hatte. »Siehst du?«

»Das ist witzig.« Seine Grübchen traten in Erscheinung, als er lächelte. »Clemonade … Clemon Meringue Pie … cool.«

»Du hast das Prinzip verstanden. Meine Freunde versuchen sich immer wieder etwas Neues einfallen zu lassen. Ich nehme an, dass irgendwann Schluss ist, aber noch hat es nicht aufgehört.« Mir fiel die Schachtel in meiner Hand wieder ein. »Also, Tee?«

»Nein danke, wirklich nur ein Wasser.«

»Okay, das schaffe ich.« Glücklicherweise hatte ich zumindest den Abwasch gemacht, bevor ich nach Kalifornien geflogen war. Ich füllte zwei Gläser mit Eiswasser und reichte eines davon Justin. »Lass uns ins Wohnzimmer gehen.«

Er stellte ein Glas auf den Couchtisch und sah sich um, während ich mein Handy auflud und Musik anstellte. Aus den Lautsprechern ertönte die unnachahmliche Honigstimme von Ella Fitzgerald.

»Ich mag deine Wohnung«, sagte er.

»Danke.« Ich mochte sie auch. Das Gebäude stammte aus den 1920ern und hatte jede Menge Vintage-Charme. Und dazu eine Wand eingebauter Bücherschränke im Wohnzimmer, die mein Buchwurmherz schon bei der ersten Besichtigung hatte jubeln lassen.

»Du hast eine Menge Bücher.« Er legte den Kopf schief, um die Titel zu lesen.

»Bücher sind meine Süßigkeiten.« Ich zog meine Sandalen aus und machte es mir in einer Ecke des Sofas bequem.

Lächelnd setzte er sich neben mich. »Bist du sicher, dass du nicht müde bist?«

Das war ich. Vollkommen erschöpft, um ehrlich zu sein. Aber ich war nicht die Einzige. Zumindest mochte ich das nicht sein. »Du warst doch viel früher auf als ich. Bist du sicher, dass du nicht selbst zu müde bist?«

»Überhaupt nicht.«

Unsere Blicke trafen sich, und er lächelte. Bevor ich es mir anders überlegen konnte, berührte ich mit einer Fingerspitze das Grübchen auf seiner linken Wange. Er zuckte zusammen und ließ meine Hand los. Keiner von uns sprach, aber er legte seine Hand auf mein Knie. Seine Finger wanderten umher, bis sie den Saum meines Kleids gefunden hatten und daran herumspielten.

»Willst du wissen, was ich noch an Hot Tamales mag?«, fragte er.

»Sicher.«

Er lehnte sich vor und drückte seine nach Zimt schmeckenden Lippen auf meine. Ich öffnete leicht meinen Mund, während mein Puls den Schnellgang einlegte. Er schlang den Arm um meinen Rücken, während die Hand des anderen Arms auf meinem Knie blieb. Ich rutschte näher, um mit meinen Händen über seine Schultern zu streichen. Meine Bewegungen schickten seine Hand ein paar Zentimeter meinen Schenkel hinauf. Dann wanderte er mit ihr erst zu meiner Kehle, dann mein Brustbein zwischen meinen Brüsten entlang und schließlich zeichnete er die Form meiner Rippen nach. Die Bewegung hörte dort nicht auf. Er zog eine Handvoll Stoff meines Kleids zusammen und ließ es wieder los, strich mit seinen Fingern über die Vertiefungen zwischen meinen Rippen, ließ seinen Daumen über die Unterseite meines BHs wandern … ich hatte mich also mit Recht gefragt, was seine ruhelosen Hände mit meinem Körper anstellen würden.

Ich musste ihn nicht lange auffordern, mit mir auf das Sofa zu sinken. Er war größer als ich, etwa fünfzehn Zentimeter, wenn ich schätzen sollte, aber es spielte keine Rolle, wenn wir uns aneinanderpressten. Ich ließ meine Hände wie ein Bildhauer tastend über seinen Körper gleiten, während er meine Haut mit federleichten Fingerspitzen kitzelte, die niemals zu lang an einer Stelle blieben.

Ich konnte seine Berührungen nicht voraussehen und keuchte auf, wann immer er ein unerwartetes Nervenende fand. Mit jedem Keuchen riss ich meine Augen auf und wurde mit seinem Lächeln belohnt.

»Du bist ganz schön kitzlig«, murmelte er und verlagerte seine Berührungen in mein Gesicht.

Meine Augenlider flatterten zu, als er über mein Kinn strich und noch einmal meine Kehle entlangstreichelte. »Das habe ich dir doch schon am Telefon gesagt.«

Er lächelte erneut und küsste mich. Meiner Kehle entrang sich ein zufriedenes Gurren. Das gefiel ihm wohl, denn er zog mich so nah an sich heran, dass es mir die Luft aus der Lunge presste. Hinter meinen geschlossenen Lidern sah ich bereits ein Feuerwerk, aber ich wollte nicht, dass er aufhörte. Mein Körper bettelte nach mehr von dem, was er mir geben wollte. Er ließ mich los und fuhr mir mit der Hand durchs Haar. Die

Lichtshow endete. Ich seufzte glücklich und ließ meine Fingerspitzen über seinen Rücken wandern. Er änderte wohlig seine Position, und ich wollte sehen, wozu ich ihn noch bringen konnte. Ich schob meine Finger unter sein Hemd und zeichnete kleine Muster auf seine Haut. Zu meinem Vergnügen beschleunigte sich sein Atem, und er zog sich zurück, um mich anzusehen.

»Was ist?«, fragte ich.

»Deine Hände sind kalt.«

»Mmm, tut mir leid«, murmelte ich.

Er antwortete nicht, sondern setzte sich zwischen meine angewinkelten Knie.

»Ist alles okay?«, fragte ich.

»Ja.« Er begann bei meinen Knien und ließ seine Hände über meine Schenkel gleiten, schob mein Kleid über meine Hüften und legte so den elfenbeinfarbenen Spitzenslip frei, den ich für heute Abend ausgewählt hatte. Meine Muskeln spannten sich gegen die leichte Berührung an, und ich zog scharf Luft ein. Er setzte eine Fingerspitze auf meinen Bauch und begann das Kleid mit quälender Langsamkeit nach oben zu ziehen. Es war eine köstliche Folter. Ich war hin- und hergerissen zwischen dem Verlangen zu sehen, wie nah an den Abgrund er mich bringen konnte, und dem Wunsch, ihn an mich zu ziehen und um Erlösung zu flehen. Als der Stoff einer weiteren Aufwärtsbewegung widerstand, beugte er sich vor und presste seine Lippen auf meinen Bauch. Ich konnte das Geräusch, das sich meiner Kehle entrang, nicht zurückhalten.

Ein Klopfen an der Tür ließ uns beide erstarren.

»Das kann doch wohl nicht wahr sein!« Ich seufzte und presste meine Hand auf die Augen.

»Musst du aufmachen?«, fragte Justin leise.

»Clem? Bist du da?« Die Stimme meines Nachbarn Alan drang durch die Tür.

»Einen Moment«, rief ich, dann senkte ich meine Stimme, um mit Justin zu sprechen. »Das dauert nur eine Minute, ich verspreche es dir.«

Ich löste mich von ihm und richtete auf dem Weg zur Tür mein Kleid. Dann öffnete ich die Tür nur ein paar Zentimeter. »Hey, Alan. Was gibt's?«

»Ich glaubte, deine anmutigen Schritte gehört zu haben«, sagte er.

Ich musste grinsen. Das Alter des Gebäudes bedeutete quietschende Böden, also wusste Alan praktisch immer, wenn ich zu Hause war. »Du hast mich vermisst, oder?«

»Ich habe dein Paket.«

Ich blinzelte ihn eine Sekunde an, bevor die Worte Sinn ergaben. »Ach richtig.« Ich machte die Tür weit genug auf, um das kleine Päckchen von ihm entgegenzunehmen. Es hatte Buchgröße, was in mir das Verlangen weckte, es aufzureißen und nachzusehen. Aber dieses Verlangen war nicht ganz so stark wie das, zu Justin zurückzukehren.

»Wie war Kalifornien?«, fragte er. Er schien keines meiner Signale wahrzunehmen, die ihm sagen sollten, dass ich jetzt gerade keine Lust auf einen Plausch hatte.

»Prima.« Ich lächelte angespannt. »Äh, ich hab gerade Besuch, also …«

»Oh!« Endlich machte es bei Alan Klick. »Ich verstehe … ja, ja … und was habt ihr beiden noch so vor?«

Ich warf ihm einen vernichtenden Blick zu. »Ernsthaft?«

Sein Lächeln erstarb, und er beugte sich ein wenig zu mir vor. »Im Ernst, alles in Ordnung?«, flüsterte er. Trotz meiner Vermutungen, dass er hier war, um ein Auge auf mich zu werfen, kannte ich Alan seit Jahren, und wir waren Freunde. Und die Rolle des Wachhunds passte zu ihm. Die Vorstellung, dass er derjenige war, der herausfand, dass ich gegen meinen Willen in meiner eigenen Wohnung festgehalten wurde, schien seiner wilden Fantasie zu gefallen. Und so sehr ich auch bezweifelte, dass er etwas gegen tatsächliche Kidnapper ausrichten konnte, wusste ich den Gedanken doch zu schätzen, also machte ich die Tür ein wenig weiter auf.

Alan steckte automatisch seinen Kopf um den Türpfosten.

»Alan, das ist Justin. Justin, Alan. Er ist mein Nachbar.«

Alan warf mir einen strengen Blick zu.

»Und Freund«, fügte ich hinzu.

»Danke«, sagte er.

Justin nickte. »Stimmt. Der Paket-Typ. Ich habe dir eine SMS geschickt.«

»Ach ja?« Alan sah mich an.

Ich hatte vergessen, dass Alan nichts von dem Handy-Tausch wusste. »Ist eine lange Geschichte«, sagte ich.

»Und du wirst lange genug leben, um sie mir zu erzählen?«, fragte er mit gespielter Ernsthaftigkeit.

»Versprochen. Bis dann, Al.« Ich winkte ihn zurück in den Flur.

»Triff gute Entscheidungen!«, rief er der sich schließenden Tür zu.

Nachdem ich abgeschlossen hatte, kehrte ich zum Sofa und zu Justin zurück. »Tut mir echt leid. Ich weiß, dass er ein bisschen seltsam wirken kann, aber ich kenne ihn schon ewig, und er ist ein guter Kerl.«

»Keine Sorge«, versicherte er mir und fuhr mit seinen Fingern durch meine Haare. »Ist das hier damit für heute Abend … vorbei?«

Er überließ mir die Entscheidung, und ich war mir sicher, dass er jede Entscheidung, die ich traf, akzeptieren würde. Ich kämpfte mit der Entscheidung, ob ich das Richtige tun sollte – das Kluge – oder das, was ich wollte.

Ich wollte Justin.

Triff die gewagte Entscheidung. Hat doch bis jetzt funktioniert.

»Nein«, sagte ich ihm. »Und ich denke, ich würde das hier gerne vom Sofa wegverlegen, okay?«

Seine blauen Augen funkelten vor Erleichterung, und er lächelte. »Okay.«

»Dann komm mit.«

Ich führte ihn in mein Schlafzimmer, wo mir der Anblick meines Betts den Mund wässrig machte. Ich hatte fast eine Woche nicht mehr darin geschlafen, und ich konnte die Textur der Decke und das perfekte Gewicht meines Kissens praktisch spüren. Aber das war nicht die einzige Sache, die mich mit Vorfreude erfüllte. Die andere war direkt hinter mir.

»Das ist schön«, sagte Justin, während er sich meine Einrichtung ansah. Die Vorhänge und die Bettwäsche waren weiß und die Möbel aus dunklem Holz. Ich hatte ein paar Fotografien an der Wand, aber sonst nicht viel. Ich mochte es schlicht und ruhig, und das Schlafzimmer spiegelte das, soweit es mich anging, genau wider.

»Danke.«

Er legte die Hände auf meine Schultern und senkte den Kopf, um mich von hinten zu küssen. Ich griff nach hinten, um seine Beine zu packen, während seine nomadisierenden Hände zu ihrer Lieblingsbeschäftigung zurückkehrten. Sein Atem rief eine Gänsehaut an meinem Hals hervor, während er mit seinen Lippen die Stelle zwischen meinem Ohr und meiner

Schulter erkundete. Mein Herz schien in meiner Brust zu stottern, und mir wurde ein wenig schwindlig. Ich musste gestolpert sein, denn er schlang einen Arm um meine Taille.

Als ihn eine Vielzahl von Küssen an den Halsausschnitt meines Kleids brachten, flüsterte ich: »Hör nicht auf.« Ich erkannte meine Stimme kaum wieder. Sie war heiser und voller Verlangen. Mein Körper vibrierte vor Lust, und ich fragte mich kurz, ob Justin es hören konnte. Wieder ließ er seine Hände unter mein Kleid gleiten und zog es hoch, bis ich die Arme hob. Nachdem es fort war, hielt Justin meine Handgelenke mit einer Hand fest und zog sie hinter seinen Kopf. Mit seiner anderen Hand erforschte er meinen gestreckten Oberkörper, bis meine Beine zitterten. Ich konnte nicht sagen, ob meine Augen geschlossen oder nur verdreht waren … so oder so konnte ich nicht mehr klar sehen.

Ich drehte mich um und presste meinen Mund auf seinen, fühlte meinen Puls dröhnen, als ich sein Hemd auf meiner nackten Haut spürte. Ich wollte noch mehr Nähe. Meine Finger fummelten an seinen Knöpfen herum, während er meine Taille packte, meinem Rückgrat folgte und einen BH-Träger von meiner Schulter streifte. Ungeduldig griff ich mir den Saum seines Hemds und riss es ihm über den Kopf, ohne die letzten Knöpfe zu öffnen. Ein leises Knurren tief aus seiner Kehle sagte mir, dass er das ganz in Ordnung fand.

Die Wärme seiner Haut auf meiner war der Tropfen, der das Fass zum Überlaufen brachte. Ich würde auf jeden Fall gleich in Ohnmacht fallen, wenn ich nicht schnell wieder zu Atem kam. Ich ließ meinen Kopf sinken, um seinem forschenden Mund zu entgehen und sog gierig die dringend benötigte Luft ein.

»Alles in Ordnung?«, fragte er.

»Nur ein wenig schwindlig«, gab ich zu.

»Dafür gibt es eine einfache Lösung.« Er legte seine Hände auf meine Hüften und steuerte mich zum Bett. Dankbar ließ ich mich darauf sinken und wartete darauf, dass er seine Schuhe auszog, um ihn an zwei Gürtelschlaufen zu packen und auf mich zu ziehen. »Besser?«, fragte er.

Und obwohl mich sein Gewicht immer noch davon abhielt, tief einzuatmen, ging es mir besser. Es war mir noch nie so gut gegangen. »Ja«, war alles, was ich sagte.

Ohne Tausende von Kilometern zwischen uns, ein Handy an mein Ohr gepresst oder Unterbrechungen wohlmeinender Nachbarn waren Justin und ich wie zwei Instrumente, die ein Duett spielten. Wohin seine Hände auch gingen, warteten meine Nervenenden nur darauf, entdeckt zu werden. Ich musste nichts sagen, als ich nach seiner Gürtelschnalle griff. Er rutschte zur Seite und half mir, den Gürtel auszuziehen, während seine Lippen sich weiter meinem Hals widmeten und sich zu der Grenze vorarbeiteten, die mein BH bildete. Als er diesen schließlich öffnete, biss ich mir vor Erwartung auf die Lippen.

»Du bist unglaublich sexy«, murmelte er gegen meine Haut.

In diesem Moment glaubte ich ihm. »Du auch.«

Er setzte sich kurz auf, um mir den Slip auszuziehen. Dann warf er ihn mit einem Lächeln über seine Schulter.

»Du musst ein Kondom benutzen, okay?« Ich hatte mich ohne Reue in diese potenziell desaströse Entscheidung gestürzt, aber ich war immer noch ich selbst.

»Natürlich.« Er wirkte überrascht.

»In der mittleren Schublade sind welche«, sagte ich und deutete auf den Nachttisch.

»Ich hab's, keine Sorge.« Er kam zu mir zurück und zog

mich in seine Arme. »Ich denke seit Tagen daran«, flüsterte er sanft in mein Ohr.

Wenn ich nicht bereits halb wahnsinnig vor Verlangen nach diesem Mann gewesen wäre, dann hätten mich seine Worte jetzt so weit gebracht. Ich presste meinen Mund auf seinen und rollte meine Hüften in stummer Aufforderung. Er verstand.

Die letzte Woche hätte ebenso gut ein Jahrzehnt sein können, so unfassbar erleichternd fühlte es sich an, als wir ineinanderglitten.

»Oh.« Das Geräusch, das ich machte, war eine Mischung aus Überraschung und Entzücken. Alle Muskeln in meinem Körper schwankten zwischen Ent- und Anspannung. Ich erschauderte.

Es gab keine religiöse Erleuchtung, aber ich konnte mit Sicherheit sagen, dass ich so nah an einer Ekstase war, wie niemals zuvor in meinem Leben. Die ganze Zeit blickte er mir tief in die Augen, als ob ich ihm eine Art Geheimnis zeigen würde. Zuerst machte mich das nervös, aber er lächelte mich an und streichelte mit seinen Fingerspitzen über meine Wange. Ich spürte, wie Wärme meine Brust erfüllte. *Ganz egal, warum er das macht; er kann einfach nicht die Augen von dir lassen.*

Ich zog ihn näher an mich heran, bis ich ihn küssen konnte, und eine Weile war das einzige Geräusch im Raum unser Keuchen, während wir uns zusammen bewegten. Er zog sich zurück, hatte seine Augen konzentriert geschlossen, und ich beobachtete das Spiel der Schatten auf seinem Gesicht und seiner Brust, während er sich bewegte. Er öffnete seine Augen wieder und sah mich mit einem Blick an, der besagte, dass ich mich lieber festhalten sollte.

Er drehte uns herum, so dass ich oben lag, dann ließ er all die nervöse Energie seiner Hände auf mich los. Sanfte Liebkosungen, knetende Bewegungen, flache Hände, Fingerspitzen … ich ertrank in Empfindungen. Ich war ihm ausgeliefert und konzentrierte mich nur darauf, mich aufrecht zu halten und weiterzuatmen. Ein paar quälende Sekunden, die zu kriechen schienen, hielt er mich am Rand des Abgrunds, während ich stöhnte und hinter meinen geschlossenen Lidern Lichter explodierten. Dann endlich überwältigte es mich, und ich sank auf ihn, während er mit ein paar Bewegungen gleichzog.

Langsam kehrte meine Außenwahrnehmung wieder zurück. Im Wohnzimmer lief immer noch Musik, Justins schweißnasse Haut klebte an meiner, und der Raum war zu heiß. Aber es war mir egal. Ich hatte mit dem Feuer gespielt, und wenn das jetzt das Verbrennen war, nahm ich es gerne entgegen. Ich hatte gerade erfahren, dass jeder Sex, den ich bis zu diesem Punkt meines Lebens gehabt hatte – nicht dass es besonders viel gewesen wäre –, nicht besonders gut gewesen war. Und ich zeigte eine beunruhigende Tendenz, mich genau in die Art von Situation zu bringen, vor der ich gewarnt worden war. Aber all das war mir gleichgültig. Die falschen Entscheidungen zu treffen, empfand ich in diesem Moment als überaus angebracht.

Justin strich mir die Haare aus dem Gesicht und küsste meine Schläfe. »Hi.«

»Hi.«

»Du siehst … erschrocken aus.«

»Es geht mir gut.« Ich kämpfte mich auf die Ellbogen hoch. »Du bist …« Ich war mir nicht sicher, ob es mir mein neuer Versuch, nicht zu viel über die Dinge nachzudenken, erlauben würde, weiterzusprechen. »Du bist unglaublich.«

Er lächelte und umfing mein Gesicht. »Du auch.«

Wir küssten uns – langsame feuchte Küsse, die früher am Abend undenkbar gewesen wären. Ich spürte, wie sich ein albernes Lächeln auf meinem Gesicht ausbreitete. Ich war eindeutig auf einem Endorphin-Hoch. Er lachte leise und küsste mich noch einmal.

»Ich bin sofort wieder da, okay?« Er zog sich halb an und verschwand im Badezimmer. Während er weg war, fasste ich den Entschluss, einen meiner attraktiven Pyjamas zu finden und das Bett ein wenig in Ordnung zu bringen. Ich faltete gerade meine Unterwäsche zusammen, als er zurückkam.

»Wir haben eine ziemliche Unordnung gemacht, was?

»Willst du über Nacht bleiben?«, fragte ich.

Ich konnte sehen, dass ihn die Frage eiskalt erwischt hatte, und zum ersten Mal wirkte er zögerlich. »Ähm …«

»Du musst natürlich nicht.« Ich bereute bereits die Einladung und hoffte, mein Gesicht war nicht rot.

»Nein, ich …« Er fuhr sich mit der Hand durch sein kurzes Haar. »Tut mir leid, ich war nur nicht … Aber, ja, das würde ich gern.«

Puh. »Ich schätze, ich sollte wohl mal die Musik ausmachen«, sagte ich, als die ersten Noten von »At last« aus dem Wohnzimmer drangen. »Ich muss mein Handy aufladen.«

»Ich kann es holen«, bot er an.

»Danke.« Er hatte bereits das Zimmer verlassen, als mir einfiel, dass das Ladekabel noch in meiner Handtasche war. Ich folgte ihm ins Wohnzimmer und nahm die Tasche vom Tisch. Er sah mich neugierig an. »Hab das Ladekabel vergessen«, sagte ich und zog es heraus.

»Du hattest es dabei?«, fragte er schmunzelnd.

Meine Wangen flammten auf. »Ich … ja. Das hier war auch meine Reisetasche, da ist immer noch eine Menge Zeug drin.«

Inzwischen musste mein Gesicht erdbeerrot sein. Gott, es war so viel schwerer, lässig und mutig zu sein, wenn er direkt vor mir stand.

»Na klar«, neckte er mich.

»Nein, so was mache ich wirklich nicht. Nichts davon. Ich schicke keine Nacktbilder, ich habe keinen … Telefonsex. Es ist so, dass bei mir mein Aufladekabel und eine saubere Unterhose für ein erstes Date Standard sind.«

»Du hast da auch Unterwäsche drin?« Er kam auf mich zu und legte einen Arm um meine Taille. »Ich mag dich jede Minute mehr.«

»Das war nur eine Redewendung!« Ich befreite mich aus seinem Griff und brachte meine Handtasche ins Schlafzimmer. Meine Ohren waren vor Scham ganz heiß.

»Und was für eine Redewendung.«

»Es ist nur …« Ich drehte mich um. »Ich wollte nur nicht, dass du denkst, ich …«

»Ich weiß.« Er umfing wieder mit beiden Händen meine Wangen und küsste mich. »Ich denke auch nicht … was immer du nicht willst, dass ich denke, okay?«

Ich nickte. »Danke.«

Er betrachtete mich im sanften Schein der Lampe. »Du siehst erschöpft aus.«

»Du auch.«

»Bist du sicher, dass ich bleiben soll?«

Ich nickte. »Ja.«

Er lächelte sein volles Grübchenlächeln, von dem mir im Flughafen das erste Mal die Knie weich geworden waren. »Gut.«

Nach einer kurzen Diskussion, wer welche Seite bekam, gingen wir zu Bett. Ich konnte ein erleichtertes Stöhnen nicht zurückhalten, als ich in meine Lieblingsschlafstelle sank. »Zu Hause ist es doch am schönsten.«

Er lachte. »Mein Handy ist der gleichen Meinung.«

Ich begann sofort einzudösen. Justin drehte sich zu mir um und streichelte über mein Haar, während ich in die Bewusstlosigkeit hineindämmerte. Das Letzte, an das ich mich erinnere, war seine Hand, die meinem Arm entlangstrich, bis unsere Finger miteinander verschlungen waren.

Du hörst nie auf, oder?, wollte ich fragen, doch da schlief ich schon.

10

Ein Summen vom Nachttisch riss mich keuchend aus dem Schlaf. Ich setzte mich auf, Justin Sekunden später auch.

»Deins oder meins?«, flüsterte er.

Ich blinzelte zum Nachttisch und war kurz von der Hülle mit den orangen Stellen irritiert, aber es war das andere Handy, das aufleuchtete. »Deins.« Ich reichte es ihm, bevor ich wieder auf dem Kissen zusammenbrach. Ich hatte so gut geschlafen.

Justin blinzelte auf das Display. »Oh Mann, es ist echt früh.«

»Wie spät ist es denn?«

»Fünf Uhr sieben.«

»Wer schreibt dir um fünf Uhr morgens eine Nachricht?«, murmelte ich.

»Keine Ahnung. Da steht nur: ›Und wie ist der Hottie?‹, aber ich kenne die Nummer nicht.«

Ich riss meine Augen auf und starrte darauf. »Oh Mist.«

»Was?«

»Das ist meine Cousine.«

Ich rollte mich herum, nahm mein eigenes Handy und schickte Robyn schnell eine Nachricht. *Ich hab mein eigenes Handy wieder. Danke, dass du mich dumm dastehen lässt.*

Ihre Antwort folgte praktisch sofort.

Oh shut

shut

SHIT. Dämliche Autokorrektur.

Ich grinste, aber es wurde zu einem Gähnen. *Es ist fünf Uhr morgens hier, Robbie.*

Srry!

Als keine weiteren Nachrichten folgten, legte ich das Handy wieder auf den Nachttisch.

»Tut mir leid«, flüsterte ich Justin zu. »Ich glaube, sie war in einem Club. Oder in vier.«

Justin nickte gähnend. »Kann ich dich mal etwas möglicherweise Unverschämtes fragen?«

»Na klar.«

»Wer ist der Hottie?«

Ich zwang ein Auge wieder auf. »Ähm … du.«

Er stieß ein leises Lachen aus. »Ach ja?«

Ich öffnete meinen Mund, um zu antworten, aber mir fiel nicht ein, was ich hätte sagen sollen. Stattdessen vergrub ich mein Gesicht in den Kissen.

Justin griff nach mir und brachte uns in Löffelchenstellung. »Kannst du wieder einschlafen?«

Mit seinem Körper an meinen gepresst? »Weiß nicht.«

Er legte einen Arm über meine Taille und fand meine Hand. Selbst im Halbschlaf kreiste er mit seinem Daumen über meine Handinnenfläche. In meinem Bauch breitete sich Wärme aus, und ich fragte mich, ob ich seine sanften Berührungen ertragen konnte, ohne eine kalte Dusche zu brauchen.

»Willst du, dass ich gehe?« Er schmiegte sich an meinen Nacken, während er sprach.

Mein Körper schrie *Nein, nein, bitte nicht!* Aber ich sagte: »Musst du denn?«

Er schnappte zögerlich nach Luft. »Noch nicht. Ich habe heute einen Abgabetermin, aber es sind nur tausend Wörter und mein Gehirn funktioniert um diese Uhrzeit sowieso noch nicht.«

»Was machst du eigentlich?« Ich drehte mich auf den Rücken, um sein Gesicht sehen zu können. »Du hast erzählt, dass du Journalismus studiert hast, aber ich habe keine Ahnung, was du für einen Job hast.«

»Ich schreibe Texte für jeden, der bereit ist, mich zu bezahlen.«

»Was bedeutet das?«

»Momentan arbeite ich für das *Chicagoland Elternmagazin*, aber um ehrlich zu sein, ist der Job ziemlich scheiße, und ich arbeite viel freiberuflich.«

»Und das wolltest du machen?«

»Für eine dämliche regionale Zeitschrift arbeiten, die keiner liest?«, fragte er. »Nein. Ich würde gerne Artikel über anständige Themen schreiben. Ich biete es immer wieder an, aber du weißt ja.« Er zuckte mit den Schultern, als würde ich so etwas wirklich wissen.

Ich kaute auf meiner Lippe herum. Meiner Familie gehörte eine der hiesigen Tageszeitungen, drei Zeitschriften, ein Fernsehsender und alle dazugehörigen Internetseiten. Und das war nur das, was mir um fünf Uhr morgens einfiel. Es wäre mir ein Leichtes, Justin mit den »richtigen« Leuten in Kontakt zu bringen. Oder zumindest mit den Leuten, die die »richtigen« Leute kannten. Aber damit würde ich zugeben, dass ich eine Daly-Erbin war, und das würde der nackten Umarmung, in der wir uns gerade befanden, eine interessante Wendung geben. Ich sagte erst mal nichts.

»Was machst du denn so?«

Zeit für eine weitere wahrheitsverbiegende Antwort. »Ich arbeite Teilzeit in der Bibliothek.«

Seine Hände hörten auf, sich zu bewegen. »Ich dachte, die sexy Bibliothekarin sei nur ein Mythos.«

Ich kicherte. »Ich bin keine richtige Bibliothekarin. Ich helfe dort nur aus.« In Wahrheit war ich eine unbezahlte Ehrenamtliche, aber das musste er jetzt noch nicht wissen.

»Wenn du einverstanden bist, stelle ich es mir aber vor.«

»Tu dir keinen Zwang an.«

»Hast du das studiert? Bibliothekswesen?«

»Nein. Englische Literatur und Geschichte.« Meine Stimme klang entschuldigend.

Aber zu meinem Erstaunen tat Justin meine Wahl nicht ab. Sein Tonfall war neutral, als er fragte: »Was willst du damit machen?«

Meine alte Freundin, die Zukunftsangst, ergriff Besitz von mir. »Das weiß ich noch nicht genau.«

»Du kannst immer noch einen höheren Abschluss dranhängen«, schlug er vor. »Aus persönlicher Erfahrung kann ich dir sagen, dass man die echte Welt damit noch ein wenig länger vermeiden kann. Außerdem häufst du damit diese ganzen süßen Schulden auf.«

Ich lächelte in die Dunkelheit hinein. »Du bist nicht die erste Person, die das vorschlägt. Einer meiner Brüder arbeitet gerade an seiner zweiten Promotion.«

Er lachte und strich mit einer Hand über meinen Oberschenkel. »Dr. Clementine. Was für eine Art Doktorin wärst du?«

»Uff, keine Ahnung. Kann man eine Doktorin des Lesens von Büchern sein, die kein vernünftiger Akademiker als ›Literatur‹ betrachten würde?« Ich presste meine Finger auf die Schläfe.

»Ich wollte dich nicht aufregen.« Er zog meine Hand weg

und legte sie flach auf meinen Bauch. Dann legte er seine eigene darauf. »Ich war nur neugierig. Du musst nicht darüber sprechen.«

»Tut mir leid.« Ich kniff meine Augen zu. »Das ist in letzter Zeit ein ziemlich heikles Thema.«

»Das merkt man«, sagte er und streichelte mit dem Daumen über meinen Bauch.

»Tut mir leid.«

»Hör auf, dich zu entschuldigen. Ich hab doch damit angefangen.«

»Jetzt bist du dran«, entschied ich. »Erzähl mir von deiner Familie.«

»Jetzt.«

»Ja. Dann kommst du mir nicht mehr wie mein Therapeut vor.«

Er lachte leise in mein Haar, dann legte er wieder seine Arme um meine Schultern und entschied sich für den Träger meines Oberteils als Ziel seiner sich unablässig bewegenden Finger. »Mein Dad schreinert Inneneinrichtungen für Boote. Meine Mutter ist Krankenschwester, oder zumindest war sie das, als wir noch klein waren. Sie ist jetzt im Ruhestand.«

»Und was halten sie davon, dass du nach Chicago abgehauen bist, um Journalist zu werden?«

»Sie können nicht verstehen, warum ich den Süden verlassen habe. Meine ältere Schwester Sally – die jetzt geheiratet hat – lebt in Orlando. Meine jüngere Schwester Shannon lebt momentan in Portland, aber ich glaube nicht, dass sie dort bleiben wird. Sie vermisst den Sonnenschein.«

»Du bist also der einzige echte Rebell, der die kalten dunklen Winter bevorzugt, hm?«

Er lachte und küsste meinen Kopf. »Befriedigt das deine Neugier? Sind wir jetzt wieder quitt?«

»Erst einmal.« Insgeheim wusste ich, dass meine Neugier auf ihn wahrscheinlich niemals gestillt sein würde.

»Und bist du jetzt genauso wach wie ich?«

»Ja.«

Er seufzte.

Ich entschied mich, ihm eine bequeme Gelegenheit zum Gehen zu geben, wenn es das war, was er wollte. »Abgabetermin?«

»Klingt so, als wolltest du mich loswerden.«

»Nein. Überhaupt nicht.« Jedes nackte Geständnis kam mir ein wenig leichter von den Lippen als das zuvor. »Dann …« Er stemmte sich auf seinen Ellbogen und küsste mich. »Lass uns das eine Weile machen.«

Ich lächelte gegen seine Lippen.

Obwohl wir nicht mehr schlafen konnten, waren wir beide noch schläfrig, und unsere Bewegungen waren daher eher langsam und sinnlich als leidenschaftlich. Sie sollten eher beruhigen als stimulieren. Mir gefiel dieses Rascheln, das meine Bettdecke machte, wenn unsere Beine ineinander verschränkt waren, und das Geräusch seines Atems an meinem Ohr. Ich mochte das Gefühl seiner warmen Haut unter meinen Fingerspitzen und seines kitzelnden kurzen Haars, wenn ich gegen den Strich darüber fuhr.

»Du duftest immer noch nach Meer«, murmelte er gegen meine Schulter.

»Ich schwöre, dass ich geduscht habe.«

»Aber der Geruch bleibt an einem haften«, sagte er. »Das erinnert mich daran, wie ich als Kind mit meiner Familie zum Strand gegangen bin.«

Ich lächelte. Mir gefiel diese Intimität. »Du riechst nach Chicago«, neckte ich ihn.

»Was ist das für ein Geruch? Nach Hotdogs und Stau?«

»Wie bitte riecht denn Stau?«, fragte ich lachend.

»Nach Abgasen und Erschöpfung.«

Plötzlich durchfuhr mich ein Schauer. Wenn er sprach, meldete sich gelegentlich der Autor in ihm, und ich fand das unerwartet sexy. *Hinreißend und klug ... Justin, Justin ... wo hast du dich nur bis jetzt versteckt?*

»Lass uns frühstücken«, flüsterte er mir einige Zeit später ins Ohr, gerade als ich wieder eindöste.

Ich öffnete ein Auge und sah, dass er mich amüsiert betrachtete.

»Wie viel Uhr ist es?«

»Zeit fürs Frühstück.«

»Hmpf.«

»Komm schon. Ich weiß, wo man richtig guten Kaffee bekommt.«

Ich öffnete das andere Auge. »Du kämpfst mit unfairen Mitteln.«

»Kaffee ...«, flüsterte er.

»Ich bin wach, ich bin wach.«

Wir warfen noch ein paar Hot Tamales ein, während Justin fuhr. Das Brennen in meinem Mund weckte Erinnerungen an den Abend zuvor, und während ich aus dem Fenster sah, musste ich unwillkürlich lächeln. Die Straßen waren für einen Samstagmorgen ziemlich leer, und die Sonne leuchtete so hell, dass sie Schaufenster in Spiegel verwandelte. Alles schien von innen und außen zu strahlen.

Vielleicht war ich diejenige, die strahlte.

Er hatte recht mit dem Kaffee. Ich nahm das Aroma wahr,

sobald wir drinnen waren. Der ganze Laden duftete nach Frühstück, und mein Magen begann zu knurren.

Justin lachte und verschränkte seine Finger mit meinen, während wir auf einen Tisch warteten. Es dauerte nicht lange, und ich verschlang die Speisekarte, als könnten die Worte allein mich schon sättigen. Als ich von der Liste, die mir das Wasser im Munde zusammenlaufen ließ, aufblickte, bemerkte ich, dass er mich seltsam zufrieden beobachtete.

»Was ist denn?«, fragte ich.

»Du liebst Essen.«

»Wer tut das nicht.«

Er schüttelte den Kopf. »Vergiss es.«

Ich war zu hungrig, um weiter darüber nachzudenken, und wandte mich wieder der Speisekarte zu.

Kaffee, French Toast, ein Omelett und ein Haufen Frühstückskartoffeln. Wir aßen alles auf und lachten über unseren Fressrausch. Als ich mich schließlich zurücklehnte, um meinen Kaffee zu genießen, war ich mir nicht mal sicher, ob ich den Becher austrinken konnte.

Ich ächzte und lächelte verlegen. »Du hast wahrscheinlich schon gemerkt, dass ich keine Dame bin, hm?«

Er grinste. »Der Gedanke kam mir, als du mich mit einer Gabel bedroht hast.«

»Meine Großmutter wäre so stolz.« Meine Großmutter würde mich mit etwas viel Schlimmeren als einer Gabel bedrohen, wenn sie mich jetzt sehen könnte.

Er nahm ein Zuckertütchen und bewegte es in einem präzisen Muster zwischen seinen Fingern. »Tja, ich schätze, ich sollte dann mal …« Er ließ das Zuckertütchen fallen und begann stattdessen ein Buttermesser auf dem Tisch herumzuwirbeln wie die Drehscheibe bei Twister. »Sollen wir los?«

»Na klar.«

Als ich vom Tisch aufstand, legte Justin mir die Hand in den Nacken und küsste meine Stirn. »Ich muss diesem dämlichen Artikel wirklich etwas Aufmerksamkeit widmen. Es tut mir leid.«

»Ist okay, mich rufen Wäsche und Einkaufen.«

»Dann fahr ich dich lieber mal nach Hause.« Er öffnete die Tür und ließ mir den Vortritt.

»Weißt du was? Ich nehme einfach die L.«

»Ich kann dich fahren.«

»Wirklich. Ich will die Hochbahn nehmen und vorher ein bisschen gehen.« Und das stimmte. Die Morgenluft fühlte sich großartig an, und mir gefiel die Idee, dass er mich weggehen sehen würde.

»Bist du dir sicher?«

Ich nickte. »Ich bin mir sicher.«

»Tja dann …« Er machte eine hilflose Geste. »Ich rufe dich an.«

»Sogar auf mein eigenes Handy.« Ich lächelte.

»Ich werde dich wirklich anrufen. Ich meine, ich weiß, dass Jungs – Leute – so was sagen, aber ich werde dich echt anrufen.«

Ich muss zugeben, dass mich seine Verlegenheit freute. »Bis später.« Ich lächelte und legte meine Hand auf seine Brust. »Danke. Es hat mir echt viel Freude gemacht.«

»Mir auch.« Er bedeckte meine Hand mit seiner. »Sollen wir …? Kann ich dich wiedersehen?«

»Sehr gerne.«

»Wie wäre es mit Essengehen, Dienstagabend?«

»Ja.«

»Gut.« Er küsste mich und zog mich eng an sich. Es war die

Art Kuss, von der man ein Dutzend weitere wollte, um die Zeit bis zum nächsten Mal zu überbrücken. »Bis dann, Clementine.«

»Bis dann.« Ich strich mit meiner Hand seinen Oberkörper bis zu seinem Hosenbund hinunter. Dort fing er sie ein und drückte sie noch einmal. Ich lächelte und ging ein paar zögernde Schritte rückwärts. In meinem Inneren spürte ich, wie ich wieder zu ihm hingezogen wurde, wie durch ein gespanntes Gummiband, aber ich war fest entschlossen, nicht schwankend zu werden. »Bis dann«, wiederholte ich und drehte mich um. Lächelnd ging ich in die Richtung der nächstgelegenen Hochbahnstation.

Während ich wegging, empfand ich eine Mischung aus Genugtuung und Bedauern. Genugtuung, dass ich mich zusammengerissen hatte, und Bedauern darüber, dass dadurch dieser Abstand zwischen uns entstand. Als ich auf der anderen Straßenseite war, gestattete ich mir einen Blick zurück. Justin stand immer noch an der Straßenecke und sah mir mit einem leisen Lächeln nach. Ich lächelte zurück und ging weiter. Dabei wackelte ich ein klein wenig mit den Hüften.

Häuserblock um Häuserblock brachte ich hinter mich, bis ich an der ersten Station vorbeikam. Doch ich wollte noch nicht aufhören zu gehen. Durch Kaffee, Frühstück und Justin Mueller fühlte ich mich einfach großartig. Ich verfiel in einen gleichmäßigen Rhythmus und lief weiter in Richtung Süden auf den Hyde Park zu. Meine Umgebung war verschwommen – meine Gedanken beschäftigten sich mit einer langen Nacht voller Erinnerungen. Ich erwog vorübergehend, entweder ein Lied zu singen oder einen kleinen Freudentanz hinzulegen. Ich spürte das dämliche Grinsen in meinem Gesicht, gab mir aber keine Mühe, es abzustellen.

Schließlich landete ich wieder bei meiner Wohnung. Als ich ankam, fühlte ich mich zufrieden und energiegeladen. Auf halber Treppe hörte ich eine Wohnungstür, und plötzlich stand Alan vor mir. Er musterte mich und begann zu grinsen.

»Na so was. Wer ist denn das?«

»Ich hoffe, du hast bemerkt, dass ich weder ermordet noch entführt wurde.« Ich machte einen Knicks.

»Ist mir aufgefallen! Und wo ist unser neuer Freund?«

»Wahrscheinlich daheim.«

»Hast von ihm bekommen, was du wolltest, und ihn dann am frühen Morgen rausgeworfen, was? Clem, ich bin entsetzt.«

»So war es nicht.«

»Wer ist dein Galan denn überhaupt?«

»Er nicht mein Galan.« Ich imitierte seinen dramatischen Tonfall.

»Nein? Sparst du dich für die Ehe auf? Hat er zumindest deine Hand halten dürfen?« Dabei presste Alan seine Hände fest zusammen und begann, ein schwärmendes Mädchen zu imitieren.

»Gott, du bist einfach unmöglich.« Ich verdrehte die Augen und drängte mich an ihm vorbei, aber er lief mir einfach hinterher.

»Mehr als Händchenhalten? Und das alles ganz ohne Anstandsdame?« Alan liebte es, so zu tun, als sei ich noch immer an die gleichen sozialen Gepflogenheiten und Regeln gebunden, wie es die früheren Daly-Generationen gewesen waren. Besonders gefiel ihm aber die Vorstellung, dass ich über viele Ecken entfernt sogar mit der englischen Aristokratie verwandt war.

»Hau ab, Al.«

»Wie willst du mit einem solchen Ruf jemals in die Gesellschaft eingeführt werden, Clementine?«

»Ich bringe dich um, Al.«

Lachend wandte er sich in die Richtung, aus der er gekommen war, blieb ein paar Sekunden später jedoch wieder stehen und sah zu mir zurück. »Sag mir wenigstens, ob ihr jetzt fest zusammen seid? Hat er dir seinen Absolventenring gegeben?«

»Al, jetzt mal ernsthaft. Du bleibst ja nicht mal in der gleichen Zeitperiode. Wenn ich dich nicht umbringe, lasse ich dich hinauswerfen.«

»Gott, ich liebe es, wenn du die Daly raushängen lässt.« Er grinste und war viel zu sehr von sich begeistert, um sich bedroht zu fühlen.

»Bis dann, Al.« Ich winkte und entfernte mich energischen Schrittes von ihm.

»Du schuldest mir aber wirklich eine Erklärung, Clem!«, rief er mir nach.

Ich blieb stehen und sah ihn über das Geländer hinweg an. »Hast du heute Abend schon was vor?«

»Noch nicht.«

»Dann komm nachher vorbei. Wir können John Oliver gucken.«

»Und du bringst mich auf den neuesten Stand?«

»Ich verspreche es.« Ich reckte zur Bestätigung den Daumen über das Geländer. Ich würde ihm alles erklären. Trotz all meiner Vermutungen, dass er von meiner Familie hier eingeschleust worden war, um mich im Auge zu behalten, wusste ich, dass Alan keine Petze war. Ich kannte ihn schon zu lange und wusste mehr über seine Leichen im Keller als umgekehrt. Diese Freundschaft basierte sowohl auf gegenseitig zugesicherter Zerstörung wie auf Zuneigung.

Okay, vielleicht war mein Freundeskreis ein wenig unkonventionell, aber so passte er wenigstens zu meinem übrigen Leben.

11

Von meinen Großeltern vorgeladen zu werden, war etwas, das man nicht ignorierte. Als ich also nachmittags den Anruf bekam, nahm ich die Einladung zum Abendessen sofort an. Und ich war zehn Minuten, bevor die Limousine meiner Großeltern vor meinem Haus hielt, fertig. Ich schrieb Alan, dass unsere Fernsehpläne erst mal auf Eis lagen, aber er wusste genauso gut wie ich, dass man zu Mr und Mrs Daly nicht Nein sagte.

»Wie geht es dir, Clementine?« Am Steuer saß Luis. Meine Großeltern hatten in ihrem Haushalt fünf Angestellte, und Luis arbeitete nun schon fast zwanzig Jahre für sie. Er gehörte praktisch zur Familie.

Ich lehnte mich vor, um ihm einen Kuss auf die Wange zu geben. »Mir geht es großartig, Luis. Und dir?«

Wir plauderten ein wenig, während mich Luis durch die Straßen von Chicago zum Gold Coast District kutschierte. Ich erzählte ihm von meiner Kalifornienreise, ließ aber den Teil mit Justin aus. Das würde Luis nicht gefallen. Luis gefiel keiner der Jungen, mit denen ich mich traf – nicht dass es so viele gegeben hätte. Er tat es dennoch voller Hingebung. Außerdem gefiel es Luis nicht, dass meine Geschwister und ich aus dem Haus meiner Großeltern ausgezogen waren. Er fand, dass wir alle dort bleiben sollten, wo er uns im Auge behalten konnte. Überwachung war ein großes Thema in meinem Leben, wenn ich so darüber nachdachte.

Wir kamen am Haus am Dearborn Parkway an, und Luis parkte an der Hinterseite. Wie immer öffnete ich die Tür und hüpfte schnell hinaus, bevor er herumgehen und seine Pflicht tun konnte. Ich war zu einer Menge von Zugeständnissen bereit, um meine Großeltern glücklich zu machen, aber ich hatte mich niemals daran gewöhnen können, dass andere Menschen Türen für mich öffneten. Ich war vielleicht immer schon zu ungeduldig gewesen.

Luis wirkte ein wenig frustriert, lächelte aber, als ich winkte. Ich ließ mich selbst durch den Hintereingang ein und traf in der Küche auf Henny, die Köchin.

»Hey, Süße!«, begrüßte sie mich und beugte sich vor, um mir einen lauten Kuss auf die Wange zu geben, während ihre Hände in einer Schüssel Teig vergraben waren. »Ich mache deine Lieblingsbrötchen. Ihr könnt essen, sobald sie fertig sind.«

»Henny, du bist die Beste.« Ich gab ihr ebenfalls einen Kuss auf die Wange.

»Warte nur, bis du siehst, was ich für dich zum Mitnehmen vorbereitet habe.« Henny entließ mich nie mit leeren Händen nach Hause. Wenn sie mir so viel eingepackt hatte, wie sie es normalerweise tat, musste ich vielleicht doch nicht mehr einkaufen gehen.

»Kann's kaum erwarten. Wo ist die Herzogin?«

Henny hob ihren Kopf in Richtung Decke. »In ihrem Salon, denke ich.«

»Danke. Bis gleich.«

Ich durchquerte die holzgetäfelte Eingangshalle und nahm die Treppe. Die Schnallen an meinen Sandalen funkelten farbig, als ich an den riesigen Bleiglasfenstern am Treppenabsatz vorbeikam. Im ersten Stock ging ich zum Zimmer meiner Großmutter und klopfte leise an der offenen Tür.

»Hallo, Großmutter!« Ich hob meine Stimme leicht. Meine Großmutter war Ende achtzig und betrachtete Hörgeräte als unter ihrer Würde. Stattdessen beharrte sie darauf, dass alle um sie herum plötzlich nur noch murmelten.

»Clementine.« Sie streckte ihre Hände nach mir aus, ohne aus ihrem Sessel aufzustehen, wie sie es vor ein paar Jahren noch getan hätte. Ich trat zu ihr und beugte mich vor, um ihre Wangen zu küssen. Jeder Besuch bei meinen Großeltern bedeutete eine Menge Wangenküsse. Es war inzwischen zu einer Art Reflex geworden. »Wie geht es dir, mein liebes Mädchen?«

»Mir geht es gut. Ich bin froh, wieder daheim zu sein.« Ich setzte mich in einen Sessel neben ihrem und erzählte ihr alles über meine Reise, was ich konnte. Sie hörte zu, ohne viel dazu zu sagen, und fragte nur einmal, wie es der Familie ging. Währenddessen arbeitete sie weiter an ihrer neuesten Handarbeit. Es war ein vertrauter und beruhigender Anblick. Mein ganzes Leben lang hatte sich meine Großmutter unermüdlich mit ihren Handarbeiten beschäftigt. Sie war wahnsinnig talentiert und hatte es in ihrem Hobby zu höchster Kunst gebracht. Einige ihrer größeren Stücke waren sogar in Museen ausgestellt.

Irgendwann kam eine weitere Bedienstete und rief uns zum Abendessen. Judy war der Neuzugang im Hause Daly und lief unter der vieldeutigen Bezeichnung Begleiterin. In Wirklichkeit war sie ausgebildete Physiotherapeutin und Pflegerin, die nach der Hüftoperation meiner Großmutter eingezogen und nicht wieder gegangen war. Sie half meinen Großeltern dabei, in dem riesigen Haus mobil zu bleiben, verwaltete ihre Medikamente und bewahrte sie einfach allgemein vor unnötigen Arztbesuchen. Glücklicherweise war sie dazu noch eine sehr freundliche und sympathische Frau, die meine Großeltern aufrichtig zu mögen schien.

»Sind Sie so weit, Miriam?«, fragte sie und stellte sich mit angewinkeltem Arm neben meine Großmutter, gerade außerhalb ihrer Reichweite. Judy bot ihre Unterstützung an, aus dem Sessel aufstehen sollte meine Großmutter jedoch allein.

Langsam gingen wir ins Esszimmer hinunter, wo bereits mein Großvater saß. Ich begrüßte ihn mit dem gleichen Doppelkuss, den ich meiner Großmutter gegeben hatte, und er bekam eine verkürzte Version meiner Reise, während Judy Großmutter beim Hinsetzen half.

Henny servierte uns die Suppe persönlich. »Gekühlte Gurkensuppe mit Dill«, sagte sie laut genug, dass es auch meine Großmutter hören konnte.

»Wunderbar. Vielen Dank, Henny.« Großvater nahm den Löffel in die Hand.

Erst während des Hauptgangs – Lachs mit Zitrone und Kapern an Spargelrisotto – kam der wahre Grund für meine Einladung zum Vorschein.

»Also, Clementine. Erzähl uns doch einmal, wie dir dein Besuch in Nelsons Firma gefallen hat.« Die Aufforderung kam von meinem Großvater, und sofort hatte ich ein schlechtes Gewissen.

Ich verschaffte mir einen kleinen Aufschub, indem ich den letzten Bissen so gründlich wie möglich kaute und vorsichtig meine Gabel auf den Teller legte, bevor ich antwortete. »Es war interessant«, sagte ich fröhlich. »Er hat uns sein neuestes Bauprojekt gezeigt. Die Zeichnungen waren wunderschön, und der Standort ist fantastisch. Ich bin sicher, dass es ein großer Erfolg werden wird.«

»Und was ist mit der Firma selbst?«, fragte er. »Hast du die auch interessant gefunden?«

Verriet mein Gesicht die Wahrheit? »Na ja … die Firma selbst scheint sehr erfolgreich zu sein. Nelson kennt alle Angestellten mit Namen, und jede Person, die wir getroffen haben, war ganz begeistert von ihrer Arbeit.« Bevor ich etwas dagegen tun konnte, hatte ich die linke Hand an meine Unterlippe gehoben. Es war eine nervöse Angewohnheit aus meiner Kindheit, die ich niemals ganz losgeworden war.

Großmutter runzelte die Stirn. »Oje. Dann darf man wohl annehmen, dass du nicht zu den Begeisterten gehört hast?«

Ich sah sie entschuldigend an. »Tut mir leid.«

Mein Großvater seufzte. »Ich kann nicht behaupten, dass ich überrascht bin. Enttäuscht vielleicht, aber nicht überrascht.«

Enttäuscht zu sein war ehrlich gesagt das Schlimmste, was er hätte sein können. »Es tut mir wirklich leid«, sagte ich erneut.

»Ich verstehe es einfach nicht, Clementine. Du hast einen so scharfen Verstand. Du könntest alles tun, was du dir in den Kopf setzt. Du hast mehr Möglichkeiten als deine Altersgenossen. Und du scheinst wirklich etwas aus deinem Leben machen zu wollen … was hält dich zurück?«

Beschämt stiegen mir Tränen in die Augen. Ich fühlte mich ohnehin schon schlecht deswegen, auch ohne dass er es so herausstrich.

»Waren wir zu nachsichtig mit ihr?«, fragte mein Großvater meine Großmutter. »Haben wir sie nicht streng genug behandelt?«

Ich sah zu meiner Großmutter hinüber, aber es war schwer, ihren durchdringenden Blick zu ertragen, also konzentrierte ich mich auf meinen Teller. Der Gedanke an einen weiteren Bissen Fisch war mehr als unappetitlich.

Judy räusperte sich. »Deine Schwester war am Mittwoch hier«, sagte sie plötzlich. »Kaum zu glauben, dass sie mit ihrer Assistenzzeit fast fertig ist.«

Ich konnte nicht sagen, ob sie das Thema zu wechseln versuchte oder mir die Tatsache unter die Nase reiben wollte, dass meine Schwester nicht nur im Schnelldurchlauf Medizin studiert hatte, sondern auch noch gleich anschließend eine prestigeträchtige Assistentenstelle ergattert hatte. Ich kannte Judy nicht gut genug, um es zu erraten, aber da ich mich ohnehin schon wie der letzte Dreck fühlte, empfand ich es eher wie ein wenig Salz in die Wunde reiben, die die Worte meines Großvaters hervorgerufen hatten.

»Clementine, wenn du uns nur einmal einen Hinweis geben könntest, was du gerne tun möchtest, könnten wir dir helfen. Ein Wort von dir, und wir unterstützen dich. Du bist in der glücklichen Lage, dass dir praktisch alle Hindernisse aus dem Weg geräumt werden. Also, was möchtest du denn gerne tun?«

Über meine Lippen kam kein Wort. Meine Gedanken waren wie blockiert und staubig. Mehr wie etwas, das man sich hastig von der Hand wischt, als etwas, das man auch nur versuchen könnte, in Worte zu fassen. Meine Augen und meine Kehle brannten, und ich konnte nur den Kopf schütteln.

»Wie bitte?«, sagte Großmutter. »Du murmelst schon wieder.«

»Ich weiß es nicht«, flüsterte ich.

»Wir möchten doch einfach nur wissen, wie du deinen Beitrag zu leisten gedenkst«, sagte Großvater. »Wir Dalys haben noch nie müßig herumgesessen. Wir arbeiten. Wir erschaffen etwas. Wir bringen die Dinge ins Rollen. Was willst du ins Rollen bringen, Clementine?«

Ich bemühte mich, meinen Mund zum Reden zu bewegen, aber alle Luft in meiner Lunge wurde zu einem großen Klumpen unter meinem Brustbein zusammengepresst. *Ich weiß es nicht.* Unhörbar formte ich die Worte mit den Lippen und schob meinen Stuhl vom Tisch weg.

»Alles in Ordnung?«, fragte Judy mit berufsmäßiger Besorgnis.

Wieder schüttelte ich den Kopf.

Sie stand auf und ergriff meinen Oberarm mit fester Hand. »Komm mit. Wir bringen dich mal an die frische Luft.«

Die Vordertür war am nächsten, und Judy steuerte mich zielsicher dorthin. Obwohl sich meine Brust hob und senkte, hätte ich schwören können, dass kein Sauerstoff hineinkam. Meine Lippen waren taub und meine Sicht weiß eingefärbt. Judy ließ mich lange genug los, um die Türriegel zu öffnen, dann beförderte sie mich auf die im Halbrund verlaufenden Betonstufen.

»Setz dich hin«, ordnete sie an und drückte meine Schulter nach unten, bis meine Knie nachgaben und ich auf der obersten Stufe zu sitzen kam. »Na also«, sagte sie in einem ruhigen sachlichen Tonfall, legte die Hand auf meinen Kopf und drückte ihn sanft nach unten, bis er zwischen meinen Knien hing. »Gutes Mädchen. Du kommst gleich wieder zu Atem. Keine Sorge.«

Endlich entrang sich meiner Brust ein Atemzug, der wie ein Schluchzen klang, und ich schnappte nach Luft.

»Na also«, wiederholte Judy und strich mit ihrer Hand fest über meine Schultern. »Lass deinen Körper seine Arbeit tun.«

Ich atmete noch einmal tief ein, und meine Hände und mein Gesicht begannen zu kribbeln.

»Gutes Mädchen. Und jetzt atme langsam, wenn du kannst.«

Wie ein Roboter gehorchte ich und bezwang mit reiner Willenskraft den Drang meiner Brust, flach zu keuchen. Stück für Stück verlangsamte sich meine Atmung, und das kribbelnde Gefühl in meinem Gesicht und meinen Händen wurde von einem leichten Zittern in meinen Fingern abgelöst.

Endlich konnte ich meinen Kopf genug heben, um Judy anzusehen.

»Danke«, sagte ich leise.

»Ich hatte als Jugendliche auch immer Panikattacken.«

»Ich habe keine Panikattacken«, sagte ich automatisch. Und ich war auch keine Jugendliche, aber das war im Moment nicht so wichtig.

Ihr Gesichtsausdruck blieb neutral. »Okay, na gut, dann hattest du eben gerade deine erste. Glückwunsch.«

Tja. Wie peinlich. Die beste Art, ein fantastisches Essen abzuschließen.

»Ist schon in Ordnung«, versicherte mir Judy. »Das bedeutet nicht, dass du eine schlechte Person bist. Das passiert einfach mal.«

»Ich fühle mich nicht so gut.« Das war nicht unbedingt gelogen. Mein Magen brannte, und mein ganzer Körper fühlte sich schwer an, aber ich war mir ziemlich sicher, dass das alles an der Hyperventilation lag, die ich gerade erlebt hatte.

»Ich sage Miriam und John, dass du nach Hause gegangen bist«, sagte Judy.

Sofort begann mein Herz wieder wild zu schlagen. Gehen, ohne mich zu verabschieden? Ich war mir ziemlich sicher, dass so etwas, soweit es meine Großeltern betraf, auf der Liste der unverzeihlichen Dinge stand. »Das geht nicht!«, keuchte ich, was dazu führte, dass ich wieder nach Luft japste.

»Keine Widerrede!« Judy hob einen Finger. »Du bleibst hier. Ich werde Luis bitten, vorzufahren, und ich entschuldige dich bei deinen Großeltern. Du konzentrierst dich einfach nur darauf, deine Atmung ruhig zu halten.«

Ich nickte und presste eine Hand auf meine Brust, als ob mir erhöhter Druck dabei helfen würde, meinen Atem besser zu kontrollieren. Als Luis mit der Limousine vor dem schmiedeeisernen Tor hielt, hatte ich 387 Atemzüge gezählt. Er war nicht nur schneller, als es darum ging, die Tür zu öffnen, sondern er kam auch durch das Tor bis zum unteren Treppenabsatz, bevor ich auf wackligen Beinen zu ihm hinuntergestiegen war und den Arm annahm, den er mir anbot.

»Was ist denn los, Süße?« Er klang besorgt und bewegte sich so vorsichtig, als sei ich aus Zuckerwatte.

»Ich fühle mich nicht so gut«, presste ich hervor.

Luis konnte einer solchen Gelegenheit nicht widerstehen. »Wenn du noch hier wohnen würdest, wärst du jetzt schon in deinem warmen Bett.«

»Kannst du mich nach Hause bringen?«, fragte ich und versuchte dabei nicht loszuheulen.

»Aber sicher.«

Als ich unten in meinem Hausflur stand – allein, trotz Luis' Protesten, dass er in zweiter Reihe parken und mich nach oben eskortieren würde –, sah ich an meinem Briefkasten eine Paketdienst-Benachrichtigung. Jemand hatte versucht, mir in meiner Abwesenheit etwas zuzustellen und es stattdessen bei dem Paar im Erdgeschoss abgegeben. Ich war zwar nicht in der Verfassung, mit anderen Menschen zu sprechen, aber dennoch klingelte ich bei meinen Nachbarn.

Kyla öffnete die Tür und war froh, die längliche weiße Schachtel loszuwerden. »Seit sie hier liegt, versucht die Katze, sie aufzumachen«, erklärte sie und reichte mir das Päckchen, während sie das besagte Haustier mit ihrem Fuß in Schach hielt.

»Vielen Dank«, sagte ich und stellte enttäuscht fest, dass ich immer noch ziemlich atemlos klang.

»Alles in Ordnung?«, fragte sie.

»Ja. Nur müde.« Ich dankte ihr erneut dafür, dass sie das Päckchen angenommen hatte, und entschuldigte mich. Ich wollte mich nur noch hinsetzen und nicht mehr über meinen furchtbaren Auftritt beim Abendessen nachdenken. Die Sache würde Konsequenzen haben, die Frage war nur, wie ernst sie sein würden.

Mit dem vertrauten Gefühl von Schmetterlingen im Bauch trug ich die Schachtel in meine Wohnung und legte sie auf den Tisch. Es war offensichtlich eine Blumenlieferung, der Aufkleber vom Floristen bestätigte das. Ich hatte so eine Vermutung, von wem sie waren, und obwohl die Vorstellung, dass Justin mir Blumen schickte, außerordentlich charmant und süß war, weckte sie jedoch auch ein seltsames Misstrauen. Ich hatte noch nie nach einem ersten Date Blumen bekommen. Als ich den Deckel anhob, strömte sofort ein starker Duft heraus. Die Schachtel enthielt einen Strauß seltsamer Zweige. Sie hatten weiße dicke Blüten und wirkten in diesem Klima so fremd wie Strelitzien. Ich befreite den kleinen weißen Umschlag aus dem Nest dunkler Blätter um die Blumen.

Orangenblüten. Erinnern mich an daheim und jetzt auch an dich. – Justin.

Die Schmetterlinge drehten komplett durch, doch ich war zwiegespalten. Einerseits freute ich mich sehr über eine so romantische Geste. Andererseits machte sie mich misstrauisch.

Gab es wirklich Männer, die so charmant, romantisch und aufrichtig waren? Justin schien zu gut, um wahr zu sein. Er musste herausgefunden haben, wer ich bin, und das alles war Teil seines Plans. Er wollte mich irgendwie benutzen. Mein Gehirn beharrte darauf.

Aber stimmte das? Er schien so anständig. Er schien mich zu mögen. Andererseits war er vielleicht einfach nur ein wahnsinnig begabter Schauspieler. Aber das würde auf einen Hintergedanken deuten, den er nicht gehabt haben konnte, als Honor versehentlich unsere Handys vertauscht hatte. Das war nicht möglich.

Oder doch?

In meinem Kopf drehte sich alles, und ich entschied, dass die einzig richtige Option darin bestand, wie eine normale Person zu reagieren und nicht wie dieses panische Häufchen Elend, das ich gerade war.

Ich machte von den Blüten ein Foto und schrieb dazu: *Vielen Dank. Sie sind wunderschön.*

Es dauerte lange, bis er reagierte. Lange genug, dass ich schon davon überzeugt war, das Geschenk wäre das »Aus die Maus«, das dem »Rein und Raus« folgte. Lange genug, dass ich bereits im Bett lag und mich mit meinem E-Reader unter der Decke eingekuschelt hatte. Da summte mein Handy. Aber es war keine Nachricht, er rief an.

»Hallo?«

»Na du?« Er klang aufrichtig froh, meine Stimme zu hören. *Regt euch ab,* ermahnte ich die Schmetterlinge in meinem Bauch. »Störe ich?«

»Nein, warum?«

»Ich wollte dich nur nicht von etwas abhalten. Wie war dein Tag?«

»Ähm …« Sollte ich gleich zu der Stelle kommen, wo ich beim Essen eine Panikattacke bekommen hatte, oder sollte ich zumindest versuchen, mir einen Hauch Würde zu bewahren? »Er war eine Weile ein bisschen verrückt, aber ich bin okay. Wie war deiner?«

»Ich hatte schon bessere.« Sein Tonfall deutete darauf hin, dass es nicht besonders schlimm gewesen war.

»Oh?«

»Nichts Aufregendes. Ich meinte das ganz wörtlich. Ich hatte schon bessere Tage. Aber auch schlimmere.«

Meine Gesichtsmuskulatur versuchte sich an mehreren Ausdrücken gleichzeitig. »Du bist manchmal echt komisch.«

Er lachte. »Entschuldige, ich habe einen Artikel über die Herkunft von umgangssprachlichen Ausdrücken gelesen. Das beschäftigt mich irgendwie.«

»Warst du in der Schule ein Streber?«, fragte ich.

Wieder lachte er. »Wahrscheinlich.«

Ich entschied mich, seine vage Antwort nicht weiterzuverfolgen. »Danke noch mal für die Blumen. Sie duften immer noch unglaublich.«

Er sagte nichts, doch ich hörte das leise Ausatmen, das normalerweise sein Lächeln begleitete.

Ich wollte ihn fragen, ob er den Frauen, mit denen er schlief, immer Blumen schickte. Ich wollte wissen, wie viele Seiten ich in seinem kleinen schwarzen Adressbuch durchblättern musste, bevor ich meinen Namen fand. Ich fragte mich, ob er überhaupt so ein kleines schwarzes Buch hatte. Oder überhaupt jemand. Ich wollte fragen, ob er zu gut war, um echt zu sein.

Ich erlaubte mir stattdessen eine etwas weniger anklagende Frage. »Es muss schwer sein, hier so etwas aufzutreiben. Hast du sie schon vorher einmal bestellt?«

»Du bist die erste Person, der ich jemals Orangenblüten geschenkt habe.«

Oh. Meine Wangen wurden rot. »Na ja, vielen Dank. Noch mal.«

»Alles in Ordnung?«, fragte er.

Ich stieß ein Seufzen aus. »Es ist nichts. Tut mir leid. Ich denke nur zu viel nach.«

»Denkst du denn wenigstens über etwas Nützliches nach?«

»Über ein bisschen Familiendrama. Aber du hast bestimmt nicht angerufen, um dir meine Beschwerden anzuhören.«

»Nur zu«, sagte er. »Wirklich. Ich höre gern zu.«

Eine weitere perfekte Geste. »Bist du nur höflich?«, fragte ich, obwohl ich damit eigentlich meinte: *Bist du wirklich so perfekt?*

Er lachte. »Ich glaube nicht. Ich mag dich einfach.«

Ich hielt das Handy von meinem Mund weg, damit er meinen zitternden Atem nicht hören konnte. »Ich ...« Mein Mund fühlte sich wie versteinert an. Ich zwang ihn auf und sagte meinen Satz zu Ende: »Ich mag dich auch.«

Eine warme Stille breitete sich zwischen uns aus. Als er wieder sprach, war es, als würde jemand eine Symphonie stören. »Was war denn mit deiner Familie?«

»Weißt du was? Es spielt keine Rolle. Wirklich. Ich würde die Sache lieber vergessen.«

»Bist du dir sicher?«

»Absolut.« Ich streckte meinen Nacken und meine Schultern, um mich körperlich neu zu justieren.

»Wegen Dienstag«, sagte er. »Wie wäre es um 19 Uhr bei mir?«

»Du kannst auch noch kochen?« Das konnte nicht sein Ernst sein.

»Äh, nein. Aber ich bin ziemlich gut darin, Essen zu bestellen. Das wird dich einfach umhauen.«

Ich lachte. »Ich kann ja was mitbringen.«

»Hmm. Unter einer Bedingung.«

»Welche?«

»Bring dein Aufladekabel mit.«

Wärme strömte durch meinen Bauch. »Abgemacht. Irgendwelche besonderen Essenswünsche?«

»Ich lass mich überraschen.«

»Wirklich? Gibt es nichts, was du absolut hasst?«

»Frühstücksfleisch aus der Dose«, sagte er prompt.

Ich musste lachen. »Ich schätze, damit ist das Spam Café schon mal raus.«

»Obwohl ich gehört habe, dass die da einen echt guten Cobb Salad machen.«

Ich strich mit einer Fingerspitze über die duftenden Blüten auf meinem Nachttisch. »Das merke ich mir.«

Wir sprachen noch ein wenig länger über Essen, wo er wohnte und andere unwichtige Dinge.

Als sich das Gespräch seinem natürlichen Ende zuneigte, sagte Justin: »Schlaf gut, Clementine. Ich freue mich darauf, dich wiederzusehen.«

»Gleichfalls.« Ich wollte ihm sagen, dass ich in zehn Minuten bei ihm sein konnte und nichts als einen Trenchcoat und ein Lächeln tragen würde, und dass ich hoffte, es würde ihm nichts ausmachen, wenn er ein paar Tage Arbeit verpasste, weil eine Nacht einfach nicht ausreichte. Dass ich die ganze Nacht wach bleiben und ihm zuhören würde, wenn er mir alles erzählte, was er jemals erlebt hatte, und dass ich ihm gerne alles erzählen würde, was er über mich wissen wollte. Dass ich seine Finger wieder auf meiner Haut spüren wollte.

Mein Atem ging schneller, als meine Gedanken zu all den Möglichkeiten sprangen, die folgen würden, wenn ich eines der Dinge tun würde, die ich mir vorstellte.

Ich wollte, es wäre schon Dienstag.

Jetzt sofort.

12

Montag und Dienstag waren meine beiden festen Tage in der Bibliothek, und ich hätte über die Ablenkung nicht glücklicher sein können. Ich verbrachte die Stunden damit, die zurückgebrachten Bücher wieder in ihre jeweiligen Regale einzusortieren. Mir gefiel es, dass die Bibliothek für jedes einzelne Buch einen genau vorgesehenen Standort hatte. Das System hatte nichts Zufälliges. Man konnte hier praktisch alles finden, wenn man wusste, wo man suchen musste. Ich konnte mir nichts vorstellen, was ähnlich ordentlich war. Ich empfand das als ungemein beruhigend.

Als Sweet Charity postete ich bei Instagram ein Foto eines perfekt geordneten Regals. Dazu schrieb ich: *Das ist pures Glück.* Es wurde sofort von mehreren meiner Bloggerfreunde gelikt.

Und das Beste war, dass sich montagabends immer der Buchclub für Liebesromane traf, den ich seit fast einem Jahr leitete. Es gibt nichts, was notorische Leser lieber machen, als mit Gleichgesinnten zu reden. Es war oft der beste Teil der Woche. Wir hatten unsere übliche lebhafte Diskussion über den neuesten Roman von Nora Roberts. Und wie immer schweiften wir schnell ab und plauderten über Dutzende von Büchern, die wir alle gelesen hatten. Alle wussten, dass man einen Notizblock und einen Stift mitbringen musste, denn man würde garantiert mit mindestens zehn Buchempfehlungen von den anderen Mitgliedern nach Hause gehen. So langsam lief ich Gefahr, eines Tages von meinem Stapel ungelesener Bücher erschlagen zu werden.

Als ich nach Hause kam, fühlte ich mich so viel besser. Meine Panikattacke schien weit entfernt und fast – fast – komisch, weil ich jetzt etwas Abstand dazu hatte. Es gab nichts, worüber ich mir Sorgen machen musste. Viele Leute brauchten eine Weile, bevor sie ihre Bestimmung fanden, oder? Und ich hatte den Luxus, keinen Job zu benötigen, während ich nach einem suchte. Die Bibliothek konnte meine Hilfe gut gebrauchen, und ich mochte es, von Büchern umgeben zu sein. Es passte gut zusammen. Selbst wenn es nur zwei Tage in der Woche waren. Ich musste mit meinen Großeltern einfach nur ehrlich sein und ihnen sagen, dass es mir gefiel, wie die Dinge gerade liefen.

In meiner Wohnung schaltete ich den Laptop ein, um ein wenig zu bloggen, und fand eine E-Mail meiner Eltern im Postfach. Ich hatte seit Wochen nichts mehr von ihnen gehört.

Liebe Clementine,

wie geht es dir, meine Süße? Wir vermissen dich, Merit, Pru und Honor wie immer sehr. Wir sind jetzt zurück aus Nordvietnam. Nächste Woche geht es nach Laos zu einem Treffen mit einem Kollegen, der wunderbare Arbeit mit einer Gruppe Hmong leistet.

Ich weiß, dass dich deine Großeltern dazu drängen, eine Arbeit innerhalb der Stiftung anzunehmen, aber lass dich von ihnen nicht schikanieren, Liebling. Möchtest du dich uns über den Sommer nicht lieber anschließen? Wir würden uns sehr freuen, dich wieder bei uns zu haben. Es ist viel zu lange her, seit du mit uns gereist bist, Clementine. Vielleicht musst du mal wieder raus in die wirkliche Welt, um zu sehen, was du Gutes tun kannst. Du lebst in Chicago zu behütet und komfortabel. Dieses viele Geld kann einem die Prioritäten ganz schön durcheinanderbringen. Das ist nicht gut für dich. Für deine Seele. Hör mal für eine Weile auf, eine Daly zu sein. Du solltest mal wieder richtig zupacken. Anderen helfen. Vielleicht musst du dich erst verlieren, um dich selbst zu finden.

Hast du Lust auf ein Abenteuer?

– Mom

Ich starrte lange auf den Bildschirm, während innerlich meine Emotionen um die Vorherrschaft kämpften. Hier war das Gegenteil der Schuldgefühle, die mir meine Großeltern einredeten. Während sie wollten, dass ich meine Ausbildung und meine Verbindungen nutzte, zelebrierten meine Eltern Pathos. Im Lauf der Jahre hatten ihre Karrieren als Anthropologen humanitäre Züge angenommen. Ich war mir nicht einmal sicher, ob sie noch für irgendeine Universität arbeiteten. Sie schienen unaufhörlich von einem Katastrophengebiet oder bedrohten Lebensraum zum nächsten zu wechseln.

Jahrelang hatte ich meine Sommer zusammen mit ihnen verbracht, lebte in abgelegenen Dörfern und wanderte über Bergpässe. Mein Reisepass war abgenutzt und voller Eintrittsvisa von Orten, von denen eine Menge Menschen noch nie gehört hatten. Ich hatte Brunnen gegraben, Babys in Impfkliniken beruhigt, beim Bau neuer Dörfer geholfen, mit traditionellen Netzen im Mekong gefischt und war durch Reisfelder gewatet.

Meine Mutter lag nicht falsch – anderen Menschen zu helfen, war zutiefst befriedigend. Es vermittelte das gute Gefühl, nützlich zu sein. Aber es war auch strapaziös und manchmal gefährlich. Einer der vielen Gründe, warum meine Eltern uns vier nicht mehr durch Asien schleppten, war der, dass wir einmal nur knapp dem Ausbruch eines Bürgerkriegs entronnen waren. Ein anderes Mal hatte mich außerhalb eines abgelegenen Dorfs in Korea ein Tiger verfolgt. Und ich war in mehr Flughäfen aufgehalten und kontrolliert worden, als ich zählen konnte.

Während ich in den USA älter wurde, war mir klar geworden, wie viele Menschen hier ebenfalls Hilfe brauchten. Es war leicht zu vergessen, dass es auch hier viele gab, die nichts zu essen oder keinen Platz zum Schlafen hatten. Vielleicht war die Bibliothek nicht so überlebenswichtig wie sauberes Wasser, aber es war für viele die einzige Quelle für Wissen.

Dennoch …

Ich las die E-Mail erneut und spürte, wie sich Schuld auf meine Schultern legte. Vielleicht sollte ich wirklich ein paar Monate nach Laos gehen. Oder auch nur ein paar Wochen. Vielleicht musste ich mal aus meinem Kopf raus. Ich hatte seit der Highschool nicht mehr viel Zeit mit meinen Eltern verbracht. Sie kannten mich als Erwachsene kaum. Vielleicht schuldete ich ihnen das.

Ich versuchte mir vorzustellen, wie ich packte und um die Welt reiste. So gut es auch klang, der Entscheidungsfindung eine Zeit lang zu entkommen, es wäre doch nur ein Aufschub.

Und was meinte sie überhaupt mit meiner Seele? Geld hatte mich wohl kaum verdorben. Dank der regelmäßig Schuldgefühle auslösenden E-Mails meiner Eltern und den Sommern, die ich mit ihnen verbracht hatte, konnte ich gar nicht vergessen, wie privilegiert ich war. Nur weil meine Eltern den ganzen Luxus aufgegeben hatten, bedeutete das nicht, dass ich dazu verdammt war, eine verwöhnte Göre zu werden. Ich nutzte kaum etwas von dem Geld, das ich monatlich aus meinem Treuhandfond ausgezahlt bekam. Und warum überhaupt machte sie plötzlich einen auf Supermutter? Warum ließ ich mich so behandeln, nachdem sie mich wie ein unerwünschtes Katzenjunges im Tierheim abgegeben hatte, als ich fünf war?

Mit zusammengebissenen Zähnen griff ich nach dem Laptop, um ihn resolut zuzuklappen, als ich eine Nachrichtenmeldung bekam. Es war Justin.

Habe noch eine Nachricht von einer Nummer bekommen, die ich nicht kenne. Ich nehme an, die ist für dich.

Dann schickte er einen Screenshot der Nachricht mit der Nummer darüber.

Hab endlich mit Downton Abbey *angefangen, und ich hasse dich.* Sie war von meiner Freundin Kate. Das Bild ließ mich grinsen.

Justin schrieb ich: *Ja, tut mir leid. Ich sage ihr, dass ich mein Handy zurückhabe.*

Kate schrieb ich: *Bin wieder unter meiner alten Nummer erreichbar. Und hasse mich ruhig. Ich bereue nichts.*

Kate und ich unterhielten uns eine Weile über die Crawley-Familie, und ich musste jede Nachricht, die ich schrieb, genau auf Spoiler kontrollieren.

Währenddessen schickte Justin mir noch eine Nachricht. *Dann bis morgen. Ich freue mich schon.*

Und ich mich erst.

Justin betätigte den Türöffner und ließ mich ins Haus, doch noch bevor ich die Treppe erreicht hatte, kam er mir entgegen. Er zog mich in seine Arme und küsste mich. Ich schmeckte Zimt, roch seine Seife, spürte, wie seine Hand meinen Arm hinunterwanderte, um mir die Tüte mit Essen abzunehmen …, und sofort dachte ich nur noch an ihn. Ich vergaß den Druck meiner Eltern und Großeltern. Ich vergaß meine eigene Panik. Das hier war erst mal genug. Sobald ich die Tüte losgeworden war, berührte ich seinen Hals, wo ich einfach nur seinen Herzschlag spüren wollte.

Meine Handtasche rutschte mir von der Schulter zu meinem Ellbogen hinunter und riss mich herum, aber er hörte nicht auf, mich zu küssen. Es war ein langer Kuss mit offenem Mund, der sagte: *Gott, wie furchtbar langsam sind die Stunden vergangen, seit ich dich das letzte Mal gesehen habe.* Erst als meine Tasche noch tiefer rutschen wollte, zog ich sie mir wieder hoch auf die Schulter.

»Na du?«, sagte er lächelnd.

»Na du selbst.«

Er grinste, wobei die berüchtigten Grübchen aufblitzten. »Lass uns nach oben gehen.«

Ich nickte nur. Mit der Tüte in der Hand stieg er vor mir die Treppe hinauf, und ich versuchte meine Gedanken zu sammeln. Ich war entschlossen, mich heute Abend nicht blenden zu lassen. *Er ist zu perfekt, erinnerst du dich? Das ist die Gelegenheit, den wahren Justin zu finden.*

Aber als er mich über seine Schulter hinweg anlächelte, geriet meine Entschlossenheit ins Wanken. *Aber er ist so …* Ich kniff einen Moment die Augen zu und fiel fast über die letzte Stufe.

»Alles okay?«

»Ja, danke.«

»Also, hier sind wir«, verkündete er und machte die angelehnte Tür auf. Dahinter verbarg sich ein relativ aufgeräumtes, spärlich eingerichtetes Wohnzimmer mit einem riesigen Fernseher an der Wand. Das überraschte mich nicht. Ein großer Bildschirm war für jeden Junggesellen, den ich kannte, Standard. Was mich überraschte, war der gedämpfte Klang klassischer Musik und der Geruch nach frischer Wäsche.

Wie um meine Überraschung zu unterstreichen, drang in diesem Moment ein lautes Summen durch die Wohnung.

»Das ist der Trockner.«

»So was hast du in deiner Wohnung?«, fragte ich und war sofort neidisch. Ich hätte ebenfalls gern einen Waschraum gehabt, als die Daly-Stiftung das Gebäude gekauft hatte, doch die elektrischen Leitungen waren nicht modern genug gewesen.

»Mmm hmm.« Er brachte das Essen in die Küche. »Was gibt es denn heute Abend?«

»Thai …«, sagte ich vage und versuchte dabei so viel wie möglich von meiner Umgebung aufzunehmen. Wenn ich zum ersten Mal bei jemandem in der Wohnung war, fühlte ich mich immer wie eine Archäologin an einer bedeutenden Ausgrabungsstätte. Überall um mich herum lagen Hinweise. Und ich musste sie nur noch identifizieren, klassifizieren und Hypothesen aufstellen.

»Klingt gut«, rief Justin aus der Küche. »Willst du was zu trinken?«

»Gern.« Ich trat in den Flur, um mir die Küche anzusehen. Der Raum war typisch für ältere Wohnungen in Chicago – alle Schränke auf einer Seite, veraltete Geräte und ein hässlicher Bodenbelag. Ich war mehr an den Dingen interessiert, die ihm gehörten. Wie der Topflappen, der von einem Haken beim Herd hing. Er war wie ein Alligator geformt. Und der Kühlschrank, der mit Magneten aus verschiedenen Städten in Florida, Touristenfallen und Sportteamlogos bedeckt war.

»Man merkt schon ein bisschen, dass du aus Florida

kommst …« Ich zog einen Magnet ab, der wie eine Orange aussah.

Er grinste wieder. »Ich habe eine Cousine – eigentlich ist sie mehr wie eine Nichte –, und sie ist sehr besorgt, dass ich Heimweh bekommen könnte. Also kauft sie mir immer einen von diesen Magneten, wo auch immer sie welche findet.«

Ich lächelte und tat die Orange wieder an ihren Platz zurück. »Wie alt ist sie?«, fragte ich.

»Sie ist sechs.« Justin war dabei, die Kartons mit den Gerichten auszupacken, während ich meine unauffällige Studie über meine Umgebung fortführte. Seine Arbeitsflächen waren sauber bis auf ein paar Krümel neben dem Toast, was mich zu der Annahme führte, dass er nicht viel hatte saubermachen müssen, bevor ich gekommen war.

»Du isst nicht viel zu Hause, oder?«, fragte ich.

»Warum?«

»Weil es hier drin so sauber ist.«

Er warf mir einen gespielt hochmütigen Blick zu. »Vielleicht bin ich einfach von Natur aus sehr ordentlich.«

»Das muss es sein.«

Er ließ die Kartons Kartons sein und griff nach meinem Handgelenk, um mich an sich zu ziehen. »Also gut, Kommissarin Clementine, das bin ich nicht. Aber mein Mitbewohner Andy ist es.« Mit der anderen Hand ergriff er mein Kinn, beugte sich vor, hielt jedoch mit seinen Lippen nur Millimeter von meinen entfernt inne, als er fortfuhr: »Ist das ein Problem?«

»Kein Problem. Nur eine Beobachtung.«

Er lächelte und schloss die Lücke zwischen uns. Obwohl wir bei unserem ersten Date miteinander geschlafen hatten, war ich überrascht von der Menge an körperlichem Kontakt in den ersten fünf Minuten unseres Wiedersehens. Es war, als ob er seine Hände nicht von mir lassen konnte. Mir nicht widerstehen konnte.

So nett diese Vorstellung auch war, fühlte ich mich dabei doch ein wenig unwohl. Die einzige andere Person in meinem Leben, bei der ich mich unwiderstehlich gefunden hatte, war Zack gewesen, doch hatte er seine Gefühle nur vorgegeben. Justin unterbrach meine Grübelei, als er eine Hand unter mein Oberteil steckte und meine Taille berührte. Ich erschauderte, als er mit seinem Daumen eine kitzlige Stelle berührte.

Er lachte leise und hauchte drei Küsse auf meine Unterlippe, bevor er sich zurückzog. Mit einer Fingerspitze berührte ich die Stelle, die er zuletzt geküsst hatte, und atmete tief durch. Ich musste mich entscheiden, ob ich die Hitze in meinem Unterleib zum Kochen bringen wollte – indem ich mich in Justins Arme stürzte und wir uns in seinem Bett einen kleinen Appetitanreger gönnten –, oder ob wir uns an den Tisch setzen wollten, solange das Essen noch warm war.

Justin entschied die Frage für mich. »Also, dann wollen wir mal loslegen, ja?«

»Ich hoffe, Thai ist nicht zu exotisch für dich.«

Seine Hand hielt über einem Karton inne. »Wie exotisch ist es denn?«

Ich drückte mich vorsichtig aus. »Ich habe einige Zeit in Thailand verbracht, und das hier kommt dem, was ich dort gegessen habe, ziemlich nah.«

»Verlierst du die Achtung vor mir, wenn ich zugebe, dass ich ein wenig Angst habe?«

Lächelnd schüttelte ich den Kopf. »Nein. Aber vertraust du mir?«

»Ja.«

»Und du hast mir etwas zu trinken versprochen.«

Er schenkte mir ein Glas Wein ein, als die Musik aufhörte. Ich hörte, wie sich eine Tür öffnete. Dann erschien sein Mitbewohner.

»Du musst Clementine sein«, sagte er und streckte mir die Hand entgegen. »Ich bin Andy.« Er hatte ein rundes Gesicht mit rosigen Wangen, eine Drahtgestellbrille und lächelte mich herzlich an.

»Schön, dich kennenzulernen.«

Er warf Justin einen kurzen anerkennenden Blick zu, und ich wurde rot.

»Ich muss jetzt leider los, denn meine Dartliga beginnt gleich.«

»Oh!« Ich erinnerte mich an die erste SMS, die ich auf Justins Handy bekommen hatte. »Du warst das also!«

»Das war ich.« Er lächelte erneut, dann sah er Justin an. »Ich bleibe heute Nacht bei Claire. Wir sehen uns dann morgen.«

Justin nickte und hielt mir das Weinglas hin. »Viel Spaß.«

»Euch auch«, sagte Andy in einem seltsamen Tonfall, den ich nicht richtig einordnen konnte. Neugierig sah ich Justin an, aber entweder hatte er es nicht mitbekommen, oder er ignorierte einfach meinen Blick.

»Sollen wir?«, fragte er mit einem Nicken zu den Kartons hin.

Das Essen war sehr zwanglos. Zwei Paar Essstäbchen und eine Reihe von Kartons mit thailändischem Essen. Justin stand zu seinem Wort und vertraute mir vollkommen. Er probierte alles, ohne mehr als den Namen des Gerichts zu kennen, von *Koong Chae Nam Pa* bis zu *Khao Moo Dang*. Er atmete zwar tief durch, bevor er in ein paar nicht identifizierbare Dinge biss, aber er war bereit, darüber zu lachen. Und ich lachte mit ihm. Er küsste mich mit süßsaurer Sauce an seinem Kinn, und ich verzog gleichzeitig mein Gesicht und kicherte.

»Du bist total verschmiert«, sagte ich neckend, während ich sein Kinn mit einer Serviette abtupfte.

»Du kannst mich nicht für das Essen, das du mitgebracht hast, verantwortlich machen.«

»Das nächste Mal entscheidest du, okay?«, bot ich an. Zu spät wurde mir klar, wie überheblich das klingen musste.

»Abgemacht«, erwiderte er. »Dann gibt es nächstes Mal Cajun-Küche. Wie wäre es mit Freitag?«

Ich blinzelte überrascht. »Äh …«

»Wenn dir Freitag nicht passt, wie sieht dann der Rest deines Wochenendes aus?«

Aus Gründen, die ich selbst nicht verstand, lief ich rot an. »Nein, Freitag ist gut.«

Die Grübchen erschienen, als er lächelte. »Gut.«

Ich lief Gefahr, wieder vollkommen ins Schwärmen zu geraten. *Das kann doch nicht alles so einfach sein, wie es scheint.* »Justin, ich muss dich etwas fragen.«

»Schieß los.« Er versuchte, nicht misstrauisch zu wirken, und fast gelang es ihm.

Ich ging mehrere mögliche Fragen durch, bevor ich mich für eine indirekte Einleitung des größeren Problems entschied. »Hast du wirklich noch nie vorher jemanden Orangenblüten geschenkt?«

Die rechte Seite seines Munds zuckte. »Wirklich.«

Ich versuchte mir eine Folgefrage auszudenken, die nicht erbärmlich oder anklagend klang, aber mir fiel nichts ein. Justin musste mir angesehen haben, dass ich mich unwohl fühlte, denn er ergriff meine Hand und strich mit seinem Daumen darüber.

»Was ist denn los?«, fragte er.

»Es … es …«, stotterte ich. »Es ist nur, weil du so gut darin bist. Das macht mich nervös.«

»Worin bin ich gut?« Verwirrt sah er auf seine Essstäbchen.

»Na, das hier.« Ich bewegte meine Hand zwischen uns hin und her. »Es war ein perfektes erstes Date, und dann schickst du auch noch Blumen. Das ist … ich weiß nicht. Du musst ziemlich viel Übung darin haben.«

Seine Augenbraue hob sich ein wenig, doch ansonsten gelang es ihm, ruhig zu wirken. »Definiere ziemlich viel.«

Mir rutschte das Herz in die Hose. Ich stellte mir ein Stadion voller Frauen vor; sein kleines schwarzes Buch in mehreren Bänden in einem Regal; seinen Bettpfosten, von dem vor lauter Kerben nicht mehr als ein Streichholz übrig war. »Ich weiß nicht … mehr als eine Fußballmannschaft, weniger als die Bevölkerung einer unabhängigen Republik in den italienischen Alpen.«

Er lachte. »Wow, da hab ich ja eine Menge Spielraum.«

Das war, soweit es mich betraf, keine Antwort. Ich wartete und fragte mich, ob er der Frage aus einem bestimmten Grund auswich.

»Tja, na ja, es ist viel weniger als eine Alpenrepublik, okay?«

Ich nickte.

»Und ich bin auch nicht so was wie ein *Lothario* …«

Sein Wissen und Sprachgefühl ließen mich erschaudern. Ich hätte nie gedacht, dass mich Intelligenz so anmachen würde.

»Aber ich schätze, ich bin viel ausgegangen, seit ich hergezogen bin. Auf jeden Fall hatte ich eine Menge erster Dates.«

»Oh.« Der Schauder ließ beträchtlich nach. So viel Ehrlichkeit hatte ich nicht erwartet.

»Und was ist mit dir?«, fragte er.

Ich zuckte mit den Schultern. »Ich weiß nicht, ob man behaupten kann, dass ich tatsächlich viele Verabredungen hatte, aber ein paar schon.« Doch das war ziemlich übertrieben. Ich konnte die Anzahl an Dates, die ich seit Zack gehabt hatte, an meinen zwei Händen abzählen. »Nichts Ernstes«, endete ich.

»Mein Glück.« Er lächelte und beschrieb mit seinem Daumen auf meinem Handrücken eine große amorphe Form.

»Also, eine Menge, hm?«, fragte ich, bevor er zu anderen Teilen meiner Anatomie übergehen konnte.

»Es ist eine Möglichkeit, Leute kennenzulernen, wenn man irgendwo neu und allein ist.« Sanft zog er mich näher an sich. »Ich kann mich schließlich nicht dauernd darauf verlassen, dass hübsche Diebinnen meine Sachen stehlen, oder?«

Meine Wangen wurden heiß, und die Wärme breitete sich schnell in meinem ganzen Körper aus, bis sich meine Zehen krümmten. »Das geht mich nichts an, tut mir leid«, flüsterte ich, als er meinen Mundwinkel küsste.

»Schon gut.« Seine Fingerspitzen folgten den schmalen Knochen meines Handgelenks, als ob mein Körper mit Blindenschrift überzogen wäre. »Du kannst mich alles fragen, was du willst.«

»Nein ... wirklich. Du bist mir keine Rechenschaft schuldig.« Ich versuchte es mit einem beruhigenden Lächeln, aber er war ohnehin zu nah, um es richtig zu würdigen. »Wir kennen uns schließlich erst seit – wie viel? Neun Tagen?« Das Ergebnis meiner Berechnungen überraschte mich. Für neun Tage kam es mir viel zu wichtig – zu notwendig – vor.

Seine Finger wanderten über meinen Unterarm zu meiner Schulter hinauf und verlagerten sich auf mein Schlüsselbein, als ihnen das Terrain ausging. Die Erkundungen wirkten unbewusst, da er sehr nachdenklich wirkte. »Neun Tage, neun

Stunden, wen kümmert es?«, fragte er. »Du hättest mich auch an Tag zwei alles fragen können, und ich hätte es dir erzählt.«

Mir stockte der Atem. Konnte ich wirklich so besonders sein, wie er es klingen ließ? Ich hatte neun Tage damit verbracht, mich selbst davon zu überzeugen, dass die Anziehung, die ich für ihn empfand, nicht mehr als ein körperlicher Glückstreffer war, selbst als ich bereits begonnen hatte, mich in den Mann hinter den Grübchen und den ozeanblauen Augen zu verlieben. Vielleicht war da doch etwas dran. Vielleicht war es genau das, was Märchen und meine Liebesromane beschrieben. Vielleicht existierte es wirklich.

»Bist du okay?«, fragte er, und mir wurde klar, dass ich wie erstarrt gewirkt haben musste, während meine Gedanken verrückt gespielt hatten.

»Bin ich.« Ich schluckte und sah ihm in die Augen. »Hab nur wieder … nachgedacht.«

»Und?«, fragte er erwartungsvoll.

»Und ich werde jetzt damit aufhören.«

Er grinste sein schiefes Grinsen und legte seine Stirn an meine. »Bist du dir sicher? Du hast die Erlaubnis, meine dunkelsten Geheimnisse zu erforschen.«

Ich glaubte ihm, und das war genug für mich, aber er sollte wissen, dass ich ihm glaubte. Also sagte ich: »Also gut, was ist dein dunkelstes Geheimnis?«

13

Justin nahm sich einen Moment Zeit, um sich aufrecht hinzusetzen und seine Essstäbchen auf den Tisch zu legen. Ich tat es ihm nach, um dem Geheimnis, das er gleich enthüllen würde, Respekt zu zollen.

»Als ich in der Highschool war, hatte meine Mutter eine Affäre mit unserem Nachbarn.«

Das war das Letzte, was ich erwartet hätte. Er beobachtete mein Gesicht, und ich wusste, dass ich irgendetwas sagen musste. Alles, was ich zustande brachte, war ein »Oh«.

»Ich fand es heraus.« Er zuckte mit den Schultern. »Und ich habe es nie jemandem erzählt.«

In meinen Ohren dröhnte mein Puls. »Niemandem?«

Er schüttelte den Kopf. »Nein.«

»Oh mein Gott. Und du erzählst es mir?«

»Ich habe dir doch gesagt, dass ich es tun würde.«

»Ich …« Ich wusste nicht, was ich sagen sollte. Meine Emotionen schwankten zwischen Mitleid und Stolz, dass er mir ein so ernstes Geheimnis anvertraut hatte, hin und her. »Es tut mir furchtbar leid.«

»Damals war ich wütend. Oder eher fuchsteufelswild.« Er verschränkte seine Finger mit meinen und sah mich an. »Ich wollte ihn schlagen. Und sie. Ich wollte eine Menge Leute schlagen.«

»Weiß sie, dass du es weißt?«

Wieder nickte er. »Ja. Sie hat lange auf mich eingeredet, damit ich nichts verrate. Ich weiß nicht. Sie hatte Glück, dass ich damals gerade eine antiautoritäre Phase durchmachte und mein Dad nicht gerade meine Lieblingsperson war. Für mich war das nur ein weiteres Beispiel, wie abgefuckt die sogenannten Werte der typischen Vorstadtfamilie sind.« Er lachte bitter und legte meine Hand auf sein Knie. Die andere zupfte an dem Rand des Sofakissens. Seine Bewegungen schienen zufällig und unbewusst. »Typischer Weltschmerz eines Teenagers, schätze ich.«

»Und was passierte dann?«

»Sie hat es beendet. Oder er, ich weiß es nicht genau. Und ich glaube, sie hat es meinem Dad gebeichtet … *irgendetwas* hat sie ihm wohl gesagt, denn als ich im Sommer darauf nach Hause kam, machten sie eine Paartherapie und schienen glücklich miteinander zu sein.«

»Und du hast nicht einmal deinen Schwestern davon erzählt?«

»Sally war damals im Ausland. Sie machte so eine Prinzessinnengeschichte in Disneyland in Tokio«, fügte er hinzu, als er meine Verwirrung bemerkte. »Und Shannon war erst zwölf oder dreizehn. Ich hatte nicht das Gefühl, dass ich es einer von beiden sagen konnte.«

»Das muss sehr schwer gewesen sein.«

Er zuckte mit den Schultern. »Irgendwie schon. Aber es ist alles gut gegangen.«

Ich war mir ziemlich sicher, dass das nur eine Redewendung war. »Stört es dich manchmal noch?«

»Ehrlich gesagt denke ich nicht viel darüber nach.« Er setzte sich anders hin und legte einen Arm auf die Sofalehne hinter mir. »Aber es ist ein bisschen komisch, es laut auszusprechen.«

»Das hier ist auch ein bisschen komisch, wenn man es laut ausspricht, aber … danke. Es bedeutet mir viel, dass du es mir erzählt hast.«

»Gut.« Er atmete tief durch. »Und jetzt muss ich dich um einen Gefallen bitten.«

»Natürlich.«

»Ich will nicht mehr darüber reden, okay?«

»Okay.«

»Danke.« Die Hand hinter mir legte sich auf mein Haar. Seine Finger gruben sich durch die dichten kurzen Schichten. »Gibt es sonst noch etwas, was du wissen möchtest?«

Ich lehnte mich in seine Berührung hinein und lächelte. »Mehr Zeug, über das du nicht reden willst?«

Er grinste. »Vielleicht.«

»Ich will alles wissen, was du mir erzählen willst.« Und das meinte ich auch so.

Er rutschte das Sofa hinunter. »Dann lass mich dir ein paar Dinge erzählen.«

»Egal was.«

»Ich mag deine Augen.«

Ich sah ihn skeptisch an. »Ist das ein Geheimnis?«

»Na ja, ich hab es dir noch nie gesagt, oder?«, argumentierte er. »Sie sind wirklich wunderschön.

»Deine mag ich auch.«

Er lächelte ein besonders schurkisches Lächeln und sah auf den Tisch. »Bist du satt? Dann räume ich das Zeug hier nämlich weg.«

»Ich helfe dir.« Bevor er Einspruch einlegen konnte, sammelte ich ein paar Kartons zusammen und ging in die Küche. Er protestierte nicht, und wir packten das Essen weg. Mir fiel auf, dass sein Kühlschrank fast so leer wie meiner gewesen war, als ich aus Kalifornien zurückgekommen war. Er aß wirklich nicht viel zu Hause.

Ich konnte nicht widerstehen, mich im Essbereich umzusehen, während wir aufräumten. Das Licht war ausgeschaltet, und mehr als den Rand eines Schreibtischs und einige Regale konnte ich vom Wohnzimmer aus nicht sehen. Als ich in den dunklen Raum starrte, erkannte ich, dass er – oder vielleicht Andy – ihn mehr als Arbeitszimmer nutzte. Es gab nicht einmal einen Esstisch.

»Da drin ist es furchtbar unordentlich«, warnte er mich.

»Dein Arbeitszimmer?«

Es war eine dumme Frage, aber er nickte. »Wir brauchen eigentlich gar kein Esszimmer.«

Ich betrat den dunklen Raum. Darin standen zwei Schreibtische. Einer war aufgeräumt, es befanden sich nur ein Laptop, ein Becher mit Stiften und ein kleiner Stapel Papier darauf. Auf dem anderen Schreibtisch gab es nur eine freie Stelle – gerade groß genug für einen Laptop – der Rest war voller Papierstapel, Bücher, einigen leeren Kaffeebechern und mehreren Packungen Hot Tamales. An der Wand, die ich vorher nicht hatte sehen können, klebte ein Muster aus Post-it-Zetteln. Es schien eine Art Ordnung zu ergeben, aber ich konnte sie nicht erkennen und wollte auch nicht zu neugierig wirken.

»Oh.« Justin sah, dass ich zu der Tafel mit den Post-its hinschaute. Er rieb sich den Hinterkopf und wirkte verlegen. »Das ist nur etwas, das ich versuche.«

Ich wollte unbedingt fragen, was es war. Er hatte schließlich gesagt, dass ich ihn alles fragen konnte. »Was ist es?«

»Es ist ein Storyboard. So was in der Art.« Er deutete auf die Klebezettel. »Für mich ergibt das alles einen Sinn.« Die

Hand wanderte wieder an seinen Hinterkopf. »Ich schreibe einen Roman.«

Das hatte ich nicht erwartet. »Wirklich?«

»Ich … ja.«

»Das ist ja … wow, im Ernst?«

»Ja«, wiederholte er.

Ich stellte mich dicht vor ihn, umfing seine Wangen mit beiden Händen und sah ihm in die Augen. Als ich seine Aufmerksamkeit ganz hatte, küsste ich ihn. Das gefiel ihm. Er entspannte sich und stieg ein. Seine Hände fanden meine Taille wieder, und er nutzte sie als Basis für diverse Erkundungstouren unter mein Oberteil und bis zum Bund meiner Shorts. Überall, wo er mich berührte, hinterließ er Wärme und Verlangen nach mehr.

»War das noch ein Geheimnis?«, fragte ich, als er gerade mein Kinn und meinen Hals mit Küssen bedeckte.

»Ich rede nicht viel darüber.« Sein Atem kitzelte mein Ohr, und ich erschauderte.

»Du kannst mir alles sagen«, versprach ich. *Du könntest mir auch das Telefonbuch vorlesen, wenn du dabei so flüsterst wie jetzt.*

»Und du mir auch«, sagte er. »Egal was.«

Das Schuldgefühl war wie ein Eimer kaltes Wasser, und mir lief ein Schauer über den Rücken. Das war die richtige Gelegenheit, ihm meinen echten Nachnamen zu gestehen. Ihm zu sagen, wer ich war. Aber ich wusste, dass es uns von unserem derzeitigen Weg abbringen würde, und dazu war ich noch nicht bereit. Dennoch hatte ich das Gefühl, ihm einen Vertrauensbeweis zu schulden. Nicht weil er von mir erwartete, ihm ein ebenso großes Geständnis zu machen, sondern weil er es eben nicht tat. Ich wollte ihm zeigen, dass ich das verstand.

»Ich habe einen Blog, auf dem ich Bücher rezensiere«, sagte ich leise, während er meinen Kopf anhob, um sich der empfindlichen Haut unter meinem Kinn besser nähern zu können. Ich vergrub meine Finger in seiner Schulter. »Ich betreibe ihn unter einem Pseudonym. Niemand von meiner Familie weiß etwas davon.«

Er wusste, warum ich ihm das erzählte, und lächelte. Ich konnte die Fältchen in seinen Augenwinkeln sehen, aber sonst nichts, während er sich vorbeugte, um meine Schulter zu küssen. Mein Shirt musste ein zu großes Hindernis darstellen, da er es mir über die Schulter zog, bevor er die bloße Haut küsste.

»Auf dem College bin ich mal mit diesem Mädchen ausgegangen, das ich nie berühren durfte. Sie hatte Magersucht und fand ihren Körper abstoßend. Wollte nicht, dass ich ihn sehe oder sie irgendwo anders als an ihren Händen berühre.«

Mein Verstand war zu diesem Zeitpunkt schon ziemlich benebelt vor Lust, aber ich verstand, was er mir sagen wollte. Er liebte es, zu berühren. Zu schmecken. Es hätte kein schlechteres Paar geben können. »Das ist traurig«, sagte ich zuerst, doch dann fügte ich hinzu: »Ihr Verlust«, während ich meine Hand unter sein Shirt schob. Als ich über seine Haut glitt, spannten sich seine Bauchmuskeln an. »Bis vor einer Woche habe ich noch nie Telefonsex gehabt.«

Er lachte und zog mein Shirt herunter, um die andere Schulter zu küssen. Ich entschied, ihm einen praktischeren Weg zu zeigen und zog sein Oberteil hoch, bis er die Arme hob, um es sich ausziehen zu lassen. Er bekam eine Gänsehaut, als ich mit meinen Nägeln leicht über seine Brust kratzte. Er zog mich eng an sich und küsste mich. Seine Körperwärme drang durch mein Shirt und ließ mein Herz wie wild schlagen.

»Früher hab ich immer die Liebesromane gelesen, die meine Mutter herumliegen hatte. Wegen der Sexszenen«, gestand er, zog mir das Oberteil über den Kopf und ließ seine Hände über meinen Körper wandern.

»Tatsächlich?«, keuchte ich.

»Ja.«

»Oh mein Gott.« Ein Dutzend Fragen schossen mir durch den Kopf, doch stattdessen sprudelte aus mir heraus: »Ich hab noch nie etwas gehört, das so sexy ist.«

Wieder lachte er und zog mich an sich, um mich zu küssen. Und mich zu küssen. Währenddessen bewegten sich seine Finger über meinen Körper, als wäre er ein Bildhauer und ich seine Schöpfung.

Mir war schon ganz schwindlig, als er sich zurückzog, um die Knöpfe meiner Shorts zu begutachten. Es war eine neuere Hose, und der Knopf schien zu groß für das Loch zu sein; es ließ sich kaum öffnen. Im schwachen Licht der Küchenlampe blinzelte er auf seine Hände, und ich bemerkte unser Spiegelbild im Fenster über seiner Schulter. Er hatte einen athletischen Körper und war groß genug, um mich klein aussehen zu lassen. Ich mochte es, wie meine Hände aussahen, während sie seinen Rücken streichelten. Der Knopf sprang auf. Er stellte sich wieder gerade hin und versperrte mir damit die Sicht auf das Fenster und ersetzte sie durch sein anziehendes Gesicht.

»Ich mag keine Hunde«, sagte ich aus dem Nichts heraus.

Er lächelte und fuhr mit seinen Händen meine BH-Träger entlang. »Könnte man dich daran gewöhnen, einen Hund zu akzeptieren?«

Für dich? »Vielleicht?«

»Ich mag Disney World«, konterte er.

Ich nickte. »Okay.«

»Sehr sehr gern.«

»Okay.« Ich lächelte.

Er schlang seine Arme um mich und presste seine Lippen auf meine. Das Gefühl seines warmen Körpers ließ mein Herz rasen, und ich atmete immer schneller. Während sein Mund noch auf meinen gepresst war, steckte er eine Hand hinten in meine Shorts und entdeckte, dass ich einen Tanga trug.

»Ich habe absolut keine Ahnung, was ich mit meinem Leben machen soll, und das bereitet mir furchtbare Angst«, sagte ich gegen seine Lippen. Er hielt inne. Seine andere Hand gesellte sich zur ersten und gemeinsam begannen sie, meine Hose nach unten zu schieben. Ich bewegte meine Hüften, um ihm dabei zu helfen.

Er ging in die Hocke und half meinen Füßen aus den Hosenbeinen. Als ich barfuß und fast nackt vor ihm stand, begann er, meine Oberschenkel zu küssen. »Ich habe das Gefühl, ich müsste mein Zuhause mehr vermissen, als ich es tue.« Die Worte flüsterte er kaum hörbar gegen meine Haut. Dann zeichnete er mit seiner Nasenspitze die Zahl Acht auf die Innenseite meiner Schenkel. Ich musste meine Hände auf seine Schultern stützen, um aufrecht stehen zu bleiben.

»Ich hasse meinen Namen.«

»Ich mag deinen Namen«, erwiderte er. Ich wollte genervt meine Augen verdrehen, doch als er meine Hüfte küsste und den oberen Saum meines Slips mit seinen Lippen und seiner Zunge nachfuhr, schloss ich sie. »Clementine.« Er presste seine Hände um meine Hüften und folgte der Kurve meiner Taille zu meinem BH hinauf.

Ich legte meine Hände auf seinen Kopf und zwang ihn, zu mir aufzusehen. »Nur damit du es weißt, das Singen des Liedes ist ein K. o.-Kriterium.«

Er grinste, zwang sich dann aber schnell zu einem unschuldigen Blick. »Welches Lied?«

Ich zog spielerisch an seinen Haaren. Lachend küsste er meinen Bauch und stand auf. »Was ist mit dir? Was sind deine K.-o.-Kriterien?«, fragte ich.

»Abgesehen von Büchsenfleisch, meinst du?« Er lächelte, als ich die Augen verdrehte. »Hab einfach keine Affäre mit dem Nachbarn, und ich bin mir ziemlich sicher, dass wir mit dem Rest klarkommen werden.«

In diesen Worten lag eine Menge Zukunft, und die Schmetterlinge in meinem Bauch begannen so richtig loszulegen. Wir sahen einander im schwachen Licht an und atmeten schwer. Er wusste, was er gesagt hatte, und er konnte sehen, dass ich auch das hatte hören können, was er nicht gesagt hatte.

»Ich weiß nicht, was du an dir hast, Clementine, aber …«

Ich nickte. »Ja.« Meine Stimme war nicht mehr als ein Hauchen. Er hielt noch einen Moment länger meinen Blick fest, dann schloss ich meine Augen, trat an ihn heran und küsste ihn. Er brummte, und seine Hände bewegten sich endlos über meinen Körper, während ich mit einem Arm an ihm hing und mit der anderen Hand begann, seinen Gürtel zu öffnen.

Als ich seine Hose über die Hüfte gestreift hatte, fiel sie mit einem dumpfen Aufprall zu Boden. Ich sah zu ihm auf. »War das dein Handy?«

»Oh Mist.« Er ließ mich los und bückte sich, um nachzusehen.

Während ich ihm zusah, wurde mir bewusst, dass dies der Moment in einem romantischen Film war, in dem er hätte sagen sollen, dass es keine Rolle spiele, mich in seine Arme ziehen und zum Bett hätte tragen sollen. Stattdessen überprüfte er zuerst sein Handy. Ich musste lächeln.

»Alles in Ordnung«, sagte er und hielt das leuchtende Display in meine Richtung. Er stand auf und suchte verlegen nach einer Tasche, um das Handy hineinzustecken. Inzwischen trug er nur noch seine Boxershorts, also gab es keine. »Hier, nimm das.«

Ich war zu verwirrt, um abzulehnen. Dann hob er mich endlich hoch. »Oh!« Ich presste sein Handy gegen meine Brust und war davon überzeugt, dass er mich fallen lassen würde.

»Ich hab dich«, versicherte er. »Und jetzt werde ich dich in mein Bett bringen.«

»Na dann los.«

Sein Bett roch glücklicherweise frisch bezogen, aber ich hatte nur eine Sekunde Zeit, um mir Gedanken darüber zu machen, bis er auf mir war. Dann gab es eine Weile nur noch uns beide.

Als ich danach erschöpft neben ihm aufs Kissen sank, drang der frische Geruch heraus. Er berührte mein Gesicht, doch er war so verausgabt, dass seine sonst leichte Berührung ein wenig unbeholfener ausfiel. Ich nahm seine Hand in meine, wandte ihm mein Gesicht zu und sah ihn an.

»Hi«, sagte er.

»Mir ist gerade etwas eingefallen, was du mir niemals sagen solltest.«

»Und das wäre?«, fragte er.

»Wie viel Übung es braucht, um so gut im Bett zu sein wie du.«

Er lachte. »Ich müsste jetzt protestieren, aber mein Ego lässt mich nicht.«

Auch wenn ich es scherzhaft gesagt hatte, wollte ich es eigentlich nicht wissen. Ich konnte mir immer noch eine ganze Legion Frauen in seiner Vergangenheit vorstellen, aber zumindest war es nur in meinem Kopf. Wenn er mir eine Zahl sagte, müsste ich damit leben. Chronisches Grübeln hatte mich gelehrt, dass ich praktisch alles ignorieren konnte, wenn ich es nicht genau wusste.

Justin stützte sich auf den Ellbogen und lächelte mich an. »Ich stehe auf. Brauchst du etwas?«

»Nein, danke. Mir geht es gut.«

Während er weg war, setzte ich mich auf, um mich in seinem Zimmer umzusehen. Es war ebenfalls eher spärlich eingerichtet, und es gab nur die wichtigsten Möbel. An einer Wand hatte er den gerahmten Druck eines abstrakten Gemäldes hängen, das ich für einen Kandinsky hielt. An einer anderen den Druck eines berühmten Glasfensters von Frank Lloyd Wright. In einem kleineren Rahmen an seinem Schrank hing das Schulfoto eines Mädchens, das ich für seine Quasi-Nichte hielt. Die Schranktür ging wegen eines eingeklemmten Schuhs nicht richtig zu, doch ansonsten war der Raum ziemlich ordentlich. Er hatte meinetwegen aufgeräumt.

Justin kam zurück und stellte eine Wasserflasche auf den Nachttisch, bevor er über die Matratze kroch, um mich zu küssen. Seine Lippen waren vom Eiswasser ganz kalt.

»Ich weiß, es ist noch früh, aber ich finde immer noch, du solltest über Nacht bleiben.«

»Und das finde ich auch immer noch«, sagte ich, ganz im Geist der Offenheit von vorhin.

»Gut.«

Am nächsten Morgen fuhr Justin mich nach Hause, trotz all meiner Proteste, dass er das nicht tun musste. Ich lehnte mich über den Beifahrersitz, um ihm einen Abschiedskuss zu geben, und gab mir alle Mühe, mir dieses Gefühl, das ich gerade empfand, einzuprägen. Zufriedenheit, Freude und das neue Gefühl, begehrt, fast gebraucht zu werden. Ich wollte dieses überwältigende Glücksgefühl für den Rest des Tages in meinem Herzen bewahren.

»Danke fürs Mitnehmen«, sagte ich.

»Na klar.« Er lächelte und strich mir eine Haarsträhne aus den Augen.

»Dann sehen wir uns wohl am Freitag.«

»Ich ruf dich heute Abend an, wenn du einverstanden bist.«

»Ich bin total damit einverstanden.« Ich küsste ihn noch einmal. »Bis dann.«

Er hielt mich am Handgelenk fest und zog mich in einen letzten Kuss hinein. »Bis dann.«

Als er mir in die Augen sah, lief mir ein Schauer über den Rücken. Ich war bis über beide Ohren verliebt und begann zu glauben, dass es ihm ebenso ging. Nur ein winziger Teil meines Hirns war noch rational genug, um einzusehen, dass er zur Arbeit musste. Ich griff rückwärts nach dem Türgriff. Der Klang der Tür, die sich öffnete, brach den Zauber zwischen uns.

»Bis dann«, sagte ich ein letztes Mal.

Er sagte es ebenfalls und winkte ein letztes Mal durch das Autofenster, während ich meine Haustür aufschloss.

14

Ich hatte, nachdem ich so plötzlich das Haus meiner Großeltern verlassen hatte, irgendeine Reaktion darauf erwartet, doch nachdem geraume Zeit vergangen war, rechnete ich nicht mehr damit. Dann rief meine Schwester an.

»Hey, Clem!«, sagte sie fröhlich, als ich ans Telefon ging. »Ich habe das Gefühl, wir haben ewig nicht mehr miteinander gesprochen! Wie geht es dir?«

»Hey, Pru«, antwortete ich vorsichtig. Ich kannte Pru gar nicht so überschwänglich. Sie war lieb, wenn auch ein wenig herrisch, und meistens fröhlich, aber so quirlig? Nicht gerade das Wort, das ich benutzt hätte, um meine Schwester zu beschreiben. »Mir geht es gut.«

»Du solltest Großmutter anrufen.« Schluss mit dem Vorwand. Hier war die Prudence, die ich kannte und liebte. »Sie macht sich Sorgen um dich.«

»Warum hat sie mich dann nicht selbst angerufen?«, fragte ich.

»Sie dachte, dass du ein bisschen Zeit brauchst, um dich abzuregen. Sie sagte, dass du am Samstag ziemlich aufgebracht gewirkt hast.«

»Ich war nicht aufgebracht. Ich habe mich nur ein bisschen … klaustrophobisch gefühlt.«

»Was ist denn passiert?«

Also erzählte ich ihr von dem Abendessen und den Fragen unseres Großvaters. Wie ich den Tisch verlassen und Judy vor der Haustür mit mir geredet hatte, um mich dann nach Hause zu schicken.

»Diese Frau ist ja ganz schön anmaßend«, murmelte Pru. Sie war noch nicht ganz von den Vorteilen überzeugt, die es mit sich brachte, dass eine ausgebildete Physiotherapeutin und Pflegerin bei meinen Großeltern lebte.

»Sie hat nur versucht, mir zu helfen.«

»Trotzdem. Und du müsstest es eigentlich auch besser wissen, als einfach zu gehen, ohne dich zu verabschieden.« Meine Schwester war ein wenig zu meiner Ersatzmutter geworden, nachdem unsere Eltern uns in der Obhut unserer Großeltern zurückgelassen hatten. Ich war damals erst fünf gewesen, Prudence schon elf. Ich war froh, dass sie diese Rolle übernommen hatte, denn anfangs hatte ich meine Eltern schrecklich vermisst. Jetzt fand ich meine Schwester meistens liebenswert. Manchmal brachte sie allerdings auch den Drang in mir zum Vorschein, so bockig wie möglich zu sein.

»Ich hatte das Gefühl, nicht mehr atmen zu können. Ich wollte Großmutter nicht erschrecken.«

»Warum hast du dich überhaupt so aufgeregt? Es klingt eigentlich nicht so, als hätten sie etwas Schlimmes gesagt.«

Ich schloss meine Augen und massierte meine Schläfe. »Ich hatte keine Antworten auf ihre Fragen. Ich wusste nicht, was ich ihnen sagen sollte.«

»Hättest du dir nicht einfach etwas ausdenken können? Nur um Großvater glücklich zu machen?«

»Mir etwas ausdenken?« Wie am Samstagabend begann ich schon wieder dieses enge, erstickende Gefühl in der Brust zu bekommen. »Pru, er will, dass ich mir einen Beruf aussuche. So etwas denkt man sich nicht einfach aus. Wir reden hier von meinem Leben.«

»Na ja, warum sagst du ihm dann nicht einfach, was du machen willst?«

»Weil ich es nicht weiß!« Ich brüllte fast. »Ich habe keine Ahnung, okay? Ich bin vollkommen nutzlos.«

Einen langen Moment antwortete Prudence nicht. »Jetzt komm, das stimmt doch nicht.«

»Aber ich empfinde es so!«

»Was tust du denn den ganzen Tag? Du musst doch jetzt, da du keine Kurse mehr hast, irgendetwas tun.«

Ich schnappte nach Luft wie ein Fisch auf dem Trockenen. »Ich … ich weiß es nicht.«

»Komm schon, Clementine, denk nach.« Sie verlor die Geduld, genau wie damals, als sie mir dabei geholfen hatte, das Einmaleins zu lernen. »Was tust du?«

Wenn ich nicht in der Bibliothek war? Ich las. Veröffentlichte Rezensionen auf meinem Blog. Sprach mit anderen Viellesern auf Twitter. Zusammengefasst verbrachte ich meine Tage als Sweet Charity. Jemand Ausgedachtes. Jemand, der ich nicht sein durfte. »Ich … keine Ahnung. Normales Zeug. Ich lese Bücher.« Da, so viel konnte ich ihr sagen.

Sie seufzte. »Vielleicht brauchst du noch ein wenig mehr Zeit. Irgendwann wirst du dich schon langweilen.«

Ich kratzte mir mit dem Daumennagel über meine Schneidezähne. »Vielleicht hast du recht.« Wenn ich ihr zustimmte, ließ sie mich vielleicht vom Haken.

»Ich würde verrückt werden«, sagte Pru.

»Das würdest du.« Ich konnte mich nicht daran erinnern, wann ich meine Schwester das letzte Mal bei einer Beschäftigung erlebt hatte, die ich entspannend nennen würde. Das war etwas, das ich zwar bewunderte, aber der Gedanke daran, was sie an einem Tag alles erledigte, erschöpfte mich hauptsächlich.

»Ich hoffe, dir ist klar, wie gut du es hast, dass du keinen Job brauchst, um die Miete oder deine nächste Mahlzeit zu bezahlen.«

Da sie mich nicht sehen konnte, verdrehte ich die Augen. »Ich weiß.« Unsere Eltern hatten erfolgreich dafür gesorgt, dass Prudence und Merit ihren Reichtum nie als selbstverständlich betrachteten. Sogar noch mehr als bei Honor und mir. Es lag wahrscheinlich am Altersunterschied. Merit und Pru hatten erst dauerhaft in den USA zu leben begonnen, als sie elf und zwölf gewesen waren. Sie hatten sich in einer Zwölf-Zimmer-Villa mit Bediensteten unwohl gefühlt, während Honor und ich uns schnell angepasst hatten.

»Du solltest endlich mal was Ehrenamtliches machen«, sprach Prudence weiter. »Komm doch zu mir ins Krankenhaus. Wir können Ehrenamtliche immer gebrauchen.«

Das klang schrecklich nach den Worten meiner Mutter. Aber zumindest darauf hatte ich eine Antwort. »Ich arbeite schon ehrenamtlich. Die ganze Zeit. In der Bibliothek.«

Sie schnaubte. »Ach ja. Ich vergaß.«

Ich wollte sagen: *Siehst du? Ich mache mehr ehrenamtlich als du!* Aber es würde nichts nutzen. Assistenzärzte hatten es nicht viel besser als Leibeigene.

»Tu mir einfach einen Gefallen und ruf Großmutter an. Ich kann es nicht ertragen, wenn du sie so aufregst.«

Ich verdrehte die Augen. Es war schließlich auch meine Großmutter. »Ich kümmere mich darum.«

»Clem, wie kann ich dir helfen? Du wirkst so …« Plötzlich sagte sie: »Wurde angepiepst, muss los.« Dann legte sie auf, ohne auf meine Antwort zu warten. Es war nicht das erste Mal. Sie hatte als Assistenzärztin häufig Rufbereitschaft. Ich hoffte, es war nichts Ernstes, aber gleichzeitig war ich über das Ende dieses Gesprächs zutiefst dankbar.

Ich ertrank geradezu in wohlmeinenden Ratschlägen. Zu schade, dass keiner von ihnen half.

Später kam ich aus der Dusche und stellte fest, dass ich einen Anruf von Justin verpasst hatte. Der Anblick seines Namens reichte, um mich vor Erleichterung seufzen zu lassen. Ich brauchte eine Dosis von etwas Nettem. Noch in meine Handtücher gewickelt, sank ich auf mein Bett und rief ihn zurück.

»Hey, wie geht es dir?« Er klang froh darüber, meine Stimme zu hören.

»Es war …« Ich zögerte. »Es war ein ziemlich blöder Tag. Die letzten Tage, schätze ich.«

»Möchtest du darüber reden?«

»Ich würde die ganze Zeit nur jammern.«

»Das ist in Ordnung.«

Ich erwog das Angebot. »Aber vorher hätte ich gerne fünf Minuten Ablenkung.«

Er lachte leise. »Die kannst du haben.«

»Großartig. Wie war dein Tag?«

Er erzählte mir ein bisschen von dem Artikel, an dem er gerade schrieb. Es ging um Sicherheitsbedenken in Trampolinparks. Die Worte spielten kaum eine Rolle. Ich wollte einfach nur seine Stimme hören. Bei ihm fühlte ich mich wohlig warm und entspannt … während mein Körper auf andere Weise zum Leben erwachte. »Und willst du mir jetzt davon erzählen?«

»Es sind viele Dinge.« Ich seufzte. »Wahrscheinlich zu viele.«

»Willst du mich nachher auf einen Kaffee treffen? Oder einen Cocktail?«

Das wollte ich. Ich wollte ihn sehen, aber … »Ich hab schon meinen Pyjama an.«

»Ich bin mir sicher, dass du da draußen nicht die einzige Person im Pyjama wärst.«

Ich lachte. »Aber wahrscheinlich die einzige über achtzehn.«

»Ich nehme an, das bedeutet Nein zu der Kaffee-Schrägstrich-Cocktail-Idee?«

»Um genau zu sein, habe ich nicht mal meinen Pyjama an«, sagte ich. »Ich trage ein Handtuch.«

»Du scheinst eine Vorliebe für Handtücher zu haben.«

»Ich schwöre dir, es ist ein Zufall.«

»Steht dir die Farbe wenigstens?«

»Ich bin mir nicht sicher. Ich brauche eine zweite Meinung.«

»Ich bin sofort da.«

Ich lachte, war mir aber nicht ganz sicher, ob er scherzte.

»Dann erzähl mir jetzt mal endlich von deinem Tag«, sagte er.

Ich zupfte an meiner Unterlippe und dachte darüber nach, ob ich lieber mysteriös und unerreichbar bleiben oder mir das verschaffen wollte, was ich wirklich wollte. »Ich erzähle es dir, wenn du hier bist.«

Er stieß ein ersticktes Geräusch aus.

»Justin?«

»Tut mir leid«, krächzte er. »Ich habe gerade Wasser getrunken, als du das gesagt hast.«

Ich lachte. »Oh. Tut mir leid.«

»Meinst du das ernst?«, fragte er und ignorierte meine Entschuldigung.

»Wenn es so wäre, würdest du mich für … übereifrig halten?«

»Nein.« Er lachte. »Weil mich das dann ebenfalls als übereifrig hinstellen würde, wenn ich gleich vor deiner Wohnungstür stehe.«

Ich wurde rot. »Oh. Na ja. Dann sehe ich dich ja in ein paar Minuten.«

»Ich komme nur rüber, wenn du das willst, Clem.«

Ich schüttelte den Kopf, um das Handtuch an meinem Kopf zu lösen. »Ich will es.«

Wir lagen im Bett, mein Kopf auf Justins Schulter und seine Hand auf meiner Hüfte. Ich spürte, wie ich immer schwerer wurde und kurz vor dem Einschlafen war. Die Lampe auf dem Nachttisch war noch an, aber sie schien so weit weg. Viel zu weit, um meinen Arm auszustrecken und sie auszuschalten. Justin war ohnehin näher dran.

»Kannst du das Licht ausmachen?«, murmelte ich.

»Mmm«, sagte er. »Gleich.«

Ich lächelte verschlafen. »Bevor oder nachdem du eingeschlafen bist?«

»Ich wette, es würde dich beeindrucken, wenn ich es danach machen könnte.« Er drückte meine Hüfte, dann drehte er sich um, um die Lampe auszuschalten. Im Dunkeln fand er mich wieder und küsste mich auf eine entschieden nicht schläfrige Art.

»Ich dachte, du wärst müde«, sagte ich.

»Du hast mich gezwungen, mich zu bewegen«, sagte er. »Ich hab den Bus verpasst.«

»Was?«

»Einzuschlafen ist wie auf den Bus zu warten, findest du nicht? Wenn du einen verpasst, musst du eine Weile auf den nächsten warten.«

Ich öffnete meine Augen einen Spalt. »Das ist ja ein bezaubernder Vergleich.«

Vom Fenster drang genug Licht herein, dass ich seinen mürrischen Gesichtsausdruck erkennen konnte. Ich lachte leise, und er kniff mich in die Seite. »Du hast mir immer noch nichts über deinen Tag berichtet.«

Ich seufzte. »Meine Familie will, dass ich mich endlich entscheide, was ich nach meinem Studium mit meinem Leben anstellen will.«

»Stimmt. Hast du erwähnt.«

»Aber das Problem ist, dass ich jede Menge entgegengesetzte Ratschläge bekomme. Ganz zu schweigen von den Schuldgefühlen. Es ist, als ob ich keine Entscheidung treffen kann, die alle glücklich macht.«

»Das spielt doch keine Rolle. Was macht dich selbst denn glücklich?«, fragte er.

»Tja. Das ist auch so ein Problem.«

»Was würdest du denn ohne Bezahlung gern tun?«

»Hm?«

»Was liebst du so sehr, dass du es umsonst machen würdest, auch wenn niemand weiß, dass du es tust?«

»Ähm, lesen, schätze ich.«

»Gut. Und jetzt musst du dir nur noch eine Möglichkeit ausdenken, wie du aus dem Lesen einen bezahlten Job machen kannst.«

»Ach, das ist alles?«

Justin drehte sich zu mir um und legte seine Hand auf meine Wange. »Ich meine es ernst. Alles nervt einen irgendwann mal, aber wenn du etwas tust, das du auch umsonst machen würdest und trotzdem damit Geld verdienst, wirst du glücklich sein. Auch wenn es dich mal nervt.«

»Aber endlos Liebesromane zu lesen, wird nicht gerade die Welt retten, oder?«

»Ich habe gerade zwei Tage damit verbracht, einen Artikel darüber zu recherchieren und zu schreiben, wie man dafür sorgt, dass das eigene Kind in einem Trampolinpark sicher ist. Das ist nicht gerade bahnbrechender Journalismus. Aber jeder Tag, an dem ich Nahrung, Kleidung und eine Wohnung bezahlen kann, indem ich Worte auf eine Seite bringe, ist ein guter Tag.«

»Aber zumindest erschaffst du etwas. Lesen ist nur … konsumieren. Ich trage nichts zur Welt bei.«

»Was ist mit deinem Buchblog?«

Instinktiv reagierte ich mit Herzklopfen und einem Schaudern. Niemand hatte das je in meiner Gegenwart ausgesprochen. Es war ein so großes Geheimnis, und er sprach so beiläufig darüber.

»Was ist?«, fragte er und hielt mich fester.

»Nichts. Ich bin nur nicht daran gewöhnt, es ausgesprochen zu hören.«

Sein Griff lockerte sich. »Weißt du, vielleicht solltest du mal darüber reden. Und vielleicht solltest du deiner Familie sagen, dass du eine Leidenschaft für Bücher hast.«

Ja klar, gleich nachdem sie über die Tatsache hinweggekommen war, dass meine Meinungen überall im Internet standen, obwohl ich versprochen hatte, mich von jeder Art sozialem Netzwerk fernzuhalten. »Du fängst wieder an, wie ein Therapeut zu klingen«, sagte ich.

»Ich wäre der schlechteste Therapeut der Welt«, erwiderte er.

»Warum?«

»Ich bin mir ziemlich sicher, dass es gegen die Ethikregeln

verstößt, die Therapiesitzungen mit seiner Patientin nackt im Bett abzuhalten.«

»Ich glaube, du hast recht.« Ich gab ihm einen Kuss auf die Nasenspitze. »Aber danke fürs Zuhören. Und vielen Dank auch dafür, dass du mir zu helfen versuchst. Das ist echt nett von dir.«

»Gern geschehen.« Er stützte sich auf einen Ellbogen auf und sah auf mich hinunter. »Und was sollen wir jetzt machen, während wir auf den nächsten Bus warten?«

Ich schüttelte in gespielter Entrüstung den Kopf. Da sich meine Augen jetzt an die Dunkelheit gewöhnt hatten, konnte ich sogar den spitzbübischen Ausdruck in seinen Augen erkennen. »Du bist ja geradezu exzessiv.«

»Sag das noch mal.«

»Du bist exzessiv.«

»Diese großen Worte klingen aus deinem Mund sehr sexy.«

»›Unersättlich‹ ist gar kein so großes Wort«, sagte ich. »Das kann ich noch besser.«

»Dann leg los.«

»Onomatopöie.«

»Total sexy.«

»Anachronismus.«

Er lehnte sich vor, um mich zu küssen.

»Anthophobie.«

Er sah mich an. »Das Wort kenne ich nicht. Was soll das denn heißen?«

Ich schlang lächelnd meine Arme um ihn. »Das ist die Angst vor Blumen.«

Justin küsste mich erneut und rollte uns herum, sodass ich auf ihm lag. »Ich habe auch eins für dich«, sagte er und ließ seine Hände meinen Rücken herunterwandern. »Sapiosexuell.

Es bedeutet, sich erotisch zum Intellekt einer anderen Person hingezogen zu fühlen.«

»Wunderbar.«

Unsere Münder fanden sich wieder und dann sprachen wir eine Weile nicht mehr.

15

Am nächsten Tag besuchte ich meinen Lieblingsbuchladen, um in den Neuerscheinungen zu stöbern. Man hätte meinen sollen, dass ich durch meine Arbeit in der Bibliothek mit Büchern versorgt sei. Und da ich die meisten meiner Romane inzwischen ohnehin auf meinem E-Reader las, war es schon ein wenig verrückt, wie gerne ich immer noch in Buchhandlungen ging. Vielleicht war es eine alberne Angewohnheit, aber ich bildete mir ein, dass ich ein besseres Gefühl für die Bücher bekam, wenn sie direkt vor mir standen. Außerdem liebte ich es einfach, sie anzufassen und in ihnen zu blättern. Sie waren einfach so verdammt befriedigend.

Ich verbrachte einige Zeit vor der allgemeinen Belletristik, wurde aber dann wie gewöhnlich von meinen Lieblingsgenres angezogen. Die neuen Liebesromane hatten ein eigenes Regal, das ich sorgfältig durchgehen musste, um festzustellen, ob ich etwas von meinen Lieblingsautoren übersehen hatte oder ob mir sonst etwas Besonderes ins Auge fiel. Ich wanderte zur Jugendbuchabteilung und sah nach, ob es im geschichtlichen Bereich irgendetwas Neues gab.

So gerne ich Dutzende neuer Bücher kaufen wollte, versuchte ich mich doch auf ein, zwei Neuerscheinungen meiner Lieblingsautoren zu beschränken. Der Regalplatz in meiner Wohnung begann zum Problem zu werden. Dana, die Angestellte an der Kasse, erkannte mich, als ich bezahlen wollte.

»Wir waren ein wenig besorgt, da wir Sie letzte Woche gar nicht zu sehen bekommen haben«, sagte sie lächelnd.

»Ich war in Kalifornien. Tut mir leid. Ich sollte wohl lieber Bescheid sagen, wenn ich verreise, was?«

Dana lachte. »Nächstes Mal hängen wir einfach einen Zettel an die Mitarbeiterpinnwand.«

Das Handy summte in meiner Tasche, als ich mein Portemonnaie herausholte und Dana meine Kreditkarte reichte. Ich ignorierte es.

»Haben Sie beim Hereinkommen das Poster gesehen? Wir haben für eine Veranstaltung nächsten Monat eine Reihe großartiger Autoren da.«

»Das habe ich gesehen.« Ich hatte bereits von der Veranstaltung gehört. Viele Blogger aus der Gegend wollten hingehen. Ich auch, aber ich ging niemals irgendwo persönlich hin. Sweet Charity existierte nur online.

»Sie sollten kommen.«

»Ja, ich werde sehen, ob ich es schaffe.« Ich lächelte und konzentrierte mich darauf, den Beleg zu unterschreiben, damit ich ihr nicht in die Augen sehen musste.

Dana reichte mir die Tüte mit meinen Büchern. »Hier, bitte. Viel Spaß beim Lesen.«

»Danke.«

»Ich werde allen sagen, dass es eine Clementine-Sichtung gab«, versprach sie. »Sie werden froh sein, dass es Ihnen gut geht.«

Ich lachte, während ich im Gehen die Bücher in meine Handtasche steckte und mein Handy herauskramte, um nachzusehen, wer angerufen hatte.

Es war eine Nummer, die ich nicht kannte, aber sie war aus Chicago und der Anrufer hatte auf die Mailbox gesprochen.

»Hi, Justin, hier ist Marie. Gott, ich hoffe, das ist die richtige Nummer. Ich habe den Zettel verloren, den du mir gegeben hast, und musste ein paar Nummern durchgehen, die noch auf meinem Handy gespeichert waren. Jedenfalls, es tut mir leid, dass ich dich nicht früher angerufen habe. Wir sollten uns unbedingt treffen. Ich würde gerne weiter über deine interessante Buchidee mit dir plaudern. Ruf mich an, und wir machen was aus. Bis dann!«

Mein erster Gedanke war, dass sie eine falsche Nummer haben musste. Ich hatte keine Ahnung, wovon diese Frau sprach. Sie hatte sich einfach nur verwählt.

Außer dass sie Justins Namen genannt hatte.

Ich blieb im Eingang des Buchladens stehen und starrte auf die dort ausgestellten Kochbücher, ohne sie wirklich zu sehen.

Wie von selbst hob meine Hand das Handy vor meine Augen. Ich starrte das leere Display an, dann die orangefarbene Schutzhülle und dann wieder das leere Display. Bevor ich es mir anders überlegen konnte, hörte ich mir die Nachricht noch einmal an.

Sie hatte sich nicht geändert. Natürlich nicht.

Was konnte diese Nachricht nur bedeuten? Es konnte sich um das harmlose Treffen zweier alter Bekannter handeln. Vielleicht gehörte sie sogar zur Familie. Ich drückte den Rand des Handys gegen meine Lippen und rief mir in Erinnerung, wie ich auf die Anrufe von Shannon reagiert hatte. Und die hatten sich als harmlos herausgestellt. Es konnte eine Exfreundin sein, die er zufällig wieder getroffen hatte. Vielleicht war sie an einem Neustart mit ihm interessiert. Oder er war interessiert. Es konnte ein Mädchen sein, das nie seine Freundin gewesen war, sich aber nach einer Zufallsbegegnung Chancen ausrechnete.

Aber was war mit diesem Teil: »Ich würde gerne weiter über deine interessante Buchidee mit dir plaudern?« Das klang nach etwas Geschäftlichem, und der paranoide Teil meines Gehirns sagte mir, dass es dabei um mich gehen könnte.

Egal was es war, er hatte ihr meine Nummer gegeben, während unsere Handys vertauscht gewesen waren. Er wollte mit ihr reden, wer immer sie war.

Was, wenn der Anruf von einem Mann gewesen wäre? Du würdest nicht weiter darüber nachdenken.

Eine Frau mit einem Kinderwagen sah mich an. »Entschuldigung?« Sie klang unsicher.

»Hm?« Ich zuckte zusammen. Dann bemerkte ich, dass ich ihr den Weg versperrte. »Oh, tut mir leid.« Ich eilte aus dem Laden.

Einerseits wollte ich unbedingt daran glauben, dass es sich um einen harmlosen Anruf handelte. Ein einfaches Missverständnis, das er mit wenigen Worten aus der Welt schaffen konnte. Andererseits hatte er sich vielleicht endlich als zu gut um wahr zu sein entpuppt. Wie ich erwartet hatte.

Ich marschierte los, um möglichst schnell Abstand zwischen mich und den Schock über die Stimme der Frau zu bringen. Doch sie kam mit mir mit, und nach einer Weile hörte ich mir die Nachricht noch einmal an.

Während ich meine Unterlippe zwischen Daumen und Zeigefinger hielt, versuchte ich die Nachricht Wort für Wort auseinanderzunehmen. Sie wusste nicht, ob die Nummer stimmte – ich nahm an, dass sie von einer Mailboxansage einer Frau namens Clementine überrascht worden war – aber sie hatte dennoch etwas darauf gesprochen. Sie war selbstbewusst und hatte keine Scheu, diese Nachricht zu hinterlassen. Sie hatte ihr Handy nicht dabei, als sie sich begegnet waren, und wenn meine detektivischen Fähigkeiten etwas taugten, hatte er sie mit meinem Handy angerufen, um ihr die Nummer zu geben, die er vorübergehend nutzte. Er hatte gewusst, dass wir die Handys wieder zurücktauschen würden, war also davon ausgegangen, dass sie sich vorher bei ihm melden würde. Das hatte sie nicht, erwartete aber immer noch, dass er mit ihr etwas trinken gehen würde. Auf jeden Fall sehr selbstbewusst. Auf aufdringliche Weise? Ich hoffte es, wusste aber, dass es reine Spekulation war. Sie hatten sich offenbar ein wenig unterhalten, und meine tiefsten Unsicherheiten versicherten mir, dass er derjenige gewesen war, der das Gespräch zu einem späteren Zeitpunkt hatte fortsetzen wollen.

Was für ein Mist. Ich presste meine Fingerspitzen gegen meine Augenbrauen und schloss die Augen, um die Tränen zurückzuhalten, die in meiner Nase brannten.

Warum regst du dich so auf. Du wartest doch von Anfang an darauf, dass etwas Schlimmes passiert.

Aber nichts davon spielte eine Rolle. Ich mochte es, so vernarrt in ihn zu sein. Noch nie hatte ich dieses überschäumende Gefühl in meinem Herzen verspürt. Und ich hatte doch gerade erst akzeptiert, dass es vielleicht nicht nur echt war, sondern das Geheimnis zu nachhaltigem Glück. Schließlich verliebten sich dauernd Leute ineinander …

Verliebt? Meine Knie gaben nach, und ich musste mich an die Wand hinter mir lehnen. *Du hast ja wohl nicht mehr alle Tassen im Schrank, Mädel.*

Mit einiger Mühe schob ich den Gedanken beiseite und konzentrierte mich auf etwas Praktischeres. Ich musste herausfinden, wer Marie war. *Oder?*

Mein Handy klingelte, und ich schnappte nach Luft. Es war Justin.

So ein Mist.

»Hallo?«

»Hi, du.«

Ich kniff die Augen zusammen, um nicht in Tränen auszubrechen. Ich war verwirrt – sagen wir perplex – von meinen eigenen Gefühlen. »Hi«, sagte ich leise.

»Wie war dein Tag?«, wollte er wissen.

»Er war …« Ich suchte nach dem richtigen Wort. »Abstrus.«

Er lachte. »Geht das schon wieder los?«

Ich lachte schwach.

»Ich weiß, dass wir heute Abend eigentlich in ein Cajun-Restaurant gehen wollten, aber Andy und ich haben uns gerade überlegt, ein paar Leute einzuladen. Würde es dir etwas ausmachen, wenn wir das stattdessen machten?«

»Oh.«

»Alles in Ordnung?«

Ich hielt das Handy kurz von meinem Mund weg und seufzte zittrig. »Ja, tut mir leid. Ich habe ein bisschen Kopfschmerzen. Es ist nichts.« Lügnerin, Lügnerin.

Er zögerte. »Würdest du lieber nicht kommen?«

Wer ist Marie? Wie kannst du es wagen, einer anderen Frau meine Nummer zu geben? Triffst du dich mit ihr? Hintergehst du mich? »Doch, ich komme.«

»Du klingst … ich weiß nicht, irgendwie angespannt.«

Sag mir, wer Marie ist. »Nein, ich muss nur etwas essen. Dann geht es bestimmt wieder.«

Es folgte eine kurze Stille, in der er entweder darüber nachdachte, wie dumm es gewesen war, sich mit mir einzulassen, oder ob ich log. »Na ja, ruf mich an, wenn du etwas brauchst.«

»Okay.«

»Gute Besserung, Clementine. Bis dann.«

»Bis dann.« Ich beendete den Anruf und sackte gegen das Schaufenster eines Schuhladens. *Justin, ich hoffe wirklich, dass du eine gute Erklärung dafür hast. Ich will dich nicht aufgeben müssen.*

Ich zwang mich, ein Sandwich zu essen, auch wenn es wie Pappe schmeckte. Ich kann meinem eigenen Verstand nicht mehr trauen, wenn ich hungrig bin, und es gab noch viel, über das ich nachdenken musste.

Ich stützte mein Kinn in meine Hände und beobachtete die Leute, die am Sandwichimbiss vorbeigingen. Ich fand es schon immer schön, am Fenster eines Restaurants zu sitzen. Man konnte so gut Menschen beobachten. Und ich war ausgerechnet auf der Magnificent Mile gelandet, also war wirklich viel los.

Die Touristen zu erkennen, war leicht. Es waren diejenigen, um die die Einheimischen herumlaufen mussten. Es gab Touristengruppen, gestresste Familien auf dem Weg zum Navy Pier und Pärchen, die Hand in Hand hier entlangschlenderten. Ganz zu schweigen von all den Einheimischen in ihren Anzügen auf dem Weg zur Arbeit. Einige der Frauen trugen Sportschuhe zur Strumpfhose und joggten in ihren späten Mittagspausen. Ich hatte nie verstehen können, warum man in der Kleidung Sport treiben sollte – egal wie schonend –, die man für den Rest des Tages anbehalten musste. Oder, um ehrlich zu sein, warum man überhaupt Geschäftskleidung tragen sollte.

Ich sah wieder auf mein Handy und überlegte mir meinen nächsten Schritt. Ich hatte ein paar Möglichkeiten. Die erwachsene und intelligente Möglichkeit bestand darin, Justin von der Nachricht zu erzählen, ihm die Nummer zu geben und darauf zu vertrauen, dass er ehrlich zu mir war. Bis jetzt war er es gewesen. Zumindest soweit ich es wusste. Die sehr schlechte Idee bestand darin, die Nummer zu googeln und zu sehen, ob ich etwas über diese Marie herausfinden konnte, um ihn dann damit zu konfrontieren. Er hatte tatsächlich meine Telefonnummer einer Frau gegeben, nur wenige Tage, nachdem er mich kennengelernt hatte! Es war vollkommen gerechtfertigt, ein wenig gekränkt zu sein. Die letzte, dümmste und wahrscheinlich gefährlichste Möglichkeit lautete, die Nachricht zu löschen und so zu tun, als hätte sie niemals angerufen.

Fürs Erste entschied ich mich dafür, die Entscheidung zu verschieben. Ich verließ den Sandwichladen und ging weiter südlich über die Mile. Ich hatte kein Ziel, aber das Gehen verschaffte mir ein gutes Gefühl. Ich beschloss, meinen jüngeren Bruder anzurufen, um mich ein bisschen ablenken zu lassen und vielleicht auf Mitgefühl zu stoßen. Überall auf der Michigan Avenue hinterließ ich im Gehen kleine Teile meiner Unterhaltung, niemals genug für jemanden, um sich meine Lebensgeschichte zusammenzureimen, aber ich war sicher, dass sich so manch einer fragte, was er da gehört hatte.

»Ich will doch nicht bei Onkel Nelson arbeiten«, sagte Honor statt einer Begrüßung.

»Hm?« Es machte mich verrückt, dass mein Bruder nie wie ein normaler Mensch ans Telefon ging. »Hallo übrigens.«

»Ich weiß doch schon, dass du es bist. Anruferkennung, erinnerst du dich?« Er seufzte.

»Du weißt nie, wann ich es eben doch nicht bin, erinnerst du dich?« Ich imitierte seinen ungeduldigen Tonfall.

»Was macht dein Handyfreund eigentlich?«

»Ha ha.« Ich ignorierte die Frage.

»Wie man hört, bist du letzten Samstag einfach während des Abendessens verschwunden. Ganz schön mutig, Schwesterherz. Gefällt mir.«

Ich starrte das Handy böse an. »Mein Gott, wer erzählt bloß allen davon?«

»Ich habe es von unserer geliebten Prudence gehört.«

»Es war nicht während des Essens. Ich … brauchte einfach etwas frische Luft.«

»Du hast zu viele von diesen Schnulzen gelesen. Darum bekommst du jetzt Ohnmachtsanfälle.«

»Halt die Klappe. Warum rede ich eigentlich mit dir?«

»Gute Frage. Du hast mich angerufen.«

»Ich hatte darauf gehofft, dass du ein klein wenig Mitgefühl zeigst. Ich leide an einem ernsthaftem Daly-Drama.«

»Ach was.«

»Ich habe eine E-Mail von Mom bekommen.«

»Oh.« Endlich verstand er.

»Es war ein Meisterwerk der Schuldgefühle. Ich werde von Geld korrumpiert und muss in die Welt hinausgehen und Menschen helfen, um meine Seele zu retten. Du kennst das ja.«

»Bitte«, schnaubte Honor. »Die machen mich so wütend. Seit unserer Kindheit haben sie dafür gesorgt, dass wir uns wegen unseres Geldes schuldig fühlen. Niemand spricht darüber und doch ist es immer da.«

»Ach komm schon. Du musst zugeben, dass sie selbst alles aufgegeben haben, um das tun zu können, was sie tun.«

»Sie haben gar nichts aufgegeben«, sagte er. »Nur weil sie lieber in einer Hütte in einer entlegenen Ecke Asiens hausen, bedeutet das nicht, dass sie keine Milliarden haben.«

»Was sagst du da?« Ich blieb stehen.

»Was denkst du denn, wie sie ihre ganzen Wohltätigkeiten finanzieren? Moms Brustkrebskliniken? Dads Umweltkampagnen?«

»Subventionen«, sagte ich automatisch. »Spenden.«

»Ja klar. Das Geld stammt von der Daly-Stiftung. Und was glaubst du, wovon sie leben? Dieses ganze Herumreisen ist nicht umsonst, Schwesterherz«, sagte Honor. »Sie geben ihr Geld vielleicht nicht für Designerkleidung und ein Penthouse am See aus, aber sie ziehen auf jeden Fall ihre Vorteile aus dem Familienvermögen.«

Ich wusste nicht, was ich sagen sollte. Mein Weltbild wurde gerade erschüttert. Ich empfand eine Mischung aus Erleichterung und einem Gefühl von Verrat. »Aber trotzdem. Sie helfen so viel …«, sagte ich leise.

»Die sind einfach gerne an vorderster Front. Und die Stiftung unterstützt sie dabei. Die Stiftung unterstützt viele wohltätige Zwecke. Man muss nicht in einem Zelt auf einem Misthaufen hausen, um Menschen zu helfen.«

Mein wuterfüllter Marsch verlangsamte sich ein wenig. Honor stellte normalerweise einen so typischen reichen Bengel dar, dass es sich seltsam anhörte, wenn er sich über etwas aufregte. »Kann sein«, war alles, was mir einfiel.

»Ich will damit nur sagen, lass dich nicht von Mom und Dad zu etwas drängen, was du nicht tun willst. Sie selbst haben immer nur genau das gemacht, was sie wollten, selbst wenn das hieß, uns bei Großmutter und Großvater abzugeben.«

Ich verzog mein Gesicht. »Okay.«

»Was wollen sie denn überhaupt von Vietnam aus machen?«

»Sie fahren wohl als Nächstes nach Laos.«

»Noch besser. Ignorier sie einfach.«

»Leichter gesagt als getan.«

»Ich habe mein Handy so eingestellt, dass ihre E-Mails direkt in einem Ordner landen, in den ich nur schaue, wenn ich die Energie dafür habe.«

»Autsch. Sie sind immer noch unsere Eltern.«

»Für mich sind sie eher so etwas wie ein verrückter Onkel und eine durchgeknallte Tante, die wir gelegentlich besuchen. Das ist ein guter Rat, Clem. Glaub mir.«

»Ganz schön grausam, Honor. Außerdem lässt Ignorieren die Dinge nicht verschwinden.«

»Stimmt. Aber sie aufzuschieben ist ein verdammt gutes Gefühl.«

»Okay, aber das hilft mir nicht bei den Schuldgefühlen, die mir unsere Großeltern einimpfen«, erinnerte ich ihn.

»Stimmt«, sagte er. »Darin sind sie unangefochtene Meister.«

In der Ferne konnte ich bereits den Fluss sehen. Ich hatte eine ganz schöne Strecke zurückgelegt. Ich holte tief Luft. »Glaubst du, dass sie mir jemals wieder vertrauen?«

»Es war nur ein dummer Fehler, Clem. Du warst neunzehn, und es ist ja gar nichts Schlimmes passiert. Ich weiß nicht, warum du dir deswegen immer noch so viel Stress machst.«

Er verstand es nicht. Niemand tat das. Niemand verstand, dass sich mein ganzes Leben um diesen einen dummen Fehler drehte. Die Tatsache, dass sie Alan als Aufpasser eingesetzt hatten, dass ich von der Welt sozialer Netzwerke abgeschnitten war – eine Welt, die ich genau kannte, aber nur im Geheimen.

Die bloße Tatsache, dass ich eine geheime Identität hatte. Dass ich dem Mann, den ich jeden Tag mehr in meinem Leben haben wollte, nicht aufrichtig vertrauen konnte. Alles wegen eines dummen Fehlers.

»Vergiss es«, sagte ich.

»Hey, du kannst immer noch einfach an die Uni zurück. Wie ich schon sagte, Dinge aufzuschieben, kann enorm erleichternd sein.«

Das war jedermanns Lösung. Nur leider war das überhaupt

nicht hilfreich. Und es erinnerte mich nur an Maries Nachricht, die immer noch in meinem Handy vor sich hin gärte.

»Ich muss aufhören«, sagte ich. »Aber ich melde mich bald, okay?«

»Na klar.« Honor legte auf.

Wieder rief ich meine Mailbox auf und starrte die Nummer an, von der aus Marie mein Handy angerufen hatte.

Ruf ihn einfach an und bring es hinter dich, riet mir meine innere Stimme. *Mach es schnell, so wie man ein Pflaster abreißt.*

»Okay, okay, okay«, murmelte ich zu mir selbst. »Ich mach es ja.«

16

»Hey, ich wollte dich auch gerade anrufen«, sagte er, als er dran ging.

»Hi.«

»Wo bist du?«

»Ich stehe gerade auf der Michigan Avenue und blicke auf den Fluss.«

Er lachte. »Warum?«

»Ich bin einfach losgegangen und jetzt …« Ich zuckte mit den Schultern. »Bin ich hier.«

»Na, das ist ja ein fast unheimlicher Zufall.«

»Du bist doch nicht auch hier, oder?« Ich drehte mich im Kreis und suchte mit meinen Blicken die Bürgersteige ab.

»Nein, aber ich arbeite nur ein paar Blocks entfernt und mache heute früher Schluss.«

»Wirklich?«

»Ja. Ich habe meinen Artikel ein wenig früher abgegeben und wollte gerade los.«

»Oh.« Plötzlich kam es mir nicht mehr besonders verlockend vor, es ihm über das Telefon zu sagen. Ich konnte seine Reaktionen besser einschätzen, wenn er vor mir stand.

»Wollen wir uns treffen?«, fragte er.

»Ähm … ja. Gern.«

»Dann geh nach Norden. In Richtung Tribune Tower.«

Ich drehte mich um und ging in die Richtung, aus der ich gekommen war. Die Pause am Fluss hatte meinen Beinen genug Zeit gegeben, um sie spüren zu lassen, wie weit sie gegangen waren. Heute musste ich nicht mehr trainieren. Und morgen auch nicht.

»Ich bin auf dem Weg«, sagte ich. Es waren nur ein paar Blocks.

»Fühlst du dich denn jetzt besser als vorhin?«, fragte er.

»Ja. Danke.« Das stimmte teilweise, selbst wenn mir mein Gespräch mit Honor neue Dinge aufgezeigt hatte, über die ich grübeln konnte. »Worüber hast du heute geschrieben?«

»Sonnenschutzmittel. ›Wie viel LSF ist zu viel?‹«

»Du hast einen seltsamen Job.«

»Ich weiß.«

»Und wie viel ist zu viel?« Ich blieb an einer roten Ampel stehen und wartete zusammen mit einer Gruppe Passanten auf Grün.

»Anscheinend ist alles über dreißig überflüssig.«

»Man lernt doch nie aus.« Ich konnte mir ein kleines Lachen nicht verkneifen. »Ich habe fünfundvierzig daheim stehen. Ich fühle mich betrogen.«

»Ihr Nordstaatler und eure Sonnencreme.«

»Sag mir nicht, dass du einer von diesen ›Ich brauche eine gewisse Grundbräunung‹-Leuten bist.«

»Ich kann dich sehen«, sagte Justin, und ich blickte den Bürgersteig vor mir hinauf und hinunter. »Auf der anderen Straßenseite«, half er nach, und ich entdeckte ihn. Ihn zu sehen, ließ mir das Herz in die Kehle hüpfen. Das waren meine Nerven, einige davon gut, andere schlecht.

»Ich bin gleich bei dir«, versprach ich und blieb an der Ecke stehen, um auf eine Lücke im Verkehr zu warten. Ich hatte gerade die Ampel verpasst, und wir konnten einander nur über Dutzende von Autodächern hinweg ansehen.

»Du bist süß«, stellte er fest. Es war seltsam, zu sehen, wie er seinen Mund bewegte, die Worte aber erst nach einer halben Sekunde verzögert durch das Handy an mein Ohr drangen.

Ich warf ihm einen strengen Blick zu. »Schmeichler.«

»Überhaupt nicht.« Er lächelte, und obwohl ich zu weit weg war, um sie zu sehen, wusste ich einfach, dass sich seine Grübchen zeigten. »Hast du heute noch mehr Bücher gekauft?«

»Ja.«

»Du bist mit Büchern so schlimm wie ich mit Süßigkeiten.«

Ich drückte meine Handtasche mit den Büchern fester an mich. »Einige essen eben, wenn sie Stress haben, und ich lese.«

Er lachte.

Ich sah auf die Ampel. Immer noch Grün für die Autos. Ich holte tief Luft. »Justin, ich weiß, dass ich kein Recht habe, dich das zu fragen, aber … hast du dich mit jemandem getroffen, nachdem wir uns kennengelernt haben?«

»Ich war am Freitag, bevor wir uns kennengelernt haben, mit einer Frau namens Alison etwas trinken.«

»Oh.« Und wieder war seine Offenheit entwaffnend. Mein Herz schlug wild gegen meine Rippen. »Und was ist passiert?«

»Wir verliebten uns ineinander, haben geheiratet, bekamen vier Kinder, ließen uns aber schließlich aufgrund unüberbrückbarer Differenzen scheiden.« Er seufzte dramatisch, aber über die Straße hinweg konnte ich deutlich sein Grinsen erkennen.

»Ist das deine Art, mir zu sagen, dass es mich nichts angeht?«

»Nein. Nichts ist passiert. Es war kein gutes Date.« Er zuckte mit den Schultern. »Und jetzt komm endlich hier rüber.«

»Schlägst du etwa vor, ich soll eine Verkehrswidrigkeit begehen?«

»Natürlich nicht. Die Ampel wird gleich auf Grün springen.«

»Oh.« Er hatte recht, und ich überquerte die Straße. »Hast du angerufen? Danach?«

»Nein.« Er stellte sich mir auf der anderen Straßenseite direkt in den Weg. Mein Puls legte noch einmal einen Gang zu. »Und ich habe auch nicht mit ihr geschlafen, falls es das ist, was du wissen willst.«

Ich fühlte mich schuldig. »Ist es nicht. Warum hast du sie nicht angerufen?« Ich machte meinen ersten Schritt auf den Bürgersteig.

Justin ließ sein Handy sinken. »Weil ich dir begegnet bin«, sagte er laut genug, dass es jeder auf der Straße hören konnte.

Das Herzklopfen hörte kurz auf, und ich hatte das Gefühl, weinen zu müssen. Nur ein bisschen. Stattdessen schlang ich meine Arme um seinen Hals und stellte mich auf die Zehenspitzen. Er lächelte und küsste mich. Und für einen Moment war alles so perfekt wie im Film.

Dann drängten sich verärgerte Passanten an uns vorbei, und ich verlor fast mein Gleichgewicht. Justin fing mich auf und lachte.

»Mach dir keine Sorgen um uns«, sagte er. »Ich bin eine sorgenfreie Zone, okay?«

»Okay.«

»Versprich es«, sagte er und wartete, bis ich nickte. Dann besiegelte er das Abkommen mit einem Kuss auf meine Stirn. »Und jetzt tu mir einen Gefallen und hör mal wenigstens einen Abend lang mit dem Grübeln auf.« Er tippte auf die Stelle, die er geküsst hatte.

»Aber …«, begann ich zu widersprechen, doch davon wollte er nichts hören.

»Nein. Ich weiß, dass dich diese Woche sehr viel beschäftigt hat, und ich weiß, dass du nicht darüber reden willst, also finde ich, dass du das alles jetzt vergessen solltest. Das Wochenende hat offiziell begonnen.«

Frag einfach. Bring es hinter dich. Ich wollte es wirklich, aber ein beträchtlicher Teil von mir wollte lieber auf ihn hören. Ich hatte über eine Woche gebraucht, um ihn anzurufen. Ich konnte noch einen weiteren Tag warten. Ich kaute auf meiner Lippe herum und entschied, meinem erbärmlichen Drang nach Aufschieben zu folgen. »Ich kann es aber nur bis morgen garantieren.«

»Das reicht mir.« Er grinste und legte den Arm um meine Schultern. Zusammen schlenderten wir wieder Richtung Michigan Avenue. Ich nahm an, dass er dort geparkt hatte.

Wahrscheinlich denkst du gerade sowieso nicht klar, sagte ich mir. »Und wer kommt heute Abend alles so zu dir?«

»Nur ein paar Freunde. Hauptsächlich Leute, die wir von der Uni kennen.«

Nur noch einen Tag. Die Nachricht klang nicht besonders dringend. »Hat Andy auch an der Northwestern studiert?«

»Ja.«

Siehst du? Ganz leicht. »Ist er auch Journalist?« *Gib morgen einfach vor, du würdest die Nachricht zum ersten Mal hören. Das wird schon in Ordnung sein.*

»Nein. Er macht etwas mit Computern. Ich weiß nicht mehr genau, was er studiert hat. Wir hatten nur ein paar Kurse zusammen.«

Niemand sonst weiß etwas von dieser Nachricht. »Ah. Ist das eine ziemlich wilde Truppe?«

Er lachte. »Sie sind schon witzig, aber ich weiß nicht, ob ich sie als wild bezeichnen würde …«

Ich ließ die Unterhaltung über mich hinwegplätschern. Es war dämlicher Smalltalk, aber es war ein so schönes Gefühl, bei ihm untergehakt zu sein und einfach so zu schwatzen. Im Gehen zupfte er am Träger meiner Tasche, und gelegentlich drückte er mich ein wenig fester an sich. Ich wollte – brauchte – einfach nur ein paar Stunden mit ihm, um mich von allem anderen zu distanzieren. Eine kleine Ablenkung in Form von seinen unaufhörlichen Berührungen und seines angenehmen Geruchs, wenn er in meiner Nähe war. Und ich musste zugeben, dass ich auf seine Freunde sehr neugierig war. Ich wollte ihn von Menschen umgeben sehen, die ihn wirklich kannten. Ich wollte ihn unverstellt erleben.

Er führte mich zu seinem Wagen, der in einem Parkhaus stand, und ließ mich meine Tür selbst öffnen. Eher wegen des geringen Abstands zwischen den Autos, als aus einem Nachlassen seiner Ritterlichkeit, nahm ich an. Sobald er sich auf den Fahrersitz gequetscht hatte, beugte er sich zu mir herüber und gab mir einen Kuss.

»Wohin soll es gehen, meine Dame?«

Ich lächelte. »Nach Hause. Ich bin nicht für eine Party angezogen.«

»Mmm.« Er gab mir noch einen Kuss. »Okay.« Er machte keine Anstalten, den Motor zu starten, sondern küsste mich wieder. Und wieder.

»Ich glaube … wir werden … gefilmt«, schaffte ich es zu sagen.

»Mmm.« Er seufzte, fuhr aber aus der Parklücke und in Richtung Ausfahrt. Während er auf die Schranke zurollte, wühlte er im Handschuhfach herum. Schließlich fand er seinen Parkausweis und zog ihn über ein Lesegerät, damit sich die Schranke öffnete.

Ich streckte die Hand aus, um den Ausweis wieder wegzuräumen. Justin sagte: »Ich bin mir ziemlich sicher, dass wir heute Abend ziemlich viel trinken werden. Du solltest lieber planen, über Nacht zu bleiben.«

Ich presste meine Knie zusammen, während er eine Hand über meinen Oberschenkel wandern ließ. »Hast du mich immer noch nicht satt?«

»Nein.«

Andys Freundin Claire war die Erste, die an diesem Abend eintraf. Sie kam direkt von der Arbeit. Als Andy nach unten ging, um ihr beim Tragen von ein paar Bierkästen zu helfen, schlang Justin seine Arme um mich und küsste meinen Kopf. »Bist du bereit?«

»Ja.« Ich sah auf. »Und du?«

»Ja.« Aber er wirkte nervös. Oder zumindest nervöser, als ich ihn jemals gesehen hatte, was nicht viel hieß. »Ich denke nur … ich nehme an, dass einige Leute ein wenig überrascht sein werden, dich kennenzulernen.«

»Weil wir uns erst seit einer Woche kennen und niemand weiß, wer ich bin?«, fragte ich.

Er lachte. »Ach komm schon, wir kennen uns seit mindestens zwei Wochen.«

Ich verdrehte die Augen und grinste, aber dennoch war mir ein wenig mulmig zumute. Nach nur einer Woche seine Freunde kennenzulernen, auch wenn wir vorher schon eine Woche miteinander telefoniert hatten, war jetzt, als ich darüber nachdachte, ganz schön einschüchternd.

»Nein, es ist nur, dass …« Er unterbrach sich selbst und ließ mich los. »Na ja, normalerweise bringe ich keine Mädchen zu irgendetwas mit.«

Ich wusste nicht genau, was ich von dieser Information halten sollte. Die Wohnungstür ging auf, und eine kleine blonde Frau kam lächelnd herein. »Hey, Justin!«, rief sie aus und umarmte ihn.

»Danke für das Bier.« Er lächelte sie an. »Claire, das ist Clementine.«

Sie zog ein wenig die Augenbrauen hoch, drückte aber schnell meine Hand, um es zu überspielen. »Hi! Schön, dich kennenzulernen!«

Claires Reaktion war die erste von vielen ähnlichen an diesem Abend. Ganz egal, wie sehr sie ihre Überraschung zu verbergen versuchten, schien doch jeder Einzelne von ihnen erstaunt zu sein. Langsam bekam ich das Gefühl, ein Exponat in einem Wanderzirkus zu sein.

Ich blieb immer in Justins Nähe. Ich hatte es noch nie besonders gemocht, von Fremden umgeben zu sein. Ich kann damit umgehen, aber ich bevorzuge die Sicherheit von ein, zwei Freunden. Glücklicherweise schien er mich ohnehin bei sich haben zu wollen. Seine nervösen Angewohnheiten traten in Erscheinung. Wenn er nicht die Eiswürfel in seinem Glas klirren ließ, rieb er mit seinem Daumen kreisförmig über meinen Handrücken oder fuhr die Form meiner Kniescheibe mit einer Fingerspitze nach.

Doch irgendwann fand ich mich unausweichlich allein mit ein paar der Mädchen in der Küche wieder.

»Ist das zu fassen, dass sie über Football reden?«, fragte Claire. »Wir haben Juni.«

»Ja«, sagte eine Frau namens Renee mit einem Augenrollen. »Sie sind davon besessen.«

»Das ist genetisch«, sagte Claire.

»Okay, ich muss einfach fragen …« Renee drehte sich zu mir. »Was hast du mit Justin angestellt?«

Ich riss überrascht die Augen auf, während Claire Renee

spielerisch mit dem Handrücken schlug. »Oh, lass das arme Mädchen doch in Ruhe«, mahnte sie.

»Ich weiß nicht, was du meinst.« Meine Stimme hüpfte über ein nervöses Kichern.

»Ich weiß nur, dass ich mich nicht erinnern kann, wann Justin das letzte Mal irgendjemandem ein Mädchen vorgestellt hat, mit dem er ausgeht.«

»Oh«, sagte ich nur. Was ich eigentlich gewollt hätte, war *Wirklich? Glaubst du, er mag mich?* zu kreischen, aber es gelang mir, mich auf diese eine Silbe zu beschränken.

»Wie lange hält er dich denn schon vor anderen geheim?«, fragte Renee.

»Oh, ähm …« Ich wollte nicht zugeben, dass wir uns erst seit einer Woche trafen.

»Du musst ihr nicht antworten«, sagte eine andere Frau, an deren Namen ich mich nicht erinnern konnte.

»Ach, ihr seid solche Spielverderber.« Renee lächelte verschmitzt und winkte ab.

»Keine Sorge wegen Renee«, versicherte mir die zweite Frau, nachdem die große rothaarige Renee ins Wohnzimmer verschwunden war. »Bellende Hunde beißen nicht.«

Ich hatte das dringende Verlangen, sie über Justin auszufragen. Ich wusste, dass er mir alles erzählen würde, aber die Dinge, die mich interessierten, konnte ich ihn nicht fragen. Ich wollte wissen, ob sie schon einmal von jemandem namens Marie gehört hatten. Aber das war gefährlich, also behielt ich meine Fragen für mich.

Es gab immer noch ein paar Hartnäckige, die einen Bierkasten von seinem Elend erlösen wollten und Cards Against Humanity spielten, als sich Justin zu mir herüberlehnte und flüsterte:

»Was muss ich tun, um dich davon zu überzeugen, mit dem Spielen aufzuhören und mit mir ins Bett zu gehen?«

Ich lächelte ihn an. »Diese Frage stellen.«

Er nahm meinen Kartenstapel, legte ihn auf seinen und dann alles auf den Couchtisch. »Wir sind raus«, verkündete er. »Jetzt seid ihr auf euch gestellt.«

Während wir aufstanden, wünschte uns jeder auf seine Art eine Gute Nacht. Justin nahm mich an der Hand und führte mich in sein Schlafzimmer.

»Sie mochten dich«, sagte er, als die Tür hinter uns zu war. Ich lächelte. »Sie sind alle sehr nett.«

»Du scheinst dich mit Claire gut zu verstehen.«

»Na ja, wir C-Namen müssen zusammenhalten.«

Er lachte. »Ich finde, du solltest dir noch eine Catherine und eine Caitlin suchen.«

Ich steckte zwei Finger in seine Gürtelschlaufe und lehnte mich an ihn. »Vielleicht auch eine Courtney und eine Corrine.«

Nachdenklich legte er seinen Kopf in den Nacken. »Wir sollten aufhören, bevor mein Gehirn davon besessen ist, weitere obskure Namen mit C zu … Chastity!«, unterbrach er sich selbst.

»Okay, du gewinnst, du Wort-Nerd«, lachte ich.

Er küsste mich und schenkte mir sein umwerfendes Lächeln, von dem mir immer die Knie weich wurden. »Willst du, dass ich dir den Unterschied zwischen wer und wem erkläre?«

»Wer ist ein Subjekt. Wem ein Objekt.«

»Dein Gehirn macht mich an. Ich glaube, ich bin sapiosexuell.«

»Ich weiß auch, wann man seit und seid benutzt.« Ich betonte den jeweils letzten Buchstaben der Worte, während ich meine Arme um ihn schlang.

Er lachte, ein Klang, der tief in meiner Brust widerhallte, die ich an seine gepresst hatte. »Wow, ich hab noch nie etwas gehört, das so sexy ist.«

»Wenn du ganz viel Glück hast, erstelle ich dir vielleicht sogar mal ein Satzdiagramm.«

Er drückte mich gegen die Tür und küsste mich, während er meine Hüften packte und mich hochhob, bis ich meine Beine um seine Taille schlang. Als er sich schließlich zurückzog und mich anlächelte, war ich außer Atem und weich wie Gummi. »Wenn du das wirklich kannst, muss ich dich vielleicht heiraten.«

Ich lächelte und war mir sicher, dass er übertrieb, aber ich genoss die Leichtigkeit, mit der ihm diese Worte über die Lippen kamen. »Du glaubst mir wohl nicht, was?«, neckte ich ihn. So sicher war ich mir übrigens gar nicht.

»Ehrlich gesagt, würde ich wahrscheinlich nicht mal merken, wenn du es könntest.«

»Oh, ich kann es.« Hoffentlich würde es nicht dazu kommen.

»Wir werden sehen.«

Am nächsten Morgen bestand Justin darauf, mich nach Hause zu fahren, als wir uns endlich entschlossen, seine Wohnung zu verlassen. Obwohl es eine halbe Stunde dauerte, um von Ukrainian Village nach Hyde Park zu fahren. Ich sagte, dass ich mir ein Taxi nehmen würde. Doch er wollte nichts davon hören.

Ich überlegte, ob er mich am Haus meiner Großeltern absetzen sollte, das nicht weit von seiner Wohnung entfernt war – auch wenn sie ebenso gut auf einem anderen Stern liegen konnte –, aber ich dachte, dass diese Methode ein wenig zu schockierend war, um meine Daly-Identität zu enthüllen.

Wir verabschiedeten uns lange, während sein Wagen in der Ladezone vor meinem Haus stand. Es war schon fast pathetisch, wie lange wir uns küssten.

»Danke fürs Fahren«, sagte ich.

»Ist doch klar.« Er lächelte und strich mir die Haare aus dem Gesicht. »Ich rufe dich heute Abend an, wenn das okay ist.«

»Das ist total okay.« Ich küsste ihn noch einmal. »Bis dann.«

Er hielt mich am Handgelenk fest und zog mich zu einem letzten Kuss an sich. »Bis dann.«

Als er mir in die Augen sah, lief mir ein Schauer über den Rücken. Gott, er schien so aufrichtig in mich vernarrt zu sein. Ich wollte mich in diese blauen Augen fallen lassen und mich dort geborgen fühlen in dem, was sie versprachen. Ich wollte an ihn glauben, an uns. Nur ein kleiner Teil meines Gehirns war noch rational genug, um darauf zu beharren, dass ich endlich aussteigen musste.

Ich griff nach hinten, um die Tür zu öffnen. Endlich erwachte ich aus meiner Trance.

Ich stieg aus und schloss die Haustür auf. Justin winkte mir aus dem Auto heraus noch einmal zu.

Ich verbrachte den Nachmittag damit, zu lesen und eine neue Rezension auf meinem Blog zu veröffentlichen. Es tat gut, mich auf etwas anderes als Justin zu konzentrieren. Doch als er mich im Verlauf des Abends anrief, begann mein Herz wild zu klopfen, als ich seinen Namen auf dem Display las.

»Na du.« Seine Stimme klang entspannt.

»Wie war dein Tag?«

»Ich habe auf Bälle eingeschlagen.«

»Wie bitte?«

»Ich bin mit meinem Kumpel Ty zur Sporthalle gefahren, und wir haben ein paar Stunden lang Racquetball gespielt.«

»Racquetball?« Es war lange her, seit ich das letzte Mal davon gehört hatte.

Er lachte. »Es ist überraschend therapeutisch. Außerdem spiele ich bei so ungefähr allem mit, wenn mich jemand fragt.«

»Auch Croquet?«, fragte ich.

»Aber sicher doch.«

Ich grinste. »Und, hast du gewonnen?«

»Einmal.« Ich hörte ihn förmlich grinsen. »Ty spielt es dauernd. Ich hatte keine Chance. Und was hast du so getrieben?« In der Leitung war ein Klicken zu hören. »Warte kurz, es klopft jemand an … oh nein, wann geben die endlich auf!«

»Musst du drangehen?«

»Nein, es ist nur wieder die Uni. Ich gebe ihnen kein Geld. Ich weiß nicht, warum sie das nicht kapieren wollen.«

»Vielleicht bauen sie darauf, dass sie dich irgendwann mürbe machen.«

»Ich glaube, es gefiel mir besser, als du mein Handy hattest und ich diese verdammte Nummer nicht dauernd sehen musste.«

Wieder überkam mich ein Schuldgefühl. »Ähm … da wir gerade davon sprechen …« *Wie soll ich bloß anfangen?* »Äh, ich hab einen Anruf von einer unbekannten Nummer bekommen und bin nicht drangegangen.« Das stimmte immerhin. Es war unwichtig, aber es stimmte. »Hast du meine Nummer jemand Wichtigem gegeben, der anrufen könnte?« *Meine Güte, du bist so ein Feigling!*

»Hm …« Er schnalzte beim Nachdenken mit der Zunge. »Ich dachte, dass ich jeden, der wichtig ist, gesprochen habe, seit wir zurückgetauscht haben.«

Puh! Siehst du? Diese Marie ist nicht wichtig. »Es war also nicht der Präsident, der in einer wichtigen Staatsangelegenheit deine Meinung wollte oder so etwas?«

»Nein, der ruft nur dienstags an.«

Ich musste lachen. »Ach so.«

»Aber vielleicht ist ihm ja zu Ohren gekommen, dass ich jemand Besonderen kennengelernt habe, und er wollte mir gratulieren.«

Wieder lachte ich. »Glaubst du wirklich?«

»Ich werde nachher mal seinen Facebook-Status checken.«

Ich verdrehte die Augen und grinste. »Du bist gerade ganz schön albern.«

»Hab zu viele Bälle an den Kopf bekommen.«

»Wurdest du wirklich getroffen?«

»Nein.« Er klang beleidigt. »Ich habe vielleicht nicht gewonnen, aber *so* schlecht bin ich nun auch nicht.«

»Entschuldige.«

»Frage: Wie ernst nehmen die das bei einer formellen Veranstaltung mit der formellen Kleidung?«

»Normalerweise ziemlich ernst. Warum?«

»Ich muss nächsten Samstag zu so einer Literaturwohltätigkeitsveranstaltung, und in der Einladung steht ›Formelle Kleidung erwünscht‹.«

»Mmm, klingt ja aufregend.«

»Also sollte ich nicht eines von diesen T-Shirts tragen, die vorne so aussehen wie ein Frack?«

»Äh, nein. Und nicht nur am Samstag. Niemals.«

»Würdest du mich begleiten?«

Ich war in meinem Leben auf so vielen formellen Wohltätigkeitsveranstaltungen gewesen, dass ich normalerweise mein Bestes tat, um sie zu vermeiden. Andererseits war ich noch nie zuvor von Justin Mueller zu einer eingeladen worden.

»Du hast nicht wirklich vor, so ein Frack-Shirt zu tragen, oder?«

»Ich hab dich nur auf den Arm genommen.«

»Dann komme ich gerne mit.«

»Okay, gut. Das wird lustig. Schauen wir uns mal an, wie die Reichen und Schönen leben.«

Ich musste schlucken. »Aber ja.«

17

Am Montag und Dienstag übte die Bibliothek wieder ihren beruhigenden Einfluss auf mich aus. Es tat so gut, an einem Ort zu sein, von dem ich wusste, was ich tun musste, wie ich es tun musste, und dass die anderen froh waren, dass ich es tat. Und montagabends tagte außerdem der Buchclub. Der mir immer viel Freude machte.

Wenn ich so darüber nachdachte, war der Buchclub der einzige Ort, an dem sich meine Leben als Clementine Daly und Sweet Charity überschnitten. Ich konnte beide Hälften auf einmal sein, wenn ich von einer Gruppe lesefreudiger Menschen umgeben war, die nur kamen, um eine Gelegenheit zu haben, über Bücher zu sprechen.

Als ich die Bibliothek an diesem Abend verließ, regnete es, also entschied ich mich, ein Taxi zu rufen, anstatt zur Hochbahn zu gehen, wie ich es normalerweise tat. Ich nutzte die Zeit, um mein iPad anzuschalten und Sweet Charitys Onlineleben zu begutachten. Meine E-Mails waren die übliche Mischung aus Werbung, Zusagen für Rezensionsexemplare und Einladungen, an Blogtouren teilzunehmen. Doch zwischen diesen bereits erwarteten Nachrichten war eine, deren Absender ich nicht kannte und die den Betreff »Jobangebot« trug.

Ich nahm an, dass es sich um eine Spam handelte, aber zur Sicherheit klickte ich die Mail an.

Liebe Charity,

mein Name ist Michelle Dewalt. Ich bin leitende Lektorin von KitchenSink.com, *einer Webseite für kluge Frauen, die sich von Politik bis Mode für alles interessieren. Wie wir gerne sagen, wir haben alles, einschließlich der Küchenspüle.*

Wir möchten gerade unsere Berichterstattung über Bücher und Literatur erweitern, und dafür suchen wir nach dynamischen, cleveren Autorinnen, die wissen, wie man Content produziert, der die Leser Tag für Tag zurückbringt. Eine meiner Mitarbeiterinnen hat Ihren Namen ins Spiel gebracht. Ich habe Ihr Archiv durchgesehen und denke, dass Sie diejenige sind, nach der wir suchen. Wir würden Ihnen gerne die Gelegenheit geben, sich für eine dauerhafte Anstellung bei Kitchen-Sink.com *zu bewerben und für uns über die neusten Liebesromane zu schreiben.*

Hier bei KitchenSink *ist uns kreative Freiheit sehr wichtig. Wir möchten Ihnen die Chance geben, uns zu zeigen, wie Sie sich den Themen nähern wollen.*

Wenn Sie daran interessiert sind, mehr zu erfahren, würde ich mich gerne mit Ihnen unterhalten. Bitte teilen Sie mir mit, unter welcher Nummer und wann ich Sie am besten erreiche.

Vielen Dank,
Michelle Dewalt

Meine Hände zitterten, und der Bildschirm wurde schwarz. Ich berührte ihn mit meinen Fingern, um ihn wieder einzuschalten. Ich konnte nicht glauben, was ich gerade gelesen hatte. Es war so unheimlich, dass ich es zuerst für einen Scherz hielt.

Ich kannte *KitchenSink.com*. Mir gefiel ihr Stil und ein paar ihrer Beiträge waren zum Totlachen. Wie zum Teufel hatten sie von mir gehört? Nicht von mir, von Sweet Charity? Es war eine faszinierende Vorstellung, dass ich ganz allein jemanden auf mich aufmerksam gemacht hatte, ohne jede Daly-Unterstützung.

Ich?

Meine Welt war gerade ein klein wenig verrückter geworden.

Es war irgendwie paradox, dass die einzige Person, mit der ich über die E-Mail sprechen konnte, die war, die ich am wenigsten kannte. Aber es stimmte – Justin war der einzige Mensch in meinem Leben, der wusste, dass ich Buchbloggerin war. Natürlich hatte ich jede Menge Onlinefreunde, die Charity kannten und sich wahnsinnig für mich freuen würden, aber ich musste mit jemandem sprechen, der nicht automatisch verlangen würde, dass ich den Job annahm.

Als ich Justin davon erzählte, war seine erste Reaktion: »Das ist ja toll! Hast du schon ein Telefongespräch ausgemacht?«

»Nein, ich … bin mir nicht sicher, was ich tun soll.«

»Als Autorenkollege, der eine Niere hergeben würde, um seinen Traumjob zu bekommen, kann ich dir nur raten, dieses Telefonat auszumachen.«

Sofort fühlte ich mich wieder schuldig, bei etwas zu zögern, um das die meisten Leute betteln würden. Mein Leben war der Inbegriff von Privileg und Schuld. »Du hast wohl recht.«

»Clementine, das ist eine unglaubliche Gelegenheit. So etwas passiert nicht jeden Tag. Glaub mir. Du schuldest es dir selbst, zumindest herauszufinden, was sie dir anbieten.«

»Du hast recht.«

»Habe ich nicht gesagt, dass du eine Möglichkeit finden musst, für das, was du umsonst machst, bezahlt zu werden?«

»Das hast du.«

»Na, das ist sie. Sie ist dir in den Schoß gefallen. Wenn du es nicht für dich selbst tun willst, tu es für mich. Nur so kann ich weiterhin daran glauben, dass so etwas wirklich passieren kann.«

Ich lachte ein wenig. »Okay. Du hast recht. Ich bin wohl einfach noch ein wenig überwältigt.«

»Verständlich.« Er zögerte. »Würdest du es schlimm finden, wenn ich dir sage, dass ich ein bisschen neidisch bin?«

»Überhaupt nicht.«

»Okay, gut. Denn wenn du diesen Job nicht annimmst, werde ich anfangen, die alten Kitschromane meiner Mutter wieder zu lesen und mich selbst bewerben.«

Dieses Mal war mein Lachen noch herzlicher. »Spar dir den langen Weg nach Florida. Du kannst dir jederzeit meine borgen, wenn du willst.«

»Oder ich komme vorbei und du liest mir einfach die guten Stellen vor?«

Die Vorstellung brachte mich zum Kichern.

»Es ist süß, dass du denkst, ich scherze.«

Die Dinge, über die ich die Wahrheit sagen musste, häuften sich rapide an.

1. Ich war insgeheim eine Buchbloggerin mit beträchtlicher Präsenz in sozialen Netzwerken, trotz strenger Anweisung, mich ihnen fernzuhalten.
2. Mir wurde ein Job angeboten, der nicht zur Daly-Stiftung gehörte und der weder meine Eltern noch meine Groß-

eltern vom Hocker reißen würde, der aber die Erfüllung eines Traums war.
3. Ich stand kurz davor, mich wahnsinnig in einen Mann zu verlieben, der nicht einmal meinen richtigen Namen kannte.
4. Ich hatte ihm immer noch nichts von der Nachricht dieser Marie erzählt.

Okay, es sah also ziemlich schlecht aus. Ich hatte mich in mehr als eine Sackgasse hineinmanövriert. Aber inzwischen hatte ich all das schon so lang für mich behalten, dass es nicht leicht werden würde, auch nur einen Teil davon zu gestehen. Und alles noch viel weniger. Mit jedem Tag wurde es für mich schlimmer.

Und doch war es so leicht, Justin nichts zu sagen, wenn wir zusammen waren. Ich wollte nichts tun, um den Rhythmus zu stören, den wir entwickelten. Ich wusste, dass er mich abends anrufen würde und dass wir uns sehen konnten, so oft wir wollten. Es war beruhigend zu wissen, dass ich seine Stimme hören würde, nachdem ich am Mittwochabend endlich wieder zu meinen Großeltern gefahren war.

Ich hatte beschlossen, das Problem mit meinem Großvater anzugehen, indem ich zumindest teilweise ehrlich zu ihm war. Ich hatte ihm erzählt, wie gern ich in der Bibliothek arbeitete und dass ich ebenso gern etwas in dieser Richtung machen wollte. Etwas, das mit Büchern zu tun hatte. Großvater hatte sich sofort auf Berufe im Verlagswesen gestürzt, die etwas für mich sein könnten. An diesem Punkt hatte ich ein wenig gekniffen, indem ich einverstanden gewesen war, jemanden von der Daly-Verlagsgruppe zu treffen, aber zumindest hatten wir danach ein angenehmes Abendessen ohne Panikattacken, nachdem ich zugestimmt hatte.

Ein Schritt nach dem anderen. So war es für meine Großeltern wahrscheinlich einfacher, dachte ich. Kein Grund, sie direkt mit der Neuigkeit zu brüskieren, dass ich jahrelang ihren Anweisungen zuwider gehandelt hatte.

Na ja, okay, und ich war ein Riesenfeigling.

Am Ende der Woche entschied ich, mir ein neues Kleid für die Veranstaltung mit Justin am Samstag zu gönnen. Mode war nicht mein Fachgebiet, aber ich hatte genügend Erfahrung mit formellen Anlässen, um zu wissen, dass nichts in meinem Kleiderschrank dafür ausreichen würde. Außerdem dachte ich, dass ich Justin vielleicht mit dem herrlichen rubinroten Kleid mit dem tiefen V-Ausschnitt vorne und hinten ablenken konnte, das ich dann erstanden hatte, um ihm ein paar dieser verteufelten Details unterzujubeln, die ich ihm gegenüber noch nicht erwähnt hatte. Wie beispielsweise meinen Nachnamen.

Das einzige Problem mit dem Ausschnitt bestand darin, dass er die Suche nach dem richtigen BH zu einer Herausforderung machte. Ich hatte natürlich jede Menge Formwäsche, die mich davor bewahren würde, dass man Träger oder Slipränder sah – eine weitere Marotte meiner Großmutter war die leidenschaftliche Abscheu vor allen, was sie »vulgäre Zurschaustellung« von Unterwäsche nannte. Doch leider sahen die meisten Stücke aus wie Requisiten aus einer Wikingeroper, und ich war mir ziemlich sicher, dass Justin sie am Ende des Abends zu sehen bekommen würde. Ich rechnete sogar fest damit. Schließlich entschied ich mich für die »korrekte« Wahl und hoffte einfach, dass ich mich fünf Minuten vorher davonstehlen konnte, bevor Justin sie sah.

Angemessen geformt schlüpfte ich in das herrliche Kleid. Es war eines dieser Kleidungsstücke, die mit eingebautem Selbstbewusstsein einherzugehen scheinen. Nur gelang es mir leider nicht, egal wie sehr ich mich verrenkte, den Haken am oberen Ende des Reißverschlusses zuzubekommen. Bevor ich ins Schwitzen geriet, ging ich nach unten und klopfte an Alans Tür. Glücklicherweise hatte er noch nicht seine Schicht in der Bar angetreten. Als er mich sah, pfiff er anerkennend.

»Heilige Scheiße, Clem.«

»Was ist denn?«

»Justin hat keine Chance.«

Ich lächelte, obwohl ich nicht genau wusste, was er meinte. »Ich brauche ein wenig Hilfe.«

Er winkte mich zu sich, und ich hob den Arm, damit er an den versteckten Reißverschluss und den widerspenstigen Haken kam. Es lag ein wenig Befriedigung in meiner Feststellung, welche Anstrengung er aufbringen musste, um ihn zu schließen – zumindest hatte es nicht nur an mir gelegen.

»Komm schon, du kleiner Mistkerl …«, murmelte er, während er es weiter versuchte. Einen Moment später folgte ein zufriedenes Schnauben. »Da.«

»Danke.« Ich ließ den Arm sinken.

»Hoffentlich ist es einfacher, ihn aufzumachen, sonst reißt es dir dein Galan noch vom Leib.«

Ich verdrehte die Augen. »Ich sollte lieber meine Schuhe holen, Justin wird jede Minute da sein.«

Er schickte mich mit einem Handwedeln davon. »Du siehst wirklich toll aus, Clem.«

Meine Ohren wurden ganz heiß. »Danke sehr.« Ein aufrichtiges Kompliment von Alan war eine Rarität, und ich wusste nicht so genau, wie ich damit umgehen sollte. Doch es fielen keine weiteren Worte mehr, als ich mich wieder auf den Rückweg zu meiner Wohnung machte.

Ich war noch dabei, die Schnalle an meinem Schuh zu schließen, als der Türsummer ertönte.

Ich hüpfte zur Gegensprechanlage und rief: »Komm hoch.« Dann drückte ich auf den Türöffner.

Ich steckte mein Handy in meine Clutch und schnappte mir meine Übernachtungstasche. Es war ein wenig anmaßend von mir, aber eine rasche Bilanz unserer Beziehung bestärkte mich darin. Und wenn wir nach der Veranstaltung in Justins Wohnung landen würden, hatte ich keine Lust, mich am nächsten Morgen in diesem Kleid nach Hause zu schleichen. Doch ich ließ die Tasche zu Boden fallen, bevor Justin hereinkam, damit sie nicht seinen ersten Eindruck von mir beeinträchtigte.

Ein leises Klopfen an der angelehnten Tür reichte aus, um sie zu öffnen, da ich sie nur angelehnt hatte. Als sie aufschwang, sah ich Justin in seiner ganzen Smokingpracht. Meine Knie verwandelten sich in Pudding. Er wirkte irgendwie größer und wahnsinnig elegant. Selbst ohne Krawatte und mit geöffnetem obersten Hemdknopf erinnerte er an einen Geheimagenten an seinem freien Abend.

»Wow, du siehst …«, sagte er leise und nahm mir damit meine eigenen Worte aus dem Mund.

»Du siehst umwerfend aus.« Ich trat einen Schritt näher und zögerte einen Moment, bevor ich seine Hemdbrust berührte. Ich wollte nicht seine perfekte Erscheinung zerstören. Er legte seine Hände auf meine und senkte den Kopf, um mir einen Kuss zu geben. Nicht seinen ungeduldigen, fast schon unanständigen ersten Kuss, aber ähnlich genug, um mich an diese Küsse zu erinnern. Als er sich von meinen Lippen löste, befreite ich meine Hand, um ihm eine Spur Lipgloss aus dem Mundwinkel zu wischen.

Er lächelte »Nicht meine Farbe?«

»Nein. Ich empfehle eher ein kühles Pink.«

Er grinste so breit, dass seine Grübchen zum Vorschein kamen, und ich spürte ein Kribbeln im Bauch. »Hast du die Krawatte?«

»Ach ja!« Ich hatte während meines Einkaufsbummels eine Krawatte für ihn ausgesucht. Sie war immer noch eingepackt. »Sie ist hier.« Ich führte ihn in mein Schlafzimmer und holte die Einkaufstüte aus meiner Kommode.

Es handelte sich um eine schwarze Seidenkrawatte in einem Ton-in-Ton-Muster. Er betrachtete sie und nickte zustimmend. »Sehr hübsch. Vielen Dank fürs Besorgen. Ich habe doch keine Ahnung von so etwas.«

Er begann sie umzudrehen, und ich konnte gerade noch rechtzeitig das Preisschild abreißen, bevor ihm klar wurde, was ich da tat.

»Clementine, du musst mich dafür bezahlen lassen.«

Ich zog eine Augenbraue in die Höhe. »Sie ist ein Geschenk.«

Er überlegte einen Moment. »Das muss aber nicht sein.«

»Ich weiß.«

»Du arbeitest nur Teilzeit. Ich würde mich schuldig fühlen.«

Und hier war sie wieder, die richtige Gelegenheit. Ich öffnete meinen Mund, doch plötzliche Panik hielt mich davon ab, die Wahrheit zu sagen. »Du musst dir darüber keine Sorgen machen, okay?«, sagte ich stattdessen.

Er musterte mich einen Moment, dann nickte er. »In Ordnung. Vielen Dank.«

Meine linke Hand schoss zu meinem Mund hoch, aber ich konnte gerade noch verhindern, dass Lipgloss auf meine French Nails kam – eine weitere alberne Sache, die ich mir gegönnt hatte. Stattdessen schloss ich meine Finger um den Daumen und lächelte Justin an. »Wir sollten los.«

Er hielt die Krawatte hoch. »Die hier fehlt noch.«

Ich winkte ihn zum Spiegel und stellte mich hinter ihn, als er seinen Kragen hochklappte. Als er mit einer eingeübten Reihe von Bewegungen begann, legte ich ihm die Hände auf die Schultern. »Weißt du, wie man einen Windsorknoten bindet?«

»Äh … nein?« Er klang unsicher.

»Der sieht bei diesem Kragen besser aus.« Ich stellte mich auf die Zehenspitzen, griff um ihn herum und band den Knoten. »Der ist für formelle Anlässe.«

»Woher weißt du das?«

»Mein Großvater hat uns allen drei verschiedene Knoten beigebracht.« Ich zog das breite Ende der Krawatte durch die Schlaufe, die ich geknüpft hatte.

»Das sind zwei mehr als ich kenne.«

Ich strich die Krawatte glatt und warf einen Blick über seine Schulter, um meine Arbeit im Spiegel zu bewundern. »Das werden wir ändern.«

Er lehnte sich vor, um das Resultat zu begutachten. »Hm, das ist wirklich besser.«

»Siehst du?«

Er drehte sich um und breitete seine Arme aus. »Sehe ich annehmbar aus, Miss Davis?«

Der falsche Name ließ mich innerlich zusammenzucken. *Sag was. Sag es ihm jetzt.* »Du kriegst das schon hin.«

Er ließ seine Augen über mich wandern und mein Kleid noch einmal auf sich wirken. »Gott, du siehst unglaublich aus.«

Mir lief ein Schauer über den Rücken. »Danke sehr.«

»Ich liebe dieses Kleid.« Beginnend an meinen Schultern ließ er seine Fingerspitzen über den tiefen Ausschnitt wandern. Ich bekam eine Gänsehaut, und in meinem Bauch breitete sich Wärme aus.

Ich holte tief Luft und hielt seine Hände fest. »Wir werden zu spät kommen.«

»Schon in Ordnung.«

Ich schüttelte den Kopf. »Das Kleid war schwer genug anzuziehen. Ich werde es nur einmal ausziehen.«

»Ich helfe dir.«

»Da bin ich mir sicher.« Ich drehte mich um und streckte ihm meine Hand hin. »Jetzt komm schon.«

18

Als Justin bei der Galerie vorfuhr, stieß er einen Pfiff aus. »Ich glaube, mein Auto hat gerade einen Minderwertigkeitskomplex entwickelt«, sagte er. Vor ihm entlud gerade ein Mercedes seine vornehm gekleideten Insassen, während ein Mitarbeiter des Parkdienstes mit einem Bentley um die Ecke bog. Hinter uns wartete ein BMW.

»Keine Sorge«, versicherte ich ihm. »Ich bin mir sicher, dass du heute Abend nicht der Einzige mit einem Jeep bist.«

Er schnaubte. »Zumindest muss ich mir keine Gedanken machen, ob ihn irgendjemand stehlen will. Wahrscheinlich könnte ich den Schlüssel stecken lassen, und es würde trotzdem niemand das verdammte Ding berühren.«

Einer der Parkhelfer öffnete meine Tür, und ich betrat den roten Teppich. »Guten Abend«, sagte er.

»Guten Abend.«

Justin ging um seinen Wagen herum. Er wirkte steif und nervös. »Ich hätte ein Trinkgeld geben sollen, oder?«, flüsterte er.

»Ja.«

»Tut mir leid, das ist einfach nicht meine Kragenweite hier.«

Ich lächelte und hakte mich bei ihm unter. »Tu einfach so, als ob.«

Als wir die Lobby betraten, begrüßte uns die Musik eines Streichquartetts. Später würde noch eine Big Band auftreten, doch während des Cocktailempfangs und Galadinners war Gediegenheit angesagt. Ich betrachtete die Menge. Nicht weiter überraschend, es waren nur wenige Gäste unter fünfundvierzig. Wohltätigkeitsveranstaltungen waren nicht dafür bekannt, ein junges Publikum anzuziehen.

»Und was jetzt?«, fragte Justin.

»Siehst du jemanden, den du kennst?

»Noch nicht.«

»Dann sollten wir uns etwas zu trinken holen.«

»Klingt gut.« Wir gingen zu einer der vier im Raum verteilten Bars. Dann sahen wir uns mit den Cocktails in der Hand ein wenig um und schauten uns die Objekte an, die für die Stille Auktion ausgestellt waren. Keiner von uns beiden war an etwas interessiert, aber es war genau das, was alle anderen taten.

»Ich kann mich nicht erinnern, wann ich mich das letzte Mal so jung gefühlt habe«, murmelte mir Justin zu.

Ich lachte leise. Dieses Gefühl kannte ich nur zu gut.

Und dann, ganz plötzlich, zerbrach meine Welt.

Direkt vor mir standen meine Großeltern und betrachteten ein Gemälde an der Wand.

Wie hatte ich nur so dumm sein können! Natürlich waren sie ebenfalls eingeladen. Sie nahmen praktisch an allen Wohltätigkeitsveranstaltungen der Stadt teil. Ich hatte Justin nicht einmal nach dem Anlass gefragt. Ich war so eine Idiotin!

Ich erstarrte und klammerte mich fest an Justins Ellbogen. »Ich muss dir was sagen.«

Er schien den drängenden Ton in meiner Stimme zu bemerken, auch wenn ich mich bemühte, meine Stimme leise zu halten. »Was ist denn?«

»Ähm … könnten wir …« Ich sah mich um. »Nach da gehen?« Ich deutete in eine Richtung, die uns von meinen Großeltern wegbringen würde.

»Alles in Ordnung?«, fragte Justin.

»Bitte.« Ich drückte seinen Arm.

»Na klar.« Er begann sich umzudrehen, aber die Menge wurde dichter und wir kamen nur langsam voran. Ich warf einen Blick über meine Schulter und sah meiner Großmutter direkt in die Augen. Sie stutzte, als sie mich erkannte, und griff sofort nach dem Arm meines Großvaters.

Justin blieb stehen, und ich wandte mich wieder nach vorne, um zu sehen, was uns aufhielt. Justin lächelte und streckte seine Hand aus, um die einer älteren Dame zu schütteln.

»Da sind Sie ja!«, sagte sie. »Sie sehen umwerfend aus!«

»Vielen Dank. Bethany, das ist meine … Freundin Clementine.«

Bethany streckte mir ebenfalls ihre Hand entgegen, und ich schüttelte sie automatisch, obwohl ich die Nähe meiner Großeltern praktisch spüren konnte. Sie waren mir entschieden zu nah.

»Wie schön, Sie kennenzulernen«, sagte sie zu mir. »Justin, Sie kommen gerade richtig. Hier ist jemand für Sie.«

Nein nein nein. Nicht jetzt! Wieder drückte ich seinen Arm, aber ich wusste, dass es sinnlos war. Wir bewegten uns nicht. *Verdammt! So durfte es nicht laufen!* Mir stand der Schweiß auf meinem freigelegten Rücken, und mein Herz klopfte wie wahnsinnig gegen meine Rippen. *Vielleicht kommen sie ja gar nicht zu mir. Vielleicht werden sie von etwas abgelenkt.*

Ich sah unauffällig hinter mich, aber meine Großeltern kamen eindeutig auf mich zu.

Oh Gott oh Gott oh Gott.

Die ältere Dame vor mir ergriff den Arm einer anderen, viel jüngeren und stellte sie Justin vor.

»Justin! Ich wusste nicht, dass du hier sein würdest!«, sagte sie. Sie war hübsch, etwa dreißig, hatte ihr lockiges braunes Haar hochgesteckt und trug ein schwarzes Cocktailkleid. Und sie schien entzückt zu sein, Justin zu sehen.

»Marie?«

Blut dröhnte in meinen Ohren. *Marie? Oh nein nein nein nein.*

Justin beugte sich vor, um sich von ihr auf die Wange küssen zu lassen. Dabei entzog er sich meinem Griff. »Was machst du denn hier?«

»Das Gleiche könnte ich dich fragen«, erwiderte sie. »Da sehe ich dich drei Jahre nicht und dann plötzlich zweimal in ein paar Wochen! Wie verrückt.«

Oh Gott, sie ist es.

»Aber wirklich«, sagte er.

»Warum hast du nicht angerufen?«, fragte sie, legte den Kopf schief und hob anklagend ihre Augenbrauen.

»Ich dachte, du wolltest *mich* anrufen«, erwiderte er.

Ich schloss meine Augen und stellte mir vor, wie sich der Boden unter mir auftat und mich verschluckte. *Alles, nur das nicht.*

»Ich hatte den Zettel verloren, auf den du die Nummer geschrieben hattest, tut mir leid, aber …«

»Clementine?«

Diese Stimme würde ich überall wiedererkennen.

Nein. Nein. Bitte nicht.

Die kühle papierdünne Hand meiner Großmutter legte sich auf meinen Oberarm.

Ich drehte mich um, und der Raum schien sich in Zeitlupe mitzudrehen. »Hallo, Großmutter.«

»Was in aller Welt tust du hier, Kind?«, fragte sie, doch selbst ihre Überraschung konnte sie nicht davon abhalten, sanft an meinem Arm zu ziehen, bis ich mich vorbeugte, um ihr einen Kuss auf jede Wange zu geben. Ich wiederholte das Ritual bei meinem Großvater.

»Ich bin … mit einem Freund hier«, sagte ich, während mich vollkommene Hilflosigkeit überwältigte. Ich sah kurz über meine Schulter, um zu sehen, ob Marie mich schon verdammt hatte.

Warum das? Warum jetzt?

Ich sah zu, wie sie ihre Hand auf Justins Arm legte und sich nah genug an ihn lehnte, um ihm etwas ins Ohr zu flüstern. Ich grub meine perfekt manikürten Fingernägel in die Handinnenflächen. Plötzlich spürte ich jedes Stück altmodischer Formwäsche, das ich trug. Meine Haut schien sich auszudehnen, war heiß und juckte.

Justin nickte und lächelte. Ich konnte nur einen kleinen Teil seines Profils sehen und aus diesem Winkel nichts entschlüsseln.

Plötzlich rief Bethany: »Mr und Mrs Daly! Was für eine Ehre. Ich bin Bethany Ramses, Chefredakteurin des *Chicagoland Elternmagazins*. Wir gehören zu Ihrer Verlagsgruppe.«

»Ms Ramses.« Mein Großvater schüttelte Bethanys Hand mit beiden Händen, eine Angewohnheit, die er im Alter entwickelt hatte. »Meine Frau, Miriam Schulman-Daly.« Er deutete auf meine Großmutter. »Und meine Enkelin Clementine Daly.«

»Ihre Enkelin! Ich hatte keine Ahnung … wir haben uns erst vor einem Moment kennengelernt! Es ist mir eine Freude, Sie beide kennenzulernen.« Bethany schüttelte auch unsere Hände. »Das ist Marie Donovan, stellvertretende Kulturredakteurin des Magazins *Windy City*. Und das hier ist Justin Mueller, einer meiner talentierten jungen Autoren. Justin, das sind John

Daly und Miriam Schulman-Daly – ihnen gehört die Daly-Verlagsgruppe – und, na ja, ihre Enkelin Clementine Daly scheinst du ja bereits zu kennen.« Sie lachte.

Während er meinen Großeltern die Hand schüttelte, stand Justin die Verwirrung ins Gesicht geschrieben. Dann sah er zu mir. »Clementine *Daly*?«

»Justin, das sind meine Großeltern.« Ich wagte es nicht, ihm in die Augen zu schauen. »Großmutter, Großvater, das ist mein … das ist Justin.«

»Hallo, junger Mann«, sagte meine Großmutter und zog seine Hand, die sie immer noch hielt, zu sich, bis er gezwungen war, sie auf die Wange zu küssen. »Und wie haben Sie unsere Clementine kennengelernt?«

»Das ist eine lange Geschichte«, sagte ich schnell.

»Eine, die ich nur zu gerne hören würde.« Ihr Ton ließ keine Widerrede zu: Ich würde ihr alles erzählen. Eher früher als später.

»Clementine, kann ich dich mal sprechen?«, fragte Justin.

Ich nickte nur, da ich meiner Stimme nicht traute. Ich räusperte mich, und es gelang mir, meinen Großeltern zu sagen, dass ich gleich wieder da sein würde. Dann folgte ich Justin in eine ruhige Ecke in der Nähe der Toiletten.

»Clementine *Daly*?«, wiederholte er mit gedämpfter wütender Stimme. »Du hast mir gesagt, dein Nachname sei Davis.«

»Es tut mir leid, ich habe hin und her überlegt, wie ich es dir sagen kann …«

»Warum hast du gelogen?«

Ich spürte, wie mir Tränen in die Augen stiegen. »Sei bitte nicht sauer. Ich kannte dich nicht. Du hattest mein Handy.«

»Du hattest meins, und ich hab dir meinen richtigen Namen gesagt.«

»Das ist so eine Angewohnheit. So haben sie es mir eingetrichtert …«

»Sie?«

Die erste Träne hing in meinen Wimpern, und ich wischte sie schnell weg, bevor meine Mascara verschmieren konnte. »Meine Großeltern. Ihre Leute. Du hast keine Ahnung, wie das ist. Man kann sich niemals sicher sein, ob andere dich nur ausnutzen wollen. Bitte, es tut mir leid. Ich wollte es dir sagen.«

»Und warum hast du es dann nicht getan?«

»Es verändert die Dinge. Du verstehst das nicht. Ich wollte nicht, dass du danach anders von mir denkst.«

»Und da dachtest du, mich anzulügen sei besser.«

»Justin, bitte.« Ich wollte seine Hand nehmen, doch er verschränkte seine Arme vor der Brust. Er, der niemals aufhörte, mich zu berühren, ging auf Abstand. »Ich wusste nicht, wie ich es dir sagen sollte.«

»Gott, du bist eine Daly.« Er schüttelte den Kopf. »Und du hast nie daran gedacht, einmal zu erwähnen, dass ich für eines der Unternehmen *deiner eigenen Familie* arbeite? Herrgott, du bist mein verdammter Boss, ich kann das einfach nicht fassen …«

»Ich bin nicht dein Boss! Ich wusste das nicht einmal!« Wieder streckte ich meine Hand nach ihm aus und legte sie auf seine verschränkten Arme. »Du musst mir glauben. Ich wusste es nicht.«

»Das Magazin gehört zur Daly-Verlagsgruppe, Clementine. Wie kannst du das nicht wissen?«

»Ich kenne nicht alles, was ihnen … uns gehört, okay?« Ich wischte mir weitere Tränen aus den Augen. »Uns gehört eine Menge.«

»Mein Gott.« Er trat so weit zurück, dass meine Hand von seinen verschränkten Armen fiel. »Ich komme mir so dämlich vor. Du siehst auch genau wie sie aus. Ich bin so ein Idiot.«

»Bist du nicht. Nein. Bitte. Es tut mir leid.« Die Worte kamen wie gehetzt aus meinem Mund.

»Ich glaube das einfach nicht.« Endlich sah er mir in die Augen. »Gibt es sonst noch etwas, mit dem du mich überraschen willst?«

»Äh … ich wollte nur … Hör mal, ich habe eine Menge blöder Dinge getan, seit ich dich getroffen habe, und das sieht mir überhaupt nicht ähnlich. Ich weiß, dass du keinen Grund hast, mir zu glauben, aber ich bin wirklich nicht …«

»Justin, da bist du ja!« Es war natürlich wieder Marie.

Sein wütender ernster Gesichtsausdruck wechselte plötzlich zu einem freundlichen Lächeln, während er an mir vorbei auf sie zu ging. »Hey, Marie!«

»Justin …« Ich legte meine Hand auf seinen Arm. »Einen Moment.«

Nein. »Ich … ich …«

»Warum hast du mich denn jetzt eigentlich nicht zurückgerufen?« Marie besiegelte lächelnd mein Schicksal und schlug Justin spielerisch auf den Arm. Mir brach der kalte Schweiß aus.

»Du hast doch gesagt, du würdest mich anrufen, wenn du aus L. A. zurück bist«, sagte er.

»Ich sagte doch, ich habe den Zettel verloren. Hast du die Nachricht denn nicht bekommen?«

Ich spürte, wie das Blut meinen Kopf verließ.

»Welche Nachricht?«

»Na die, die ich dir hinterlassen habe.« Sie sah ihn fragend an. »Zu blöd, dann war die Nummer wohl doch nicht richtig.«

Er blinzelte, während er die Informationen verarbeitete. »Warte, die Nummer, die ich dir gesagt habe, war vorübergehend?«

»Die Mailbox ging dran. Eine Frauenstimme …«

Justin sah mich an.

Ich hätte lügen können. Ich hätte Unwissen vortäuschen können. Dies war meine Gelegenheit, so zu tun, als hätte ich es vergessen, aber das wäre gelogen. Eine weitere Lüge, neben all den anderen, die ich erzählt hatte. »Es tut mir leid«, flüsterte ich.

Sein Mund wurde zu einem schmalen Strich, und er wandte sich von mir ab.

Mir drehte sich der Magen um, und meine Kehle brannte. »Justin …«

»Marie, es tut mir leid. Ich habe deine Nachricht nicht bekommen.«

»Macht doch nichts. Und wie es aussieht, hält Bethany große Stücke auf dich. Sie hat mir von einem ihrer jungen Autoren erzählt, der absolut nicht in den Elternbereich gehört. Ich denke, es sieht wirklich gut für dich aus.«

Ich sah zu, wie sie wieder ihre Nummern austauschten und Zeiten besprachen, in denen sie gut zu erreichen waren. Justin schien entspannt und lächelte sie an, doch er hatte sich von mir entfernt und mir seine Schulter zugedreht, um mir zu verstehen zu geben, dass ich noch nicht aus dem Schneider war.

»Du sitzt an dem Tisch neben dem meinem«, sagte Marie, als sie fertig waren. »Da können wir ja weiterplaudern.«

»Auf jeden Fall«, erwiderte er.

Sie ging mit einem kleinen Winken davon, und Justin wandte sich wieder zu mir um.

Ich wartete darauf, dass er zuerst sprach, aber er starrte

mich nur an. Meine Wangen und Augen brannten. »Ich hätte es dir sagen sollen …«

»Ach, hättest du?«, sagte er.

»Es war dumm von mir – ich hab dir doch gesagt, dass es dumm war …«

»Hör einfach auf.« Er winkte ab, dann schüttelte er den Kopf. »Ich kann mir überhaupt nicht mehr vorstellen, dass ich dir je vertraut habe.«

Ein scharfer Schmerz schoss mir durch die Brust. »Ich wollte es dir sagen … ich hatte Angst, dass … Du weißt ja nicht, was mir einmal passiert ist.«

Wieder schüttelte er den Kopf. Sein Kiefer war angespannt, und sein Blick war hart. »Ich hab dir gesagt, dass ich dir alles erzählen würde, was du wissen willst, und du hast immer nur gelogen und gelogen und gelogen.«

Die Tränen kamen wieder, und ich konnte sie nicht aufhalten. »Es tut mir leid. Bitte …«

»Ich begreife das alles nicht.« Erneut schüttelte er den Kopf. »Ich weiß überhaupt nicht …«

»Justin, bitte.« Ich berührte seinen Ellbogen, doch er schüttelte mich ab. »Rede bitte mit mir.«

Er hob den Kopf, um etwas zu sagen, aber er sah dabei durch mich hindurch. »Ich glaube nicht, dass du etwas zu sagen hast, was ich mir jetzt anhören möchte.«

19

Ich hatte das Gefühl, eine Ohrfeige bekommen zu haben. Ich sah ihm nach, als er durch eine Seitentür hinausging. Meine Arme hingen lose an meinen Seiten herab, und meine Brust fühlte sich an wie ein ausgehöhlter Kürbis.

Na ja, was dachtest du denn, wie er reagieren würde?

Ich verzog mein Gesicht. Ich presste beide Hände auf den Mund, um nicht laut aufzuschluchzen.

Wenn ich hier wartete, würde er vielleicht zurückkommen.

Aber ich glaubte selbst nicht daran. Wahrscheinlich war er schon längst weg. Ich machte einen zögernden Schritt auf die Tür zu. Mein Knöchel knickte leicht um, und ich schnappte nach Luft. Das schien etwas zu sein, auf das ich mich konzentrieren konnte, also bückte ich mich und öffnete die Schnalle meines Schuhs. Ich betastete mit dem Daumen die schmerzende Stelle. Es war nur eine leichte Verstauchung, aber ich konnte den Schmerz nutzen, um mich auf etwas anderes zu konzentrieren.

Doch die Ablenkung funktionierte nur ein paar Atemzüge lang, dann sah ich ihn vor meinem inneren Auge immer wieder davongehen.

Steh auf.

Ich machte den Schuh wieder zu und richtete mich auf.

Finde ihn. Entschuldige dich. Sorge dafür, dass er dir zuhört.

Ich biss die Zähne zusammen und öffnete die Tür. Dahinter lag ein kleiner Hof mit Blumenbeeten, einem Springbrunnen und ein paar vereinzelten Bänken. Justin stand am anderen Ende und starrte durch den schmiedeeisernen Zaun auf die Straße. Er bewegte sich nicht.

Ich blieb stehen und hoffte, dass er sich umdrehte und mich sah. *Bitte …*

Ob er nun meine Anwesenheit spürte oder einfach nur die Tür gehört hatte, er drehte sich um.

Ich ging über den Hof und meine Absätze klackten auf dem Pflaster. »Justin. Es tut mir so leid.«

»War irgendwas von dem, was du erzählt hast, wahr?«

»Ja. Alles, ich schwöre es dir.«

»Nein. Nicht alles«, sagte er kopfschüttelnd. »Du hast mich … Gott, und ich war besorgt, dass du dir keine Taxifahrt durch die Stadt leisten könntest.«

»Es tut mir leid.«

»Das sagst du immer wieder.«

»Es stimmt ja auch!«

»Warum hast du mir nicht gesagt, dass Marie angerufen hat?«

»Ich … es war dumm von mir. Ich dachte …« Meine Wangen brannten vor Scham. »Ich – ich dachte, dass du mich vielleicht … hintergehst.« Es hörte sich einfach schrecklich an, als ich es aussprach.

»Dich hintergehe?«, wiederholte er vollkommen verwirrt.

»Du hattest mein Telefon. Ich dachte, dass du vielleicht … meine Fotos verkaufst oder … so.«

»So etwas würde ich doch nicht machen. Niemals. Und wie hätte ich das überhaupt machen sollen, wenn ich noch nicht einmal wusste, wer du wirklich bist?«

»Es ist mir schon einmal passiert. Ich war nur …« Mir fehlten in diesem Moment die Worte. Mein Kopf war ein Wirbelwind unfertiger Gedanken, und ich schien nichts richtig machen zu können.

»Sie arbeitet für das Magazin *Windy City*, falls es dich interessiert. Sie ist eine alte Bekannte, und es ging um einen Job. Du weißt schon, meinen Lebensunterhalt. Nicht dass das für jemanden wie dich etwas bedeuten würde.«

»Es tut mir leid«, flüsterte ich. Die Tränen strömten mir nur so über die Wangen.

Er nickte langsam. »Du bist wahrscheinlich einfach daran gewöhnt, zu tun, was du willst, oder? Dass du alles bekommst, worum du bittest? Oder ist es eher so, dass du dir einfach nimmst, was du willst?«

»Was? Nein!«

»Ein kleiner Niemand wie ich spielt keine Rolle, nicht wahr?«

»Nein! Wie kannst du so etwas sagen?« Seine Worte drehten mir den Magen um.

Er zuckte mit den Schultern. »Scheint mir von meinem Standpunkt aus nicht so weit hergeholt, *Miss Daly*.«

»Nenn mich nicht so«, flüsterte ich.

»Aber das ist doch dein Name.«

Ich sah zu Boden. »Es tut mir so leid. Ich sollte jetzt wohl gehen.«

»Du kannst nicht gehen«, sagte er scharf. »Ich werde dich vor deiner Familie nicht in Verlegenheit bringen, und ich will auch nicht erklären müssen, warum die Enkelin der Dalys dem Tisch meiner Chefin fernbleibt. Bleib da, entschuldige dich nach dem Essen, dann geh.«

»Du willst, dass ich bleibe?«, fragte ich.

»Nein, ich sagte, du kannst nicht gehen. Das ist ein Unterschied. Tu mir einfach einen Gefallen und tu so, als würdest du dich amüsieren. Du weißt schon, lüge einfach. Das dürfte mit der ganzen Übung, die du darin hast, kein Problem für dich sein.«

Wenn beim Abendessen etwas Wichtiges passierte, bekam ich es nicht mit. Die Gäste um mich herum plauderten angeregt, und Justin schien mit Leichtigkeit mitzumachen. Ich versuchte zu lachen, wenn die anderen lachten, und behielt ansonsten einen neutralen Gesichtsausdruck bei.

Mein Salatteller stand fast unberührt vor mir. Ich bemerkte, wie ein paar der Frauen verstohlen erst auf mein Essen blickten, dann auf mich, also zwang ich meine Hand an die Gabel. Der Salat schmeckte wie Wasser, und das Dressing war nichts als Säure auf meiner Zunge.

Aus den Augenwinkeln sah ich, dass Justins Lächeln nicht ganz bis zu seinen Augen reichte und seine Schultern ganz verspannt waren. Das war alles meine Schuld. Er sah kurz in meine Richtung, senkte aber den Blick, als er merkte, dass ich ihn betrachtete.

Während wir auf das Dessert warteten, entschuldigte er sich und setzte sich an Maries Tisch. Sie lächelte ihn an und legte ihm die Hand auf die Schulter, bevor ich wegsehen konnte. Die beiden zusammen zu sehen, tat weh. Ich war nicht so dumm zu glauben, dass zwischen ihnen etwas Romantisches war, auch wenn ich mir sicher war, dass Marie Justins Grübchen und sein Anblick in einem Smoking gefielen. Was wehtat, war die lebendige Erinnerung daran, wie dumm ich gewesen war. Doch viel wichtiger, was konnte ich tun, damit er mir glaubte? Mir vergab?

Ich an Justins Stelle würde Schluss machen. Ich hatte so ziemlich alles falsch gemacht, was man in einer Beziehung falsch machen konnte. Ich hatte ihn angelogen, ihm Dinge unterstellt, ihm nicht vertraut und alles außer Kontrolle geraten lassen. Und am schlimmsten war, dass ich ihm immer noch nichts von Maries Anruf erzählt hätte, wenn wir sie heute Abend nicht getroffen hätten. Mir war schlecht.

»Entschuldigen Sie mich«, murmelte ich dem Rest des Tisches zu. Im Saal war es zu laut, zu dunkel … ich brauchte frische Luft. Ich ließ Justin das erste Mal aus den Augen und stürmte zum nächsten Ausgang. Ich landete auf einem anderen Hof als zuvor und atmete einen Lungenzug voll Zigarettenrauch ein, während ich zwischen den verbannten Rauchern hindurchging. Meine Augen begannen zu brennen.

Ich erntete ein paar neugierige Blicke, bis ich endlich eine leere Stelle fand. Ich presste die Hände auf den Bauch und zwang mich dazu, tief durchzuatmen. *Ich werde nicht mehr in der Öffentlichkeit heulen. Ich werde nicht auf diesem verdammten Wohltätigkeitsball heulen.*

Justin gehörte nicht mehr mir. Wenn er das jemals getan hatte. Ich hatte alles verbockt.

Vielleicht solltest du dich noch einmal entschuldigen, schlug ein winziger Teil meines Hirns vor. *Nur damit du weißt, dass du das Richtige getan hast. Nur damit du heute Nacht schlafen kannst.*

Ich wollte nach Hause.

Ich machte auf dem Absatz kehrt, marschierte schnurstracks durch die Rauchwolken und begab mich in die Galerie zurück.

Ich fand Justin wieder an unserem Tisch.

»Ich fühle mich nicht gut«, sagte ich. »Ich werde mir ein Taxi bestellen.«

»Hoffentlich nichts Ernstes«, fragte Bethany.

»Nein, vielen Dank. Bitte entschuldigen Sie meinen überstürzten Aufbruch.« Ich blickte in Justins Richtung. Er stand auf. »Es tut mir leid«, sagte ich und hoffte, er verstand, dass es nicht nur der Ausrede diente.

»Ich bringe dich zur Tür«, sagte er.

»Nein, nein. Ich muss mich nur noch von meinen Großeltern verabschieden«, sagte ich. »Bleib ruhig.«

»Bist du dir sicher?«, fragte er, setzte sich aber schon wieder hin.

»Ganz sicher.« Ich drehte mich um, bevor ich anfangen konnte zu weinen, und bahnte mir meinen Weg durch den Saal, bis ich den Tisch meiner Großeltern erreicht hatte. Ich sagte ihnen, dass ich furchtbare Kopfschmerzen hätte und nach Hause gehen würde.

»Du scheinst deinen Freund verloren zu haben«, sagte mein Großvater.

»Er hat jemanden getroffen, den er kennt«, erwiderte ich.

»Ah.« Das schien seine Meinung von der Situation zu verbessern. Er lächelte und drückte meinen Arm. »Ich liebe dich, meine Süße.«

Tränen stiegen mir in die Augen, als ich mich zu meiner Großmutter umdrehte. Ihre hellblauen Augen blickten mir direkt in die Seele. »Ich habe von jedem eine schlechte Meinung, der einen meiner Enkel verletzt, das weißt du, nicht wahr?«, sagte sie.

»In diesem Fall müsstest du dann eine schlechte Meinung von mir haben, Großmutter.« Schon wieder.

»Niemals.« Sie umfing mit ihrer kühlen Hand die meine. »Und jetzt musst du unbedingt dein Lächeln wiederfinden, Clementine. Komm uns bald besuchen. Diese Woche.«

»Ja, Großmutter«, versprach ich. Es klang für mich wie Folter.

»Ich liebe dich, mein Kind.«

»Ich dich auch.«

Bevor mich noch jemand an den Rand eines öffentlichen Heulkrampfs bringen konnte, raffte ich mein langes Kleid und eilte zum Hauptausgang. Die Galerie lag nicht an einer Hauptstraße, also würde ich ein bisschen gehen müssen, um ein Taxi zu bekommen, doch das machte mir nichts aus. Gehen war eine Beschäftigung. Und ich brauchte eine Beschäftigung.

Als ich einen halben Block gegangen war, fiel mir ein, dass ich meine Übernachtungstasche in Justins Wagen gelassen hatte. Mit meinem Aufladekabel. Wunderbar.

Ich ging weiter und stellte im Geiste eine Liste der Dinge auf, die ich in diese Tasche gepackt hatte. Was war noch darin gewesen, was ich abschreiben musste? Die kleineren Verluste waren ein paar Hygieneartikel, die ich doppelt hatte. Die großen waren eine gut sitzende Jeans und ein BH, den ich sehr gern gemocht hatte. Aber das war alles ersetzbar. Den einzigen dauerhaften Schaden hatte ich selbst davongetragen.

Ich wusste, dass mir Justin die Tasche wahrscheinlich wiedergeben würde. Wer wollte schließlich die Sachen seiner Ex herumliegen haben? Ex? Musste man dafür nicht ein festes Paar sein? Rückblickend würde ich sagen, dass wir wohl in einer Beziehung gewesen waren. Mein Instinkt hatte mir geraten, genaue Definitionen zu vermeiden, aber wir hatten uns täglich gesprochen oder gesehen, und er war mir unwahrscheinlich wichtig. Oder zumindest war er es gewesen. Meine Augen brannten, und um mich abzulenken, presste ich meine Fingernägel in meine verschränkten Arme.

Vor mir sah ich Taxis über eine Kreuzung fahren. Ich musste eines bekommen und schnell in meine Wohnung gelangen, damit ich endlich losheulen konnte. Ein Fahrer hielt neben mir an, und ich gab ihm meine Adresse, bevor ich die Augen schloss und mich zurücklehnte.

So hatte ich mir den Ball nicht vorgestellt. Ich hatte mich auf einen schönen Abend mit gutem Essen und Tanz gefreut und darauf, anschließend beschwipst zu Justin zu fahren. Unvorstellbar, dass ich mir Gedanken darüber gemacht hatte, er könnte mich in meiner Formwäsche sehen. Jetzt hätte ich mich mit Freuden ins helle Tageslicht gestellt und ihn einen langen Blick darauf werfen lassen, wenn ich nur die Zeit hätte zurückdrehen können, um ihm direkt von Maries Anruf zu erzählen. Oder um ihm von Kalifornien aus zu sagen: »Ich heiße Clementine Daly.«

Meine Finger zitterten, als ich meine Wohnungstür öffnen wollte. Inzwischen rollten mir dicke Tränen über die Wangen, und ich konnte das Schloss nicht richtig sehen.

»Verdammt, verdammt, verdammt …«, murmelte ich. Schließlich gelang es mir, den Schlüssel ins Schloss zu stecken und aufzuschließen. Ich tat drei Schritte ins Wohnzimmer, bevor das erste Schluchzen aus meiner Kehle aufstieg und ich mich hinkauerte und meinen Kopf mit beiden Händen umklammerte.

Ich hasse das, ich hasse das, ich hasse das. Mein Kleid raschelte leise zum Klang meines Weinens, und mir wurde bewusst, wie übertrieben prunkvoll ich für diesen Anlass gekleidet war. Ich musste dieses Kleid ausziehen. Sofort.

Ich konzentrierte mich auf den Haken unter meinem linken Arm. Die Aktion erforderte, dass ich meine Handgelenke auf unangenehme Weise verdrehte. Doch das Kleid weigerte sich einfach, zu kooperieren. Ich zog, ich zerrte, ich schrie vor Frustration, aber der Haken ging einfach nicht auf.

»Komm schon, du dämliches Mistding!«, rief ich und zerrte

fest daran. Ein reißendes Geräusch war die Krönung meines elendigen Abends. Natürlich. Ich verdrehte meinen Hals und sah, dass sich der Haken immer noch in der Öse befand, diese allerdings mitsamt einem Stück Stoff abgerissen war. Zumindest konnte ich das Kleid jetzt ausziehen. Glück im Unglück.

Ich kam unsicher auf die Beine, öffnete den Reißverschluss und ließ das Kleid zu Boden fallen. Dann befreite ich mich aus der dämlichen Formwäsche und meinen hochhackigen Schuhen und konnte zum ersten Mal seit Stunden wieder richtig einatmen. Beim Ausatmen schluchzte ich.

Wie hatte alles nur so schnell schiefgehen können?

20

Zwei Tage. Zwei ganze Tage vergingen, bevor Justin mir eine kurze Nachricht schickte: *Ich bringe heute nach der Arbeit dein Zeug vorbei.*

Ich beschäftigte mich zwei Stunden lang mit der Antwort und schickte am Ende doch nur: *Danke.*

Ich hatte nicht viel geschlafen, seit ich die Gala verlassen hatte. Meine Gedanken waren wie Gummi, während meine Augen und Ohren mehr wahrzunehmen schienen. Die Welt sah völlig übersättigt aus, wie ein Gemälde von Andy Warhol. Ich hatte nicht das Gefühl, die Dinge so zu sehen, wie sie waren.

Ich hatte mich sogar in der Bibliothek krankgemeldet und jemanden gebeten, mich beim Buchclub zu vertreten. Ich wollte nichts tun, außer im Bett zu liegen und alte Filme laufen zu lassen, ohne dass ich wirklich hinsah.

Ich ging nicht davon aus, dass Justin kurz vorher Bescheid sagen würde, also blieb mir nichts anderes übrig, als zu warten. Ich wartete eine Stunde ab dem Zeitpunkt, an dem er frühestens kommen konnte. Dann wartete ich eine Stunde ab dem ersten Moment, in dem er in der Lage gewesen sein konnte, von seinem Büro zu mir zu kommen. Mein Schlafmangel hatte meinen Kopf so schwerfällig gemacht, dass ich mir die Zeit vertrieb, indem ich auf dem Sofa saß und ins Nichts starrte.

Obwohl jede Faser meines Körpers darauf gewartet hatte,

dass er auftauchte, zuckte ich dennoch zusammen, als der Türsummer ertönte. Mir wurde ganz schlecht, während ich zur Gegensprechanlage ging.

»Hallo?«, sagte ich, als wüsste ich nicht genau, wer an meiner Tür klingelte.

»Ich bin's«, sagte Justin.

»Okay.« Ich drückte auf den Türöffner und ließ ihn ins Gebäude. Dann war ich mir unsicher, ob er erwartete, dass ich nach unten kam. Ich biss auf der Innenseite meiner Wange herum und drehte ein paar Mal am Türknauf, ohne zu öffnen. Schließlich machte ich die Tür auf. Er war inzwischen fast am oberen Treppenabsatz angekommen. Als er mich sah, wurde er langsamer, und einer seiner Mundwinkel verzog sich zu so etwas wie einem Lächeln. Oder einer Grimasse.

»Hi«, sagte ich.

»Hi.« Er hob die Tasche. »Hier sind deine Sachen.«

»Danke.« Ich ging mit Beinen auf ihn zu, die sich steif und mechanisch anfühlten.

Er stieg die letzten zwei Stufen hinauf, und wir standen uns gegenüber. Ich griff nicht nach der Tasche, und er gab sie mir nicht. Stattdessen starrten wir uns an.

Meine Brust, die sich den ganzen Tag hohl und gefroren angefühlt hatte, begann plötzlich zu kribbeln. Meine Augen saugten den Anblick seines Gesichts auf wie ein Schwamm. Ich bemerkte die Müdigkeit in seinem Gesicht, nachdem ich mich an seinen Grübchen, dem Bartschatten und seinen umwerfenden blauen Augen sattgesehen hatte. Ich musste meine Hände zu Fäusten ballen, um mich davon abzuhalten, an meiner Unterlippe herumzuspielen.

Er öffnete den Mund, sagte aber nichts.

Anstatt dem Drang nachzugeben, in Tränen auszubrechen

und mich in seine Arme zu werfen, brachte ich hinter mich, was getan werden musste. »Es tut mir wirklich leid … alles.«

Er nickte, sah aber auf einen Fleck am Boden. »Ich weiß.«

»Es gibt keine Entschuldigung.« Meine linke Hand wanderte hoch zur Schulter, doch ich zwang mich, meine Unterlippe in Ruhe zu lassen. »Ich … wünschte nur, ich könnte die Zeit zurückdrehen und neu anfangen.«

Der Hauch eines Lächelns umspielte für einen kurzen Augenblick seine Lippen. »Ja.«

Ich wartete darauf, dass er weitersprach, aber das tat er nicht. *Das war es dann wohl.* »Ich wollte nur, dass du weißt, dass es mir leid tut, und ich hoffe, dass ich die Sache mit Marie nicht zu sehr durcheinandergebracht habe.«

»Hast du nicht. Alles in Ordnung. Sie hat mir einen Job angeboten.«

»Das ist toll.« Ich hätte mehr Begeisterung aufbringen müssen, doch die ganze Unterhaltung schien so sinnlos zu sein. Ich wusste, dass er in ein paar Minuten aus meinem Leben verschwinden würde.

»Ja, na dann … ist ja alles okay, schätze ich. Alles cool zwischen uns.«

Ich zuckte zusammen, als hätte er mich geschlagen. *Alles cool zwischen uns?* Das war mit Sicherheit die abgebrühteste Trennung aller Zeiten. Wenn er mir nicht meine Tasche hätte wiederbringen müssen, hätte er mir wahrscheinlich einfach auf die Mailbox gesprochen und sich den Titel gesichert. Ich blinzelte schnell ein paar Mal hintereinander, um keine nassen Augen zu bekommen, und starrte auf die Wand. Einen Moment später war ich wieder in der Lage, zu sprechen. »Okay.«

»Hör mal, ich war bei der Gala ein wenig hart. Ich habe ein paar Dinge gesagt, die ich nicht so gemeint habe.«

Ich zwang mich zu einem Lächeln. »Nein, du hattest jedes Recht dazu. Ich hätte das Gleiche getan.« Er wirkte nicht erleichtert, also ließ ich mein Lächeln noch tiefer werden und nickte. »Wirklich.«

»Tja, dann …«, begann er.

»Ja, danke, dass du mir mein Zeug gebracht hast.«

Seine Kiefermuskeln spannten sich an. »Klar.«

Ich griff nach der Tasche, und er ließ mir den Griff in die Hand rutschen, ohne mich zu berühren. Mir war gar nicht klar gewesen, dass ich auf diesen letzten kleinen Körperkontakt gehofft hatte. Die verpasste Gelegenheit ließ mir wieder Tränen in die Augen schießen. Ich nahm die Tasche mit beiden Händen und blickte zu seinem Kinn hoch. Höher konnte ich einfach nicht gucken.

»Justin, ich …« Was? Was könnte ich in diesem Moment noch zu ihm sagen? Dass es mir leid tat, mich wie eine Idiotin aufgeführt zu haben? Dass ich noch nie etwas so Dummes in einer Beziehung getan hatte und ich absolut verstand, warum er ging? Dass mein Herz ohne ihn nie wieder dasselbe sein würde? Dass ich ihn vielleicht liebte? »Ich hoffe, dass in deinem neuen Job alles klappt.«

»Ja.« Er zögerte und schien innerlich etwas auszufechten. Dann fragte er: »Hast du den Job bei *KitchenSink* angenommen?«

Die Frage kam so aus dem Nichts, dass ich einen Moment brauchte, um sie zu verarbeiten. »Nein, ich … ich habe noch nicht geantwortet.«

Er runzelte die Stirn. »Das solltest du aber.«

»Es ist … kompliziert.«

»Eigentlich nicht.«

»Meine Familie …«

»Nicht. Benutze das nicht als Ausrede. Hier geht es um dich.«

Ich streckte meine Hand aus, Innenfläche nach oben, obwohl ich keine Ahnung hatte, was ich da tat. Er berührte meine Fingerspitzen mit seinen und strich mit seinem Daumen darüber. Dann beugte er sich vor und küsste meinen Mundwinkel. Ich schloss die Augen und drückte mich leicht an ihn. Ich wollte ihn so schrecklich gern umarmen und einen weiteren Kuss von ihm bekommen. So viele, wie er zu geben bereit war.

Aber ich tat es nicht. Ich vergrub dieses Verlangen tief in mir und beschränkte mich darauf, über sein Handgelenk zu streichen, als ich meine Hand zurückzog.

»Dann gehe ich jetzt mal«, sagte er.

Ich nickte. »Okay.«

Er blinzelte mich an und schien über etwas nachzudenken, trat aber schließlich zwei Schritte zurück und wandte sich zum Gehen. Ich sah zu, wie er die Treppe hinunterstieg, während ich innerlich zerbrach. Nachdem er aus meinen Augen verschwunden war, begann mein ganzer Körper zu zittern. Meine Tasche rutschte mir aus der Hand, und ich zitterte zu stark, um sie wieder aufzuheben. Dann hörte ich, wie die Haustür hinter Justin ins Schloss fiel, und ich schloss die Augen.

»Bis dann«, flüsterte ich.

Spät am Abend wurden mir meine überdrehten Gedanken und meine leere Wohnung zu viel, also ging ich hinunter und klopfte an Alans Tür.

»Mann, siehst du scheiße aus«, stellte er fest, als er die Tür öffnete.

»Ich hab in letzter Zeit nicht viel geschlafen.«

»Sag deinem Galan, er soll dir mal eine Nacht freigeben«, scherzte er.

»Das dürfte kein Problem mehr sein.«

»Whoa, whoa, whoa. Moment. Was bedeutet das?«

Ich erzählte ihm die ganze schäbige Geschichte und heulte dabei wie ein Schlosshund. Währenddessen führte er mich in seine Wohnung und reichte mir ein langes Stück Toilettenpapier, mit dem ich mir die Nase putzen konnte.

»Meine Güte. Das hast du ja echt ganz schön verbockt.«

»Ich weiß.« Ich erzählte ihm von dem kurzen Treffen vor meiner Tür. »Ich denke, Justin Mueller ist damit offiziell Geschichte.«

»Er hat dich geküsst?«

»Genau hier?« Ich zeigte auf meinen Mundwinkel. »Es war praktisch meine Wange.«

»Okay, ich kenne mich bei Heteros vielleicht nicht so gut aus, aber das klingt überhaupt nicht nach ›Ich hasse dich, ich bin fertig mit dir‹.«

»Tu mir das nicht an, Al. Ich würde wegen einer solchen Geschichte auch mit jemandem Schluss machen«, sagte ich. »Ich darf nicht anfangen, mich da hineinzusteigern. Ich muss nach vorne schauen.«

»Warum?«

»Ich hasse das!« Ich wischte mir über die Augen. »Ich hasse es, dass ich ihn zurück will. Ich hasse es, dass es so verdammt wehtut.« Meine Nase begann zu laufen, und ich schniefte so stark, dass ich Kopfschmerzen bekam. »Ich fühle mich furchtbar.« Ich tupfte mit dem bereits nassen Toilettenpapier an meiner Nase herum. »Ich kann nicht schlafen, ich esse nicht … ich will ihn einfach nur anrufen.«

»Warum tust du es dann nicht?«

Ich warf ihm einen »Oh, bitte«-Blick zu. »Um was zu sagen?«

»›Ich kann ohne dich nicht leben, können wir uns bitte wieder vertragen?‹«

Unter keinen Umständen konnte ich mir vorstellen, ein solches Telefonat zu führen. »Ich habe ihm gesagt, dass es mir leid tut. Er tritt nicht gerade meine Tür ein, um wieder mit mir zusammenzukommen.« Ich verdrehte meine Augen und versuchte, eine aufnahmefähige Stelle an meinem Taschentuch zu finden.

»Na ja, du trittst auch nicht gerade seine Tür ein, um ihm zu beweisen, dass es dir leidtut.«

»Ich habe mich doch entschuldigt. Was soll ich denn noch tun?«

Er schüttelte verwundert den Kopf. »Mann, du bist manchmal so eine Prinzessin.«

»Bin ich nicht!«

»Na gut, du machst es ja nicht absichtlich, also hasst dich deswegen niemand. Es ist irgendwie fast niedlich.«

»Alan.«

»Schon gut. Ich weiß auch nicht. Blumen? Ein singendes Telegramm? Verdammt, du bist reich, kauf ihm ein Auto«, schlug er grinsend vor.

»Ich werde jetzt bestimmt nichts Verrücktes für einen Kerl anstellen, der mich vielleicht überhaupt nicht zurückhaben will.« Ich ließ das widerliche Taschentuch in meinen Schoß fallen und presste meine Hände auf meine Nebenhöhlen. »Oh Mann. Warum zum Teufel sollte er mich überhaupt zurückwollen?« Ich sagte das mehr zu mir selbst, aber Alan hörte es natürlich.

»Verdammt, sei doch nicht so streng mit dir. Ich schwöre dir, wenn du dir mal endlich selbst vergeben könntest, wäre Justin gar nicht so ein Problem.«

»Warum denkt jeder, dass er mit mir wie ein Therapeut reden kann?«

»Ich bin Barkeeper. Wir sind Amateurtherapeuten.«

»Hör auf damit.«

»Nur wenn du versprichst, etwas nachsichtiger mit dir zu sein.«

»Nachsichtig zu mir zu sein, hat mich ja in diese Schwierigkeiten gebracht.«

»Ich dachte, weil du sein Handy gestohlen hast.«

»Was nicht gerade mein klügster Schachzug gewesen ist.«

»Ich weiß nicht. Es schien ihm zu gefallen.«

Was für eine dumme beiläufige Bemerkung, die ich einfach als Versuch, mich aufzuheitern, hätte abhaken sollen. Doch sie blieb mir im Kopf, als ich mit rot verheulten Augen in meine Wohnung zurückkehrte. Sie nistete sich in meinen Ohren ein, als ich ins Bett kroch und mich auf einen weiteren Film sinnloserweise zu konzentrieren versuchte. Am nächsten Morgen war sie immer noch da und tauchte gelegentlich in meinen Gedanken auf.

Ich könnte noch mal sein Handy stehlen.

Im Licht des nächsten Tages schien Diebstahl eine weniger gangbare Lösung zu sein. Tatsächlich klang sie dämlich. Aber es schien unmöglich, nichts zu tun, denn jedes Mal, wenn ich auf mein Handy schaute, wurde ich zwangsläufig an ihn erinnert. Ich wollte, ich könnte alles bereuen, mir wünschen, dass ich nie über seinen Koffer gestolpert und in seine umwerfend blauen Augen geblickt hätte. Aber das war unmöglich. Ich konnte ihn nicht aus meinem Herzen verbannen, wie sehr ich es auch in den letzten Tagen versucht hatte.

Mir blieb nur die Hoffnung, dass er ebenfalls noch nicht bereit war, mich abzuschreiben.

»Was zum Teufel mache ich hier?«, flüsterte ich, während ich mein Handy hervorholte und Justins Namen aufrief. Die Pause vor dem ersten Klingeln kam mir vor wie ein Jahr. Meine Hand zitterte an meinem Ohr. Ich versuchte, normal zu atmen, aber anscheinend hatte eine unbekannte Macht allen Sauerstoff aus meiner unmittelbaren Reichweite entfernt.

Es klingelte zum dritten Mal. Die Mailbox würde sich melden. Panik. *Soll ich draufsprechen? Er wird meine Nummer so oder so in seiner Anrufliste sehen. Aber was, wenn er mich zurückruft, wenn ich nichts draufspreche? Das könnte funktionieren! Aber was, wenn er mich nicht zurückruft? Wie lange muss ich warten, bevor ich es noch mal versuchen kann?*

Es begann zum vierten Mal zu klingeln. »Hallo?«

Meine Knie wurden zu Pudding. Ich sank auf das Sofa und kniff die Augen zu. »Justin?«

»Clementine.«

Mein Name klang so gut aus seinem Mund. »Ja. Hi. W-wie geht es dir?«

»Okay.« Er zögerte. »Und dir?«

Ich drehte mein Gesicht mit geschlossenen Augen zur Decke. »Ich … ich … wärst du bereit, dich mit mir zum Mittagessen zu treffen?«

Es folgte eine lange Pause, die mich bereuen ließ, gefragt zu haben. »Ich hab ziemlich viel zu tun.«

»Oh.«

»Aber vielleicht morgen.«

Ich sackte vor Erleichterung zusammen, bis meine Ellbogen auf meinen Oberschenkeln lagen. »Okay. Gut.«

Wir machten einen Ort und eine Uhrzeit aus.

»Okay, bis dann«, sagte ich.

»Okay.«

Wir beendeten das Gespräch, und ich gestattete mir eine Runde tränenloses Schluchzen, bevor ich mich mit einem langen brennenden Atemzug wieder zusammenriss. Noch einen Tag, bis ich versuchen konnte, diese Sache in Ordnung zu bringen. Einen weiteren Tag konnte ich noch aushalten.

21

An diesem Abend war ich bei meinen Großeltern zu Hause eingeladen. Ich hatte keine lange Vorlaufzeit gehabt und sah immer noch furchtbar aus, aber ich wusste, dass ich mich zeigen musste. Und seltsamerweise fühlte ich mich wegen meines derangierten Aussehens weniger nervös als normalerweise. Vielleicht hatte ich nicht mehr die Energie, mir deswegen Gedanken zu machen. Vielleicht war mir inzwischen auch alles egal geworden. So oder so tauschte ich meinen Pyjama gegen die Jeans, die ich von Justin zurückbekommen hatte, und ließ es damit gut sein.

Luis begrüßte mich mit seinem üblichen Enthusiasmus, und ich gab ihm den obligatorischen Kuss auf die Wange, aber er musste gespürt haben, dass ich nicht in der Stimmung war, zu plaudern, denn er ließ mich fast die ganze Fahrt durch meine Sonnenbrille aus dem Fenster starren. Als wir auf die Dearborn Street einbogen, fragte er nur: »Kann ich irgendetwas für dich tun, Clementine?«

»Nein danke, Luis.«

»Du siehst heute Abend nicht besonders glücklich aus, Süße.«

»Ich werde schon wieder. Versprochen.« Ich zwang mich, ihm im Rückspiegel zuzulächeln.

Meine Großeltern saßen beide im oberen Salon, als ich eintraf. Vor ihnen stand ein leerer Stuhl. Es war einer von den steifen Queen-Anne-Stühlen, auf denen normalerweise niemand saß, und ich bekam das Gefühl, dass ich verhört werden sollte. Die ersten Anzeichen einer Panik sickerten durch meine Adern, aber ich weigerte mich, ihr nachzugeben. Also begrüßte ich beide im üblichen lauten Tonfall und nahm auf dem Stuhl Platz, der so offensichtlich für mich dort hingestellt worden war.

Meine Großmutter brach das Eis mit einer scheinbar harmlosen Frage. »Clementine, es war eine solche Überraschung für uns, dich am Samstag auf der Gala zu sehen. Warum hast du uns nicht gesagt, dass du da sein würdest?«

»Mir war nicht klar, dass ihr da sein würdet«, antwortete ich. »Ich habe meinen Freund begleitet.«

»Den, den wir getroffen haben«, sagte sie.

Es war das alte Spielchen. Sie hatten all diese Informationen schon. Wir hatten diese Unterhaltung bereits auf der Veranstaltung geführt, Herrgott noch mal. Ich hätte es auf Vergesslichkeit in ihrem fortgeschrittenen Alter geschoben, doch da ich dieses Ritual als Kind so oft erlebt hatte, wusste ich, dass es nichts Neues war. Ich kannte meine Rolle gut. Ich sollte jede einzelne Frage beantworten, die mir gestellt wurde, und durfte mich dabei auf keinen Fall in Lügen verstricken. Aber meine Geduld war an diesem Punkt durch die Ereignisse der letzten Tage bereits ziemlich aufgebraucht. Also kam ich direkt zur Sache.

»Er heißt Justin. Wir haben uns am Flughafen getroffen. Du erinnerst dich vielleicht, dass ich dir gesagt habe, ich hätte mein Handy verlegt. Und das stimmte auch irgendwie. Ich habe dir nur nicht gesagt, dass ich es aus Versehen mit jemand anderem vertauscht hatte. Justin hatte meins, und ich hatte seins.«

»Wie konntest du nur so gedankenlos sein?«, fragte mein

Großvater. »In was für Schwierigkeiten hast du dich jetzt wieder gebracht?«

Ich schloss kurz meine Augen und schob die Erinnerung an jenen Tag im Daly Tower und die für alle sichtbaren Nacktbilder von mir beiseite. »Ich bin nicht in Schwierigkeiten«, sagte ich, ein bisschen zu heftig. »Es war eine einfache Verwechslung, und es ist nichts passiert. Ihr müsst euch keine Sorgen machen.«

»Wie kannst du dir da so sicher sein? Was weißt du überhaupt über diesen Justin? Hast du nicht gesagt, dass er für eines unserer Magazine schreibt? Du solltest es eigentlich besser wissen, als dich mit jemandem von der Presse einzulassen.«

»Er schreibt über Trampolinparks und Sonnenschutzmittel!«, protestierte ich. »Er ist kein Klatschreporter.«

»Man kann nie vorsichtig genug sein, Clementine. Nicht alle geben sich mit einem Scheck und einem neuen Handy zufrieden, so wie dein letzter Freund.«

»So ist Justin nicht. Vertraut mir.«

»Das würden wir ja gerne.« Großmutter machte eine dramatische Pause. Sie musste nicht laut aussprechen, wie es weiterging: *Aber das können wir nicht.*

Ich wollte schreien. Ich wollte brüllen, dass ich keine naive Neunzehnjährige mehr war. Dass ich bewiesen hatte, dass ich perfekt mit einer digitalen Präsenz umgehen konnte, ohne mich oder meine Familie zu beschämen. Dass ich niemals ein normales Leben führen könnte, wenn sie es mich nicht versuchen ließen.

Stattdessen biss ich die Zähne aufeinander und versteckte mich zwei Atemzüge lang hinter geschlossenen Lidern, um Haltung zu bewahren. Als ich dachte, dass ich wieder sprechen konnte, ohne zu schreien oder zu weinen, öffnete ich meine Augen wieder. »Tja, darüber müsst ihr euch keine Sorgen mehr machen, weil es ohnehin vorbei ist.«

»Ich hoffe, das bedeutet, dass du ihm nicht auch Nacktbilder geschickt hast, denn sonst ist es vielleicht nicht so vorbei, wie du denkst.«

Mir wurde vor Wut ganz heiß im Nacken. »Das habe ich nicht.« Ich sagte jedes Wort so deutlich, wie ich konnte, und hoffte, dass nicht zu sehr zu hören war, wie wütend ich war. Diese Unterhaltung drohte umzukippen, und ich wollte nicht die Kontrolle darüber verlieren. »Ich wollte euch mitteilen, dass ich ein Jobangebot bekommen habe. Und ich werde es annehmen.«

Der Gesichtsausdruck meines Großvaters hellte sich erheblich auf. »Wirklich? Wie ist es dazu gekommen?«

Es war an der Zeit, ihnen reinen Wein einzuschenken.

22

Ich stand eine Viertelstunde zu früh vor Justins Bürogebäude, also blieb mir nichts anderes übrig, als zu warten und dabei locker zu wirken. Wir hatten ausgemacht, uns an der Ecke zu treffen, aber ich wusste nicht, aus welcher Richtung er kommen würde. Daher war es nicht ganz einfach, so locker zu wirken, wie ich gedacht hatte. Irgendwann ging ich einfach dazu über, den Passanten nicht im Weg zu stehen oder verdächtig auszusehen.

Trotz all meiner Bemühungen erschreckte er mich. Als ich gerade nach links sah, tippte mir jemand von rechts auf die Schulter. Reflexartig zuckte ich zusammen und presste den Ellbogen gegen meine Handtasche.

»Hi«, sagte er.

»Hi.« Ohne dass ich etwas dagegen tun konnte, schaute ich ihn wie ein Hundewelpe an.

Er hielt eine Hand zwischen uns, schien aber nicht genau zu wissen, was er mit ihr anstellen sollte. Also strich er mit seinen Fingern über meinen Arm. »Schön, dich zu sehen.«

»Ebenso.« Ich wollte meine Arme um ihn schlingen und in Tränen ausbrechen, aber stattdessen drückte ich seine Hand.

»Wir sollten los. Es tut mir leid, aber ich habe nur eine halbe Stunde.«

»Na klar.« Einen Block lang gingen wir schweigend nebeneinander her. Ich ließ meinen Arm lose zwischen uns hängen. An einer Ampel trat ich näher an ihn heran, um jemanden vorbeizulassen, und unsere Handrücken berührten sich. Justins Finger verschränkten sich mit meinen. Mein Herz begann wild zu klopfen. Gab es eine Chance?

»Wolltest du mit mir über etwas ganz Bestimmtes sprechen?«, soufflierte Justin, während er seine Finger wieder zurückzog.

»Ich habe meinen Großeltern von meinem Buchblog, dem Jobangebot und allem anderen erzählt. Alles.« Ich zuckte vor meinen eigenen Worten zurück. *Warum hatte ich nur damit angefangen?*

Er sah mich verwirrt an. »Oh. Das ist toll.«

Es wurde grün, und wir marschierten wie die Lemminge über die Straße. »Es tut mir leid, aber das war eigentlich nicht das, was ich sagen wollte.«

Er antwortete nicht, legte aber seine Hand auf meinen unteren Rücken, um mich nach links zu manövrieren. Ich bekam eine Gänsehaut. Als er mich losließ, wollte ich seine Hand ergreifen und gegen diese Stelle pressen.

»Okay, die Sache ist die …« Ich musste den Straßenlärm übertönen und hatte das Gefühl, meine intimsten Gedanken durch ein Mikrofon zu brüllen. »Die Sache ist die, es tut mir wirklich leid.«

Er sah mich an. »Ja, das sagtest du schon.«

»Aber ich glaube, dass du es nicht verstanden hast.« Ich ergriff sein Handgelenk, und wir blieben stehen. Einige irritierte Passanten schwärmten um uns herum, und Justin manövrierte uns aus dem Verkehrsfluss.

»Ich habe es verstanden.«

»Ich wollte dich niemals verletzen«, sagte ich. »Es war so bescheuert …« Ich musste wegsehen, um nicht in Tränen auszubrechen. »Es war nur …« Hilflos hob ich die Hände. »ich weiß auch nicht, ich habe immer weiter die falschen Dinge getan und es hat funktioniert …«

»Was waren das denn für Dinge?«, fragte er.

»Du meinst, außer dein Handy mit nach Kalifornien zu nehmen, mit dir Telefonsex zu haben, bevor wir uns überhaupt persönlich getroffen hatten, und beim ersten Date mit dir zu schlafen?«

»Zumindest war es ehrlich.«

Autsch. Das hatte ich wahrscheinlich verdient. »Ich hab dich wirklich gern. *Wahnsinnig* gern«, korrigierte ich. »Vielleicht mehr als irgendjemanden seit langer Zeit.« Innerlich wusste ich, dass es feige war, ihm nicht zu sagen, dass ich ihn liebte, aber selbst dieses Geständnis bereitete mir schon Höllenqualen. »Also habe ich etwas total Bescheuertes getan, denn ich wollte dich nicht verlieren.«

Er seufzte. »Lass uns etwas essen gehen.«

»Was?« Ich offenbarte ihm hier auf der Straße meine Seele, und er wollte einen Burger? *Was sollte das?*

»Ich muss trotzdem etwas essen. Das ist nun einmal meine Mittagspause.« Er ging wieder los, und mir blieb nichts anderes übrig, als mitzugehen. Ein paar Meter weiter öffnete er die Tür zu einem Imbiss und bedeutete mir, zuerst hineinzugehen.

Ich ging zur Theke und bestellte eine Cola. Die Vorstellung etwas zu essen war absurd. Justin bestellte sein Mittagessen und ging zu einem kleinen Tisch, wo er ein kleines Schild mit der Aufschrift »34« hinstellte.

»Weißt du, ich könnte verstehen, warum du mir deinen richtigen Namen nicht sagen wolltest«, sprach er weiter, als hätten wir keine Pause für so etwas Banales wie Essen gemacht. »Auch wenn es ziemlich … scheiße war.«

»Ich weiß.« Ich zupfte im Schoß an meinen Fingern herum, während Justin den Salzstreuer wählte, um ihn zwischen seinen Händen hin und her zu drehen.

»Dafür zumindest gibt es einen Grund. Doch mir nicht von Maries Anruf zu erzählen? Das beweist nur, dass du mir nicht traust.«

»Glaub mir, das war das Dämlichste, was ich in meinem ganzen Leben jemals gemacht habe.«

»Wenn du das sagst«, erwiderte er.

Ungeachtet der Tatsache, dass es bei diesem Gespräch darum ging, zu Kreuze zu kriechen, wurmte mich das. »War es«, sagte ich, dieses Mal ein wenig nachdrücklicher. »Und du kannst mir wirklich glauben.«

Er sah zwar nach unten, entschuldigte sich aber nicht. Ein angespanntes Schweigen machte sich breit, bis eine gehetzte Bedienung Justins Bestellung brachte.

»Also, nimmst du meine Entschuldigung an?«, fragte ich, als die Kellnerin weg war.

Er biss in seinen Burger und dachte beim Kauen darüber nach. Mir fing an schlecht zu werden, als ich sah, wie der Senf vom Brötchen tropfte. Um mich abzulenken, nahm ich einen Schluck Cola.

»Spielt das eine Rolle?«

»Natürlich spielt es eine Rolle.«

»Damit du dich besser fühlen kannst?« Er biss noch einmal von seinem Burger ab und beobachtete meine Reaktion mit teilnahmslosem Gesicht.

Ich konnte meine Irritation nicht mehr länger für mich behalten. »Benimmst du dich absichtlich wie ein Arsch?«

Er zog eine Augenbraue in die Höhe. »Vielleicht.«

»Aber warum? Ich bin hergekommen, um dir zu sagen, dass

es mir leidtut und dass ich dich vermisse, und jetzt frage ich mich langsam, warum eigentlich.«

Der Trotz wich aus seinem Blick. »Du *vermisst* mich?«

Ich lehnte mich zurück und verschränkte die Arme vor der Brust. »Das war es, was ich dir sagen wollte.«

»Du hast eine komische Art, das zu zeigen.«

»Du meinst, es dir zu sagen?«

Er legte seinen Burger ab und lutschte sich Senf vom Daumen. »Du hast mich nach dieser dämlichen Gala nicht einmal angerufen. Hätte ich da verstehen müssen, dass du mich vermisst?«

»Du bist mir aus dem Weg gegangen. Du hast mir gesagt, dass du nicht mit mir sprechen willst.«

»Ich war sauer.«

»Ja, das hab ich mitbekommen.« Innerlich zitterte ich wieder, aber dieses Mal war eine Menge Wut dabei.

»Na, was hast du denn gedacht, was passieren würde? Du hast mir nicht vertraut.«

»Ich wollte ja. Aber kurz nachdem wir uns kennengelernt haben, hast du meine Telefonnummer einer anderen Frau gegeben.«

»Ich habe dir gesagt, dass du mich fragen kannst, was du willst. Warum hast du nicht einfach gefragt?« Er schob seinen roten Plastikteller von sich. »Das habe ich davon, dass ich mich dir gegenüber geöffnet habe.«

»Ich habe eben einen Fehler gemacht. Ich bin auch nur ein Mensch.«

»Und warum zum Teufel hast du mich dann nicht vorher angerufen? Als ich dir die Tasche vorbeigebracht habe, warst du eiskalt zu mir.«

»Ich dachte, dass du mit mir Schluss machst.«

Er runzelte die Stirn und kramte sein Handy aus der Tasche. Er warf einen Blick auf das Display, legte es auf den Tisch und ignorierte, wer auch immer gerade anrief. »Ich war mir nicht einmal sicher, ob du da sein würdest, wenn ich auftauche. Aufgrund deines Verhaltens herrschte ja totale Funkstille zwischen uns.«

»Du hast mich doch auch nicht angerufen.«

»Ich schätze, der Ball lag in deinem Spielfeld«, sagte er.

»Ich dachte, es wäre vorbei.«

»Und warum?«

»Darum!« Ich warf die Papierhülle meines Strohhalms zusammengeknüllt nach der Ketchupflasche. »Weil ich sofort Schluss machen würde, wenn jemand so etwas mit mir abziehen würde.«

»Und das …« Er tippte den Salzstreuer auf den Tisch. »… ist der Grund, warum ich heute absichtlich ein Arsch bin.«

»Warum?«

»Weil ich mir wie ein Idiot vorkomme, dass ich so auf mein Herz gehört habe, obwohl du es nicht getan hast.«

»Doch, das habe ich.«

»Du hast mir einen falschen Namen genannt.«

»Und ich fühle mich schrecklich deswegen. Aber du musst doch auch verstehen, warum ich es getan habe.«

»Dir schien es ganz egal zu sein, als ich dich am Montag gesehen habe.«

»Das nennt man Würde. Ich wollte nicht, dass du denkst, ich wäre am Boden zerstört.«

»Und warst das? Am Boden zerstört?«

Ich sah ihn an, bis meine Augen von dem Versuch, nicht zu weinen, zu brennen begannen. Ich blickte auf den Serviettenhalter und sagte schlicht: »Ja.«

»Es wäre nett gewesen, das zu wissen.«

»Ich sage es dir doch jetzt.« Ich sah ihn wieder an und hoffte, einen Hauch Verständnis in seinen Augen zu entdecken.

Er lehnte sich zurück und trommelte mit den Fingern auf der Tischkante herum. »Du hast dafür gesorgt, dass ich das Gefühl hatte, mir uns nur eingebildet zu haben.«

Mich überlief ein eiskalter Schauer.

In diesem Moment der Klarheit war ich wieder fünf Jahre alt und musste zusehen, wie meine Eltern aus der Haustür meiner Großeltern gingen, mit Vietnam als Ziel. Ich weinte bitterlich. Da sagte meine Großmutter: *Es ist entschieden, meine Süße. Es ist sinnlos, sich etwas zu wünschen, was man nicht haben kann.*

Nach dieser traumatischen Erfahrung – ganz zu schweigen von der Zack-Geschichte – hatte ich den Teil von mir stillgelegt, der irgendetwas fühlte. Als ob ich ein Buch zugeklappt hätte. Ich hatte gelernt, den Schaden zu begrenzen und weiterzuziehen, bevor mich noch jemand verletzen konnte.

»Das habe ich«, flüsterte ich.

Er schien nicht zu wissen, was er darauf sagen sollte.

Mein Herz fühlte sich geschwollen an, als ob es meine Brust, meinen Bauch und meine Kehle ganz ausfüllen würde. Es hämmerte fest genug, um meine Finger und meinen Blick zittern zu lassen. Ich wollte in Justins Arme kriechen, um dort den Schmerz der Offenbarung über mich ergehen zu lassen, was irgendwie interessant war. Ein kleiner Teil von mir war in der Lage, sich aus dem Moment zu lösen und erstaunt festzustellen, dass ich zum ersten Mal in meinem Leben nicht den Drang verspürte, meine Unsicherheit zu verstecken und in den Seiten einer Geschichte von jemand anderem zu vergraben. Stattdessen wollte ich, dass er mir half, sie zu ertragen, und mir sagte, dass er mich verstand. Ich wollte ihm sagen, dass ich ihm so etwas niemals wieder antun würde, wenn er mir nur die Chance geben würde, es zu beweisen.

Aber bei dem Lärm eines vollen Burgerladens zur Mittagszeit konnte ich nur zu ihm aufsehen und hoffen, dass er etwas davon in meinem Blick erkannte.

»Sieh mal«, sagte er, und ich verzog mein Gesicht. Auf diese Worte konnte nichts Gutes folgen. »Es ist schon okay. Ich bin ohnehin keine langfristigen Beziehungen gewöhnt. Es gibt einen Grund, warum meine Freunde so erstaunt waren, dich kennenzulernen. Ich habe normalerweise keine festen Freundinnen.« Er nahm die Papierserviette in die Hand und begann, einen kleinen Streifen abzureißen.

Ich schüttelte den Kopf. »Aber das muss doch nicht so sein.«

»Es war abzusehen, dass einer von uns etwas Dämliches macht.«

»Ich dachte, wir hätten bereits festgestellt, dass ich es war.«

Er lächelte. »Etwas echt Dämliches.«

Das Lächeln entwaffnete mich. Mein überarbeitetes Herz schmolz dahin. Ich musste ihn von meiner Aufrichtigkeit überzeugen. »Und noch einmal«, sagte ich und legte eine Hand auf mein Herz. »Das war ich. *Mea culpa*.«

Er schloss für einen Moment seine Augen. »Clementine, bitte …«

»Was?«

»Sprich nicht Latein, okay?« Er rieb sich mit beiden Händen sein Gesicht. »Sei nicht so klug und so verdammt liebenswert.«

Ich spürte meine Chance und streckte meinen Arm über den Tisch hinweg aus, um seine Hand zu berühren. »Ich werde dich niemals wieder verletzen, das verspreche ich dir.« Er duldete meine Fingerspitzen auf seiner Hand. Jeder Kontaktpunkt strahlte Wärme aus. »Bitte …«

»Es gibt nur eine Möglichkeit, wie ich mir dessen sicher sein kann.« Seine Hand entzog sich meiner.

»Justin …« Ich streckte sie nach ihm aus, als er aufstand, doch er war schon außerhalb meiner Reichweite.

»Tut mir leid, Clementine. Wirklich.« Er zögerte kurz, dann beugte er sich vor und küsste mich so schnell, dass ich keine Zeit zum Reagieren hatte. Dann war er fort.

Mit leerem Kopf sah ich zu, wie er den Imbiss verließ. Ich hatte geglaubt, Fortschritte zu machen. Ich dachte, dass er kurz davor sei, mir zu vergeben, und dass wir neu anfangen würden. Es war mir nicht in den Sinn gekommen, dass ich allein an diesem Tisch zurückbleiben würde.

Steh auf.

Unsicher kam ich auf die Beine.

Geh ihm nach. Gib jetzt nicht auf, du Idiotin.

Während ich in meiner Tasche nach Kleingeld kramte, sah ich plötzlich Justins Handy auf dem Tisch liegen. Meine Absicht, Trinkgeld zu geben, war vergessen. Ich schnappte mir das Handy und lief zur Tür des Restaurants.

»Justin!«, rief ich, als ich auf der lärmerfüllten Straße war. Er war außerhalb meiner Rufweite, aber ich sah ihn noch.

Ich drängte mich durch den Strom der entgegenkommenden Passanten. »Justin!«, rief ich, erneut ohne Resultat.

Dann, als wäre ich in die Idee hineinmarschiert, blieb ich stehen. Ich wusste, was ich zu tun hatte. Ich kramte mein Handy aus der Tasche und zog die orangefarbene Schutzhülle ab. Ich wiederholte die Prozedur mit seinem Handy und vertauschte die Hüllen. Dann stopfte ich alles wieder in meine Tasche und lief Justin nach.

Ich musste ihm den ganzen Weg bis zur Lobby seines Bürogebäudes folgen, bevor er endlich hörte, dass ich seinen Namen rief. Er drehte sich mit einem Gesichtsausdruck um, der zu sagen schien: *Ist sie denn jetzt vollkommen übergeschnappt?*

»Das hast du vergessen«, sagte ich und gab ihm mein verkleidetes Handy.

Automatisch klopfte er seine Taschen ab. »Verdammt. Ähm … danke.«

»Kein Problem.« Unsere Hände berührten sich, als er das Handy von mir entgegennahm. »Ich bin nur froh, dass ich dich noch erwischt habe.«

»Ich muss jetzt weiterarbeiten.«

Ich nickte. »Ich weiß.«

Er sah mich an, als würde er mein Gesicht nach einem Geheimnis absuchen. Ich wusste nicht, was er sah. »Ich schätze …« Er zuckte mit den Schultern.

»Vielleicht rufst du mich mal an? Wenn du magst«, sagte ich. »Du weißt ja, wo du mich finden kannst.«

»Clem–«

»Nur, wenn du willst.« Ich hob beide Hände. »Versprochen.«

»Ich muss los.«

»Klar.« Ich ließ ihn in Richtung Aufzüge gehen, während mir das Herz bis zum Hals schlug. Verzweifelt hoffte ich, dass mein Handy nicht klingelte, während ich noch in Sicht war. Der Nervenkitzel des Austauschs wurde von Schuldgefühlen abgelöst. »Justin?«, rief ich ihm nach.

Er drehte sich zu mir um.

Ich ging zu ihm und stellte mich auf die Zehenspitzen, um ihn zu küssen. »Bitte hasse mich nicht.«

»Tu ich nicht.« Sein Gesichtsausdruck wurde sanft. »Kann ich gar nicht.«

»Gut.« Ich stahl mir einen weiteren Kuss und drehte mich um. Dann eilte ich durch den Haupteingang, um etwas Distanz zwischen mich und seine erste falsche Nummer zu bringen.

Bitte lass es funktionieren.

23

Angetrieben von Adrenalin winkte ich einem Taxi und warf mich auf den Rücksitz. Was hatte ich getan? Als sich die Gelegenheit ergeben hatte, sein Handy zu stehlen, war es mir wie ein vernünftiger, geradezu notwendiger Plan vorgekommen. Doch während ich jetzt nervös vom Rücksitz meines Quasi-Fluchtautos den Verkehr beobachtete, kam mir das, was ich getan hatte, eher idiotisch vor. Alles was ich wollte, war eine weitere Gelegenheit, mit ihm zu reden.

Und jetzt hast du sein Handy, und was wirst du ihm sagen? Es war eine angemessene Frage. Als vollkommener Neuling auf dem Gebiet, jemanden zurückzuerobern, hatte ich keine Ahnung, wie ich an die Sache herangehen sollte. Ich hatte gesehen, wie Freunde es versucht hatten, und das war öfter nach hinten losgegangen, als dass es geklappt hatte. Diese Dinge wusste ich: Betteln und heulen würden nicht funktionieren. Auch keine kaum verhüllten Drohungen oder düstere Vorhersagen über Justins zukünftiges romantisches Potenzial. Nicht dass ich mir überhaupt vorstellen konnte, eines von diesen Dingen zu tun.

Ich wusste, dass er Offenheit mochte. Wir hatten uns schließlich mit Geständnissen verführt. Er hatte mir so viel Offenheit geschenkt. Ich schuldete ihm etwas Ehrlichkeit.

Und wenn es nicht funktioniert? Das war die bessere Frage.

Ich holte meine Schutzhülle und Justins Handy aus der Tasche. Es war eigentlich unnötig, aber ich stülpte die Hülle trotzdem über das Telefon. Ich entsperrte es, um den Batteriestand zu überprüfen und nach Nachrichten zu sehen. Noch keine, außer dem abgelehnten Anruf beim Mittagessen. Ich fragte mich, wie lange es dauern würde, bis er begriff, was ich getan hatte. Und ob er es clever finden und darüber schmunzeln oder jeden seiner Bleistifte auf seinem Schreibtisch entzweibrechen würde.

Vielleicht sollte ich ihm eine Nachricht schicken, bevor er es auf die harte Tour herausfindet. Ich tippte meinen Namen ins Suchfeld. Als meine Nummer angezeigt wurde, stieß ich einen erleichterten Seufzer aus. Mir war es vorher nicht bewusst gewesen, aber irgendwie hatte ich wohl befürchtet, er hätte mich bereits gelöscht. Doch da waren mein Name und meine Handynummer, begleitet von einem Foto, das er mal abends in seiner Wohnung aufgenommen hatte. Auf dem Bild lachte ich und hatte mit einer Hand mein Gesicht halb verdeckt. Ich erinnerte mich, dass ich ihm gesagt hatte, dass er mich nicht fotografieren solle. Er hatte versprochen, es jugendfrei zu halten, und das hatte er – zumindest was Fotos anging. Die Erinnerung formte sich zu einem Knoten in meiner Brust. Oh, wie sehr ich ihn wieder in mein Leben zurückhaben wollte.

Eine Zeitlang versuchte ich mich an einer Nachricht an ihn.

Schon gemerkt?

Ruf mich an, oder dein Handy landet bei den Fischen.

Jetzt MUSST du wohl wieder mit mir reden.

Ich war eindeutig nicht in der Verfassung, eine Nachricht zu schreiben. Währenddessen hatte das Taxi die Kilometer zwischen seinem Büro und meiner Wohnung nur so gefressen. Ich ließ das Handy wieder in meiner Tasche verschwinden und bezahlte den Fahrer. Dann bedankte ich mich und stieg aus. Ohne großen Enthusiasmus ging ich zur Haustür.

Mir war nicht danach, daheim zu sein, aber ich musste sonst nirgendwo hin.

Mitten auf der Treppe erschreckte mich das Summen von Justins Handy an meiner Hüfte. Erleichtert stellte ich fest, dass die Nachricht von jemand anderem war. Als ich meine Tür aufschloss, summte es erneut. Dieses Mal war es Andy. Hatte Justin den Tausch wirklich noch nicht bemerkt? Musste ich ihm eine Nachricht schicken?

Noch einmal wählte ich meinen Namen aus seinen Kontakten aus und schrieb eine Nachricht. *Ich schulde dir ein wenig Ehrlichkeit. Ich beginne hiermit: Ich habe dein Handy gestohlen*. Bevor ich die Zeilen wieder löschen und mein Schicksal weiter herausfordern konnte, drückte ich auf absenden. Jetzt blieb mir nichts, als zu warten.

Ich wusste, dass Justin keine nochmalige tagelange Trennung von seinem Handy ertragen konnte. Wir würden uns in ein paar Stunden treffen, schätzte ich. Vielleicht würde er sogar früher seine Arbeit verlassen, wenn er wütend genug war. Am besten dachte ich nicht weiter über diese Möglichkeit nach.

Nein, ich musste mich eher damit befassen, was zum Teufel ich jetzt sagen sollte, um meine überstürzte Handlung zu rechtfertigen. Die vertauschten Schutzhüllen bewiesen, dass ich es absichtlich getan hatte. Nein, es passte alles zusammen. Motiv, Absicht und Gelegenheit. Wenn ihm danach war, konnte er sogar zur Polizei gehen. Ich hoffte einfach darauf, dass er nicht zu solch extremen Maßnahmen greifen würde.

Je weiter ich mich vom Tatort entfernte, desto irrationaler kam mir mein Plan vor. Als ich ihn mir gestern ausgedacht hatte, war mir bereits klar geworden, dass er vollkommen verrückt war. Irgendwann während unseres unglückseligen Mittagessens war ich von allen guten Geistern verlassen worden. Und jetzt war ich auf einmal an einem Punkt ohne Wiederkehr angelangt und fragte mich, ob ich ihn damit unabsichtlich in Zugzwang gebracht hatte. Wenn ich Justin auch nur ein wenig verstanden hatte – war nun alles vorbei?

Ich kaute auf meinem Daumennagel herum und ließ meine Gedanken Amok laufen. Nie hätte ich gedacht, dass es möglich war, so viele Gedanken gleichzeitig zu haben. Nach ein paar Minuten musste ich mir den Kopf halten, um den Lärm zum Schweigen zu bringen.

Du hast dafür gesorgt, dass ich das Gefühl hatte, mir uns nur eingebildet zu haben. Er hatte recht. So furchtbar recht. Er hatte ja nur fünf Minuten lang bei unserem Treffen vor meiner Tür die Möglichkeit gehabt, die Situation zu beurteilen, und dort hatte ich ziemlich gut vorgegeben, dass mir alles egal wäre. Er hatte keine Ahnung, wie sehr ich mich vor und nach dieser Konfrontation gequält hatte. Er konnte nicht wissen, dass ich mich bei seinem Anblick nur gerade so hatte zusammenreißen können.

Mir war nie zuvor das Herz gebrochen worden, weil ich nie zuvor jemanden wirklich geliebt hatte. Es war ein entsetzliches Gefühl, wenn mein gegenwärtiger Zustand ein Hinweis darauf war. Ich umarmte meine Knie und ließ meine Gedanken nach einem Richtwert für diese Stufe Schmerz suchen. Wieder näherte ich mich in meiner Erinnerung der Abreise meiner Eltern, wagte aber noch nicht, das *sanctum sanctorum* zu betreten. Das war wahrer Schmerz. Schmerz, mit dem ich jeden Tag in meiner Kindheit gelebt hatte. Schmerz, den ich erst nach Jahren hatte identifizieren, bemessen und unter Glas versiegeln können wie ein Museumsstück.

Und hier haben wir böswilliges Verlassen, *eine Leihgabe aus der Daly-Sammlung … Beachten Sie die fünf Zentimeter dicke schusssichere Glasplatte, die das Ausstellungsstück schützt. Miss Daly ist sehr stolz darauf, das Kunstwerk so gut vor äußeren Einflüssen schützen zu können.*

Es war leichter, darüber zu scherzen, als es in Ordnung zu bringen. Wahrscheinlich war es gar nicht in Ordnung zu bringen.

Wieder summte Justins Handy, und ich zog es so schnell heraus, dass es mir fast aus der Hand rutschte. Immer noch nicht er. Sein Handy schien mit unvorhergesehener Regelmäßigkeit zu klingeln. Ich hatte es schließlich schon einmal in meiner Obhut gehabt, und er hatte nie drei Anrufe in einer Stunde bekommen. Ich hatte das schreckliche Gefühl, sein Handy ausgerechnet an einem Tag entführt zu haben, an dem er es dringend brauchte. *Natürlich.*

Ich setzte mich aufs Sofa, legte das Handy auf den Couchtisch und starrte es an. Ich musste mir schnellstmöglich überlegen, was ich sagen wollte. Früher oder später würde es Justin sein, der anrief, und ich musste etwas anderes tun, als herumzustottern und mich zu entschuldigen. Also musste ich mich auf die Wahrheit konzentrieren. Die Frage war nur: Wie lautete sie?

Die Wahrheit lautete, dass ich etwas Dämliches getan hatte, das ich bedauerte und für das ich die Verantwortung übernahm. Doch das war nicht der springende Punkt. Die Wahrheit lautete vielmehr, dass ich viel mehr Schaden dadurch angerichtet hatte, dass ich mir Justin einfach durch die Finger hatte gleiten lassen, weil ich davon ausgegangen war, dass Justin so reagieren würde, wie ich es getan hätte. Dass er einen An- und Ausschalteknopf hatte, so wie den, den ich entwickelt hatte. Warum in etwas investieren, das nicht von Dauer sein kann?

Warum? Weil sich herausgestellt hatte, dass einige Dinge – einige Menschen – es wert sind, in sie zu investieren. Wenn nichts davon jemals passiert wäre – wenn sich Marie nie auf meinem Handy gemeldet hätte –, hätte ich zugelassen, mich richtig in Justin zu verlieben. Ich wäre bereitwillig auf den Boden dieses Ozeans gesunken. Doch die Wahrheit lautete, dass er schon morgen aus dem Auto steigen und von einem Bus überfahren werden konnte. Dann wären all meine Investitionen und mein Herz ebenfalls verloren und das ohne mein Zutun.

Ich konnte mich nicht Hals über Kopf in Justin verlieben, ohne das Risiko einzugehen, ihn zu verlieren. Warum war das so schwer zu verstehen? Warum fiel es mir so schwer, das in die Praxis umzusetzen?

Und genau in diesem Moment summte das Handy erneut. Auf dem Display erschien mein Foto. *Anruf von Clementine.*

24

»Hi«, sagte ich.

»Ich fasse es einfach nicht, dass du mein Handy gestohlen hast.« Er sprach leise und angespannt.

»Ich weiß, tut mir leid.«

»Was zum Teufel hast du dir dabei gedacht?« Der gedämpfte Tonfall ließ mich denken, dass er nicht weit von anderen Leuten entfernt war.

»Jetzt habe ich deine Aufmerksamkeit, oder?«

»Das ist nicht witzig.«

»Ich weiß.«

»Ich brauche mein Handy zurück.«

»Willst du, dass ich es dir bringe?«

»Bist du in der Nähe?«

»Äh, nein. Ich bin zu Hause.«

»Meine Güte, Clementine. Was in aller Welt hat dich dazu gebracht?«

»Ich hatte meine Gründe.« *Auch wenn sie vollkommen verworren sind.*

»Ich brauche mein Handy.«

»Ich hab doch schon gesagt, dass ich es dir bringe.«

»Ich bin schon auf dem Weg zu dir.«

»Oh.« Aus irgendeinem Grund überraschte mich das. Ich biss mir auf die Lippe. »Tut mir leid.«

»Das sagst du dauernd.« Das Gespräch wurde abrupt unterbrochen, und mein Magen fühlte sich an, als sei er voller Steine.

Ich erwartete, dass er wütend war. Ich hoffte aber auch auf ein wenig Toleranz. Ein Teil von mir hatte sich gewünscht, dass er es sogar drollig und romantisch finden würde. *Wohl nicht.* Darüber konnte ich mir aber jetzt keine Gedanken machen. Ich hatte das Verbrechen begangen. Es war an der Zeit, mich den Konsequenzen zu stellen.

Irgendetwas brachte mich dazu, mein Schlafzimmer auf Vorführbarkeit zu überprüfen. Ich konnte mir zwar nicht vorstellen, dass mir Justin, so wütend wie er war, ins Bett folgen würde oder überhaupt in das Zimmer, in dem das Bett stand, aber ich ging trotzdem hinein. Aber es war aufgeräumt wie immer. Ich strich die Bettdecke glatt, dann drückte ich mit dem Fuß gegen das Durcheinander im Schrank, das entkommen wollte, und gab der Tür einen Schubs. Sie ging jetzt zu, und gleichzeitig hörte ich im Schrank etwas in Bewegung geraten. *Egal.*

Ich setzte mich aufs Bett und zerknitterte die Decke wieder. Ich wusste nicht, was ich tun sollte. Alles schien unwichtig oder zu aufwendig. Ich drehte Justins Handy in meinen Händen und betrachtete die orangefarbene Schutzhülle. Wäre es besser, sie dranzulassen oder abzuziehen, wenn er kam und sein Telefon zurückforderte? Wahrscheinlich Letzteres. Ich nahm sie ab und legte sie auf den Nachttisch. Dann entsperrte ich das Handy wieder und überflog die Seiten mit den Apps, ohne sie wirklich zu sehen. Schließlich aktivierte ich die Kamera und machte ein Foto von meinen Zehen auf dem Teppich. Es war dunkel und unscharf, und ich wollte es gerade löschen, als es an der Tür klingelte.

Ich ging zur Gegensprechanlage und atmete tief durch. »Komm hoch«, sagte ich und schloss die Tür auf. Wie das letzte Mal, als er hier gewesen war, öffnete ich die Tür, blieb aber im Türrahmen stehen.

Während er die Stufen heraufkam, konnte ich sehen, dass Justin wahnsinnig angespannt war. Er hatte seine Schultern hochgezogen, sein Kinn nach unten gekippt und seine Stirn in Falten gelegt. Er blickte auf und sah mich an.

»Bevor du irgendetwas sagst …«, begann ich, ohne zu wissen, was ich sagen würde, »… will ich, dass du weißt, dass es mir leidtut. Schon wieder.«

Er öffnete seinen Mund, doch ich hob abwehrend die Hand.

»Warte bitte. Du hast gesagt, ich hätte so gewirkt, als sei mir alles vollkommen egal, und das stimmt. Also zeige ich dir jetzt, wie wichtig es mir ist.«

»Durch Handyraub?«

»Raub beinhaltet Gewalt. Das hier war trivialer Diebstahl.«

»Wie zum Teufel hast du …« Er schüttelte den Kopf. »Egal. Das ist nicht ganz das, was ich erwartet hatte.« Mit verbissenem Gesichtsausdruck streckte er mir seine Hand entgegen. »Kann ich einfach mein Handy wiederhaben?«

»Es ist drinnen.« Ich trat zurück und hoffte, dass er mir folgen würde. »Ich habe es im Schlafzimmer.«

Justin seufzte, folgte mir aber hinein. Ich nahm sein Handy vom Nachttisch, presste es dann aber an meine Brust, anstatt es ihm zu geben.

»Ich habe keine Zeit für so etwas, Clementine.«

»Ich muss dir etwas sagen.«

»Dann sag es mir endlich.«

»Okay, es geht um Folgendes. Ich habe auf die harte Tour gelernt, dass man leidenschaftslos bleiben sollte, was Beziehungen angeht.«

Er machte eine Geste der Ungeduld. »Okay, großartig, ich bin nicht der Erste.«

»Doch, das bist du«, sagte ich. »Weil es mir bei dir nicht gelingt.«

Er starrte an mir vorbei auf eine leere Stelle an der Wand.

»Und ich will es auch nicht«, fuhr ich fort. »Auch wenn ich mich immer wieder gefragt habe, ob ich zu abhängig von dir werde.«

»Abhängig nach was?« Sein Blick richtete sich wieder auf mich, und mir wurde ein wenig übel. Er war stinksauer.

Reflexartig legte ich mir die Hand, die sein Handy hielt, auf den Bauch und presste sie dagegen, um mir Halt zu geben. »Du hast ja keine Ahnung.«

»Kann ich bitte einfach nur mein Handy haben?« Dieses Mal klang es entnervt.

»Du sollst wissen, dass du anders bist.« Ich hielt ihm sein Handy hin. »Ich liebe dich.«

Seine Hand blieb nur Zentimeter von mir entfernt in der Luft hängen. »Wie bitte?

»Du hast mich gehört.«

Er nahm das Handy und wollte es in seine Tasche stecken, musste aber erst meins hervorholen, um es durch seins zu ersetzen. Dann brauchte er einen Moment, um die Schutzhülle abzumachen, und reichte mir das Telefon.

Noch nie zuvor hatte das L-Wort so lange unbeantwortet in der Luft um mich herum gehangen. Genau genommen hatte ich selten Anlass, es zu sagen, ohne das Wörtchen »auch« hinzuzufügen. Seltsamerweise war es zutiefst befriedigend, es aus meinem Kopf und in der Welt zu haben. Es war ein Risiko, das über alles hinausging, was ich erwartet hatte, als ich zu sprechen begonnen hatte.

»Warum denken Frauen, dass sie damit eine Beziehung retten können?«

»Woher soll ich das wissen?«

Er legte überrascht seinen Kopf schief. »Und warum hast du es gesagt?«

»Weil es wahr ist.« Ich nahm das Handy aus seiner ausgestreckten Hand und legte es, ohne hinzusehen, auf den Nachttisch. »Und ich habe dir Ehrlichkeit versprochen.«

Er ging wieder in die Defensive. »Warum jetzt?«

»Sei kein Idiot.«

»Wie bitte?«, wiederholte er und betonte dabei jede Silbe.

»Ich kann mich nur so oft entschuldigen, bis es bedeutungslos wird. Wir haben bereits festgestellt, dass ich vor Kurzem dämliche Dinge getan habe, und sie tun mir alle leid, okay?« Durch den lautstarken Ton büßte meine Entschuldigung vielleicht an Echtheit ein, aber in dem Moment, als ich den Mund aufgemacht hatte, hatte ich die Kontrolle über das verloren, was ich sagte. »Ich habe es verbockt, okay? Ich weiß, dass du nur wegen deines kostbaren Handys hier bist, aber ich muss dir die Wahrheit sagen, weil du sie verdienst. Oder zumindest hattest du sie verdient, bevor du dich entschieden hast, dich wieder wie ein Idiot zu verhalten.«

»Du hast mir mein Handy gestohlen«, erinnerte er mich.

»Und jetzt hast du es zurück.« Ich deutete auf die Schlafzimmertür, »Ich habe gesagt, was gesagt werden musste, also kannst du jetzt gehen.«

Er blinzelte. »Wirfst du mich gerade raus?«

»Überhaupt nicht.« Ich setzte mich auf die Bettkante. Dann lehnte ich mich zurück und warf ihm einen finsteren Blick zu. »Du kannst bleiben, wenn es das ist, was du willst.«

»Also lass mich das kurz zusammenfassen – du stiehlst mein Handy, sagst mir, dass du mich liebst, dann schreist du mich an, wirfst mich aber nicht aus deiner Wohnung, richtig?«

»Mit dir zusammen zu sein, macht mich unglaublich glücklich. Ohne dich geht es mir so schlecht wie damals, als meine Eltern mich und meine Geschwister bei unseren Großeltern zurückgelassen haben, als ich fünf war …«

Er fiel mir ins Wort. »Versuch's bloß nicht auf die Mitleidstour, Clementine, das ist unter deiner Würde.«

»Könntest du die Klappe halten?«, blaffte ich.

»Das ist ja alles so durchschaubar.« Er verschränkte seine Arme.

»Oh, und die Tatsache, dass du ›keine langfristigen Beziehungen gewöhnt bist‹, hat nicht unmittelbar mit der Affäre deiner Mutter zu tun?«, sagte ich, ohne darüber nachzudenken. »Das ist wohl überhaupt nicht durchschaubar.«

Er starrte mich wütend an, aber ich erwiderte seinen Blick, ohne mit der Wimper zu zucken. Das Gespräch war in ein gefährliches Gebiet abgedriftet, voller Bärenfallen, rostiger Nägel und psychologischer Verletzungen, so weit das Auge reichte. Mit jedem weiteren Schritt in dieses Gebiet hinein verstärkte sich das Gefühl, dass ich sein Herz nicht zurückgewinnen würde, aber jetzt, da ich damit begonnen hatte, konnte ich schwer widerstehen.

»Du hast es doch selbst gesagt. Gott sei Dank habe ich es zuerst verbockt, denn sonst wäre ich es gewesen, die unter die Räder gekommen wäre.«

Ich erwartete in diesem Moment, dass er mich aufs Übelste beschimpfen und dann gehen würde, doch stattdessen kam er näher und setzte sich neben mich auf das Bett. Erst diese Bewegung ließ mich zittern, und mir wurde klar, dass ich während der ganzen Unterhaltung nicht nervös gewesen war. Ich wagte nicht wieder zu sprechen.

»Also nur, damit ich das richtig verstehe – versuchst du,

mich zurückzubekommen oder willst du mich dazu bringen, dich zu hassen?«

»Weder noch.«

Er nickte. »Und was machst du stattdessen?«

Gute Frage. »Ich habe keine Ahnung, was ich hier mache.« Ich steckte meinen Daumennagel wieder zwischen meine Zähne. »Ich habe noch nie vorher versucht, eine Trennung rückgängig zu machen.«

»Merkt man.«

»Du bist furchtbar ruhig.«

»Was du gesagt hast, war angemessen«, sagte er.

»Was ich gesagt habe, war gemein.«

»Stimmt.«

»Ich hätte deine Mutter aus dem Spiel lassen müssen.«

»Ich hätte deine Geschichte nicht durchschaubar nennen sollen.«

»Schon komisch«, sagte ich achselzuckend. »Ich war selbst ziemlich enttäuscht, als mir klar wurde, dass das Verlassenwerden durch meine Eltern wahrscheinlich Teil des Problems ist.«

Er lächelte ein wenig. »Ein bisschen spießig, oder?«

»Total.«

»Genau wie meine Vertrauensprobleme.«

»Ach was?«, konterte ich.

»Hey, ich dachte, wir würden jetzt höflich miteinander umgehen?«

»Stimmt. Entschuldige.« Ich setzte mich auf, spiegelte seine Haltung und griff um den Rand der Matratze.

»Ich nehme an, zweimal Negativ ergibt kein Positiv, oder?«

»Was meinst du damit?«

»Meine Vertrauensprobleme plus deine Probleme durch das

Verlassenwerden von deinen Eltern ergibt keine gesunde Beziehung.«

Ich zuckte erneut mit den Schultern. »Vielleicht nicht, aber ich fand, dass du dich vor dieser ganzen Sache ziemlich gut geschlagen hast.«

Zum ersten Mal sah er mich nicht wütend an. »Weißt du, dass ich ganz ehrlich nichts habe, mit dem ich es vergleichen könnte?«

»Ich weiß. Aber was für ein Gefühl hattest du dabei?«

»Ein gutes.«

Ich nickte. »Gut.« Ich streckte meinen Fuß aus, um seinen Schuh anzutippen. »Unerfahrenheit hat offenbar etwas für sich, denn du warst echt toll.«

Er lachte. »Gut zu wissen.«

»Vielleicht sind wir ja gut füreinander«, schlug ich vor.

»Ist das jetzt die Stelle, an der du mich davon überzeugen willst, dass wir wieder zusammenkommen sollten?«

»Nein.« Ich zog meinen Fuß wieder zurück. »Ich will mit dir zusammen sein, weil du mich glücklich machst und weil ich mich in dich verliebt habe. Aber letztendlich muss ich mit meinem Leben weitermachen, egal wie du dich entscheidest. Ich werde es schon überleben. Das Wichtigste ist, dass ich dich nicht gehen lassen wollte, ohne dir zu sagen, was ich empfinde.«

»Hast du keine Angst, dass ich mich wieder in einen Idioten verwandle?«

»Na ja, ich habe nicht die Absicht, dir noch mal Anrufe zu verschweigen, also wird es hoffentlich nicht mehr so weit kommen. Du befürchtest also, dass ich dich wieder anlüge, richtig?«

»Der Gedanke ist mir gekommen.«

»Ich verspreche, dass ich dich nie wieder anlügen werde. Und ich werde dir auch nie wieder das Gefühl geben, dass du dir uns nur eingebildet hast. Ganz egal, wie du dich entscheidest. Darum musste ich dir sagen, dass ich dich liebe.«

Er holte tief Luft und atmete nach einer langen Pause wieder laut aus. »Du sagst das gerade ganz schön oft.«

Ich konnte mir ein Lächeln nicht verkneifen. »Tja, du hast wirklich Bindungsängste, oder?«

Er ignorierte meine Worte, aber am Rand der Matratze stieß seine Hand gegen meine, und er strich mit seinem kleinen Finger über meinen. »Soll ich ehrlich sein?«, fragt er. »Ich habe wahnsinnige Angst vor allem Langfristigen.«

»Was in aller Welt hättest du getan, wenn ich dich an diesem einen Abend in deiner Wohnung beim Wort genommen hätte?«

Er grinste, und zum ersten Mal seit seiner Ankunft sah ich seine Grübchen. »Ich habe keine Ahnung.«

»Keine Sorge, ich hätte dich für deinen Antrag schon nicht in die Pflicht genommen.« Ich tätschelte seine Hand. »Kann ich dich was fragen?«

»Schieß los.«

»Wenn du so große Angst hast, warum ging dann alles so schnell? Hast du die ganze Zeit nach einem Ausweg gesucht?«

»Nein«, antwortete er, ohne zu zögern. »Da ist irgendetwas an dir, das ich nicht erklären kann. Das hab ich dir schon mal gesagt.« Er zuckte mit den Schultern. »Alles hat sich so … leicht angefühlt, und du warst keine verrückte Klammerfreundin.«

»War ich das nicht?« Ich war schockiert, dass er nicht gemerkt hatte, dass ich ihn wie die Luft zum Atmen brauchte.

»Nein, du warst nur dieses … Handy stehlende, Schnecken essende, seltsame Mädchen mit dem sehr seltsamen Leben, das mich darin jede Rolle spielen lassen wollte, die ich haben wollte.«

»Und jetzt?«

Er sah mich an. »Jetzt … keine Ahnung. Du bist immer noch eine Handydiebin mit einem seltsamen Leben, aber …«

Mit hochgezogenen Augenbrauen wartete ich darauf, dass er den Satz zu Ende brachte. Zu meinem Erstaunen war ich immer noch seltsam ruhig. Ihm alles gesagt zu haben, hatte wohl dazu geführt. Selbst wenn er jetzt mein Leben verließ, würde ich mich nie fragen müssen, ob die Wahrheit einen Unterschied gemacht hätte. Doch meine Geduld hatte Grenzen, auch wenn ich Ruhe, Offenheit und all die anderen guten Eigenschaften ausstrahlte. Also fragte ich: »Aber was?«

Er stand auf und stellte sich vor mich. »Ich glaube dir.«

»Ich weiß nicht, was du meinst.«

»Ich glaube dir, dass du mir die Wahrheit gesagt und mir alles erzählt hast.« Er zuckte mit den Schultern. »Ich glaube sogar, dass du mich … liebst.«

»Hmm.« Ich musste wieder lächeln. »Justin Mueller, der das Wort ›lieben‹ nur vor sich hinbrummeln kann. Ich bin amüsiert.«

»Ich habe überhaupt nicht gebrummelt.«

»Na klar.« Wieder tätschelte ich seine Hände.

Er ergriff meine Hand und zog mich auf die Beine. »Fordere nicht dein Glück heraus, Handydiebin.«

Ich lächelte und begann an meine zweite Chance zu glauben. »Also, was meinst du?«

»Ich meine, dass ich auch nicht Schluss machen will.«

Mir fiel ein Stein vom Herzen, und ich musste kurz die Augen schließen. »Wirklich?«

»Tu nicht so überrascht.« Er legte den Arm um meine Schultern und zog mich an sich, um mich zu küssen. Sein Mund fühlte sich auf meinem so gut an, dass ich fast zu weinen begann.

Ich hatte das Gefühl, mich in ihm aufzulösen. Sofort begann er wieder mit seiner rastlosen Erforschung meiner Haut. Seine Fingerspitzen glitten über mein Schlüsselbein und hinterließen eine Gänsehaut.

»Ich habe dich vermisst«, sagte ich.

»Ich dich auch.«

Wieder küsste er mich, bis ich auf eine primitive Weise mehr wollte. Er zog sich schwer atmend zurück. »Du sagst mir also wirklich alles, was ich wissen will?«

»Versprochen.«

Er starrte mir in die Augen. »Sag mir deinen vollständigen richtigen Namen.«

Ich sagte meine anderen Vornamen selten, aber ich hatte ihm versprochen, ihm alles zu erzählen. »Clementine Therese Esther Jerome Daly.«

»Wow.«

»Ich weiß. Und du dachtest, es könnte nach Clementine nicht mehr schlimmer kommen, oder?«

Justin lehnte sich vor und gab mir einen zärtlichen Kuss auf die Stirn. »Das ist ein wunderschöner Name.«

»Danke.« Ich ließ ihn nicht weit kommen, sondern legte meine Hand in seinen Nacken und küsste ihn wieder, dieses Mal leidenschaftlicher. »Was willst du noch wissen?«

»Arbeitest du wirklich in der Bibliothek?«, fragte er.

»Ehrenamtlich«, erklärte ich. »Ich werde nicht bezahlt. Tatsächlich spende ich ihnen eine Menge Geld und Bücher. Also bezahle ich eigentlich dafür, dort arbeiten zu dürfen.« Während ich redete, knöpfte ich meine Bluse auf und ließ sie über meine Schultern zu Boden gleiten. Dann ließ ich meine Arme an den Seiten herunterhängen, stellte mich vor ihn und sah ihm in die Augen.

»Hast du einen Treuhandfond oder so was?« Die Frage schien ihm peinlich zu sein.

»Ja.« Ich trat mir hinten auf die Sandale und zog meinen Fuß heraus. »Jeder in meiner Familie hat einen.«

»Hast du wirklich noch nie spanisch gegessen?«

Ich lachte über die unerwartete Frage. »Ich habe gesagt, vor langer Zeit zum letzten Mal. Und ich habe es nie bestellt. Mein Großvater hat das gemacht, als wir in Spanien waren.« Mit diesen Worten zog ich meine zweite Sandale aus.

»Natürlich warst du schon in Spanien.« Er seufzte. »Warum bist du so heimlichtuerisch? Ich meine, im Ernst. Du wolltest mir nicht mal den Namen deiner Schwester sagen.«

»Sie heißt Prudence. Und meine Brüder heißen Honor und Merit.« Als ich seinen Gesichtsausdruck sah, nickte ich. »Ich weiß. Meine Eltern sind … ungewöhnlich.« Ich öffnete meine Shorts und ließ auch sie zu Boden fallen. Obwohl ich in meiner hellrosa Unterwäsche vor ihm stand, fühlte ich mich überraschend entspannt. »Und als ich dir sagte, dass sie mich dazu zwingen, aus meiner Familie ein Geheimnis zu machen, habe ich auch die Wahrheit gesagt. Ich bin sozusagen das schwarze Schaf der Familie. Als ich jünger war, habe ich mich in eine üble Situation gebracht. Jemand wollte mich erpressen. Es war … schlimm.«

Justin trat nervös von einem Bein aufs andere und spielte an seiner Uhr herum. »Wenn ich gewusst hätte, wer du bist, hätte ich nichts von dir verlangt. Weder Hilfe bei einem Job noch sonst was. Ich will nur, dass du das weißt.«

»Das habe ich mir auch gedacht. Wenn es um Geld geht, gibt es zwei Arten von Menschen. Entweder wollen sie überhaupt keine Hilfe, oder sie nutzen dich so sehr aus, wie sie können. Du bist mir immer eher wie Erstere vorgekommen. Und es tut mir leid, dass ich nicht daran gedacht hatte, als Marie anrief.« Meine Wangen wurden vor Scham rot. »Ich hätte auf meinen Instinkt vertrauen sollen. Du bist nicht so. Du hättest nicht gewollt, dass ich mich einmische.«

»Hättest du es hinter meinem Rücken trotzdem gemacht?«, fragte er.

Ich schüttelte den Kopf. »Niemals.« Ich griff nach hinten, um meinen BH zu öffnen, doch Justin trat vor mich und legte seine Hände auf meine.

»Lass mich.« Während er ihn öffnete, küsste er mich. Der BH klemmte zwischen uns, als er seine Arme um mich schlang und seine warmen Hände über meinen Rücken streichelten.

Ich legte meine Arme um seinen Nacken und presste meinen Körper an ihn, so fest ich konnte. Sein Shirt war kühl auf meiner durch seine Berührung warm gewordenen Haut. Seine ruhelosen Hände wanderten tiefer und begannen mir den Slip auszuziehen.

»Warte.« Ich löste mich von seinem gierigen Mund. »Dafür bekommst du noch eine Frage.«

»Du kannst mir nachher alles über diese Erpressung erzählen.« Er schob mich rückwärts zum Bett hin. »Jetzt habe ich erst mal andere Pläne.«

Als wir fertig waren, zitterten meine Beine, und ich konnte nicht aufhören, wie beschwipst zu kichern. Justin drehte sich eine von meinen Haarsträhnen um den Finger und lachte jedes Mal, wenn ich kichern musste.

»Ist es zu früh, dich nach dieser üblen Sache zu fragen?«, fragte er.

Das brachte mein Kichern zum Verstummen. »Nein. Ich hab versprochen, es dir zu erzählen.« Ich fasste die Geschichte mit Zack so sachlich und einfach zusammen, wie ich konnte, aber dennoch stiegen mir Tränen in die Augen.

»Was für ein übles Schwein«, verkündete er.

Ich lachte und wischte mir dabei die Tränen aus den Augen. »Ja«, bestätigte ich.

»Ich meine, verdammt noch mal, Clementine, ich hätte nicht übel Lust, diesen Kerl zu suchen und mit meinem Jeep zu überfahren.«

»Danke, aber das ist nicht nötig.«

»Warte mal – hat das etwa schon jemand anders für dich gemacht?«

»Nein!«

»Das ist eine Schande. Okay, aber eine Sache würde ich dich gerne noch fragen«, sagte er.

»Was du willst.«

»Es ist wahrscheinlich taktlos, aber wie reich bist du eigentlich wirklich?«

Ich kicherte, dieses Mal nervös. »Fragst du nach einer Zahl?«

»Nein. Aber könntest du … keine Ahnung, einen Mercedes bar bezahlen? Oder übers Wochenende mit einem Privatjet nach Paris fliegen?«

Ich hatte versprochen, ihm die Wahrheit zu sagen, aber das war nicht das erste Mal, dass mich das jemand fragte. Ich sah ihm in die Augen. »Andere Leute, besonders Männer, können nicht immer besonders gut damit umgehen, wenn sie solche Fragen beantwortet bekommen.«

»Das heißt also ja.« Er war zu klug, um sich in die Irre führen zu lassen.

»Ja.«

»Wow.« Der Ausruf war kaum hörbar.

»Siehst du, darum erzähle ich es den Leuten nicht, wenn ich sie kennenlerne. Sie werden dann komisch. Bitte werde nicht komisch.«

»Werde ich schon nicht. Du musst mir vielleicht ein bisschen Zeit geben, um mich daran zu gewöhnen, aber ich kann damit umgehen.« Er grinste. »Ich werde dir auf jeden Fall nicht mehr den Hintern versohlen, wenn du beim Essen die Rechnung bezahlen willst.«

»Weißt du, ich hätte uns auch einfach neue Handys kaufen und die Nummern übertragen lassen können. Das hatte mir mein Bruder geraten. Aber ich wollte nicht, dass du dich komisch fühlst, weil dir eine Fremde ein Handy kauft.« Ich fuhr mit einem Finger über seine Brustmuskeln.

»Ich bin froh, dass du es nicht getan hast«, sagte er.

»Ich auch.« Jetzt drückte ich meine Hand flach auf sein Herz.

»Ich weiß, dass du gesagt hast, dass du mich liebst, und jetzt erwartest du wahrscheinlich, dass ich es auch sage …«

»Nein, schon gut.« Und das stimmte. Ich war froh, es ihm gesagt zu haben, aber mir war klar, dass es noch sehr früh war.

»Aber so würde es doch in einem deiner Bücher sein, oder?«

»Wahrscheinlich.«

»Okay, wie wäre es hiermit?« Er stützte sich auf einem Ellbogen auf, sah zu mir herunter und strich mit seinem Daumen sanft über meine Wange. »Wenn du Geduld mit mir hast, gibt es niemanden, für den ich eher den Mut aufbringen würde, es zu sagen.«

Lächelnd schüttelte ich den Kopf. »Wenigstens bist du ehrlich.«

»Für immer. Und vielleicht sogar für ewig.«

Danksagungen

Ohne die harte Arbeit des gesamten Teams bei Loveswept würde dieses Buch nicht existieren. Besonderer Dank geht an Junessa Viloria, die sogar während ihres Mutterschutzes an mich und diese Geschichte geglaubt hat! Und viel Bewunderung und Dankbarkeit richten sich an Lynn Andreozzi, die Gestalterin des Coverbilds, die viel Geduld mit mir hatte. Und wie immer wäre ich ohne meine Agentin, die unglaubliche Laura Bredford, nicht dort, wo ich heute bin. Vielen Dank auch an meine #WIPcrackWednesday-Mädels, die fantastischen Frauen des Hideaways, und besonders J. A. Souders und Eliza Madison. Und meiner Familie, dem Kleber, der die Teile meines Ichs zusammenhält. Ich liebe euch.

»Diese Geschichte werde ich für immer in meinem Herz behalten!«

Totally Booked Blog

Brittainy C. Cherry
VERLIEBT IN
MR. DANIELS
Übersetzt von
Barbara Först
384 Seiten
ISBN 978-3-8025-9918-7

Unsere Liebe verboten zu nennen ist einfach. Einfacher, als zu erkennen, dass wir vom ersten Moment an Seelenverwandte waren, verbotene Seelenverwandte. Ich hatte nicht vor, mich zu verlieben. Ich hatte weder geplant, in Joes Bar zu stolpern, noch mich Hals über Kopf in Daniels Musik zu verlieren. Ich wusste nicht, dass sich so das Glück anfühlt. Unsere Liebe war mehr als nur Leidenschaft. Es ging um Familie. Um Verlust. Um das Gefühl, wieder lebendig zu sein. Unsere Liebe bestand aus Lachen und Weinen. Sie war wie wir. Und deshalb werde ich es niemals bereuen, dass ich mich in meinen Lehrer Mr Daniels verliebt habe!